A VOZ DO MORTO

 **GREENPEACE**

A marca FSC é a garantia de que a madeira utilizada na fabricação do papel deste livro provém de florestas de origem controlada e que foram gerenciadas de maneira ambientalmente correta, socialmente justa e economicamente viável.

O Greenpeace — entidade ambientalista sem fins lucrativos —, em sua campanha pela proteção das florestas no mundo todo, recomenda às editoras e autores que utilizem papel certificado pelo FSC.

REX STOUT

A VOZ DO MORTO

Tradução:
DANIEL ARGOLO ESTILL

Copyright © 1974 by Espólio de Rex Stout
Publicado originalmente em 1946.
Proibida a venda em Portugal

Título original:
The silent speaker

Projeto gráfico da capa:
João Baptista da Costa Aguiar

Foto da capa:
Ana Ottoni

Preparação:
Cacilda Guerra

Revisão:
Ana Maria Barbosa
Valquíria Della Pozza

Dados Internacionais de Catalogação na Publicação (CIP)
(Câmara Brasileira do Livro, SP, Brasil)

Stout, Rex, 1886-1975.
A voz do morto / Rex Stout ; tradução Daniel Argolo
Estill. — São Paulo : Companhia das Letras, 2007.

Título original: The silent speaker
ISBN 978-85-359-1098-8

1. Ficção policial e de mistério (Literatura norte-americana) 2. Romance norte-americano I. Título.

07-7287   CDD-813.0872

Índice para catálogo sistemático:
1. Ficção policial e de mistério : Literatura norte-americana
813.0872

2007

Todos os direitos desta edição reservados à
EDITORA SCHWARCZ LTDA.
Rua Bandeira Paulista, 702, cj. 32
04532-002 — São Paulo — SP
Telefone: (11) 3707-3500
Fax: (11) 3707-3501
www.companhiadasletras.com.br

A VOZ DO MORTO

1

Sentado em sua gigantesca cadeira atrás da mesa, recostado com os olhos semicerrados, Nero Wolfe resmungou para mim:

"É um fato interessante que os membros da Associação Nacional da Indústria presentes ao jantar da noite passada representem, juntos, ativos de aproximadamente trinta bilhões de dólares."

Pus o talão de cheques no lugar, no alto da pilha, fechei a porta do cofre, girei a maçaneta e bocejei enquanto voltava para a minha mesa.

"Sim, senhor", concordei com ele. "Também é interessante o fato de que os índios pré-históricos chamados Mound Builders tenham deixado mais vestígios de seus trabalhos em Ohio do que em qualquer outro estado. No meu tempo de garoto..."

"Cale a boca", Wolfe resmungou.

Deixei passar sem nenhum ressentimento, primeiro porque já era quase meia-noite e eu estava com sono, segundo porque poderia haver alguma conexão entre o seu fato interessante e nossa conversa anterior, o que não se aplicava ao meu. Estivéramos conversando sobre o saldo bancário, a reserva para os impostos, expectativas quanto a contas e encargos, um dos quais era o meu salário, e assuntos afins. O erário resistira aos ataques, mas sem grandes vantagens.

Depois que bocejei mais três vezes, Wolfe falou de repente, com firmeza.

"Archie. Seu caderno. Estas são as instruções para amanhã."

Em dois minutos ele me deixou desperto. Quando terminou e eu subi para o quarto, a programação matinal estava tão viva em minha cabeça que me revirei na cama por trinta segundos inteiros antes de cair no sono.

2

Era uma quarta-feira, quase no final do mês de março mais quente da história de Nova York. Na quinta-feira, foi a mesma coisa e nem sequer levei um sobretudo quando saí de casa na rua 35 Oeste e fui até a garagem pegar o carro. Estava armado até os dentes, pronto para todas as contingências. Na minha carteira, havia um estoque de cartões de visitas:

ARCHIE GOODWIN

Com Nero Wolfe
Rua 35 Oeste, 922   PRoctor 5-5000

E no bolso interno do casaco, além do conteúdo de rotina, havia um item especial, recém-produzido por mim na máquina de escrever. Era um bilhete em forma de memorando que, após informar que era PARA Nero Wolfe, DE Archie Goodwin, dizia:

O inspetor Cramer autorizou a revista do quarto no Waldorf. Farei um relatório por telefone mais tarde.

À direita do texto datilografado, um rabisco a tinta, também de minha autoria e digno de admiração, com as iniciais LTC, de Cramer.

Como eu havia começado cedo e o gabinete do Departamento de Homicídios na rua 20 ficava a menos de um quilômetro e meio, no centro da cidade, passava pouco das nove e meia quando me deixaram entrar em uma sala e sentar junto a uma velha escrivaninha ordinária. O homem na cadeira giratória, com o cenho franzido diante dos papéis, tinha um rosto grande e vermelho, olhos cinzentos semifechados e orelhas pequenas e delicadas, grudadas no crânio. Assim que me sentei, ele transferiu o olhar franzido para mim e rosnou:

"Estou ocupado como o diabo." Seus olhos concentraram-se em alguns centímetros abaixo do meu queixo. "O que você está pensando? Que estamos na Páscoa?"

"Não conheço nenhuma lei", eu disse com firmeza, "que proíba um homem de comprar uma camisa e uma gravata novas. De qualquer modo, estou disfarçado de detetive. Claro que o senhor está ocupado e não vou desperdiçar seu tempo. Quero pedir um favor, um grande favor. Não é para mim, tenho certeza de que, se eu estivesse preso em um edifício em chamas, o senhor tentaria apagar o incêndio com gasolina. Mas é em nome de Nero Wolfe. Ele quer permissão para que eu inspecione aquele quartinho no Waldorf onde Cheney Boone foi assassinado na manhã de terça-feira. E também para tirar fotos."

O inspetor Cramer olhou para mim, não para a minha gravata nova. "Pelo amor de Deus", ele finalmente disse, com um desgosto amargo. "Como se esse caso já não fosse uma confusão. Tudo o que faltava para se transformar num carnaval era Nero Wolfe, e, por Deus, aí está ele." Ele mexeu o maxilar, olhando-me mal-humorado. "Quem é seu cliente?"

Balancei a cabeça. "Não tenho nenhuma informação sobre cliente algum. Até onde sei, trata-se apenas de curiosidade científica do senhor Wolfe. Ele se interessa por crimes..."

"Você me ouviu, quem é seu cliente?"

"Não, senhor", eu disse com pesar. "Abra meu peito, leve meu coração para o laboratório, e encontrará escrito nele..."

"Suma", ele disse, irritado, e mergulhou em seus papéis.

Fiquei em pé. "Certamente, inspetor, sei que o senhor está ocupado. Mas o senhor Wolfe apreciaria muito se o senhor me permitisse inspecionar..."

"Tolice." Ele não levantou a cabeça. "Você não precisa de nenhuma permissão para inspecionar e sabe muito bem disso. Estamos todos metidos lá e são instalações públicas. Se vocês estão atrás de autorização, é a primeira vez que Wolfe se incomoda em vir solicitá-la para fazer qualquer coisa, e, se eu tivesse tempo, tentaria descobrir o que há por trás disso, mas estou muito ocupado. Suma."

"Meu Deus", eu disse com desânimo, dirigindo-me para a porta. "Desconfiado. Sempre desconfiado. Que jeito de viver!"

3

A aparência, as roupas e os modos de Johnny Darst estavam muito distantes do que se imaginaria para um detetive de hotel. Ele poderia se passar pelo vice-presidente de uma sociedade fiduciária ou por um gerente de clube de golfe. Em um quarto pequeno, mais um cubículo que outra coisa, ficou me olhando friamente enquanto eu analisava a topografia, os cantos e a mobília, que consistia em uma mesinha, um espelho e umas poucas cadeiras. Como Johnny não era nenhum idiota, nem mesmo tentei lhe dar a impressão de que eu estava fazendo alguma coisa misteriosa.

"O que você está realmente procurando?", ele perguntou com gentileza.

"Nada em especial", respondi. "Trabalho para Nero Wolfe assim como você trabalha para o Waldorf; ele me mandou aqui para dar uma olhada. O carpete foi trocado?"

Ele assentiu. "Havia um pouco de sangue, não muito, e os tiras levaram algumas coisas."

"Segundo o jornal, existem quatro quartos como este, dois de cada lado do palco."

Ele concordou novamente. "São usados como camarins e para os artistas descansarem. Não que se pudesse chamar Cheney Boone de artista. Ele queria um lugar para repassar o discurso e nós o mandamos para cá, para ficar sozinho. O Grande Salão de Baile do Waldorf é o mais bem equipado..."

"É claro", eu disse calorosamente. "Pode apostar que é. Eles precisam fazer um pagamento extra para você. Bem, agradeço mil vezes."

"Encontrou tudo o que queria?"

"Sim, acho que resolvi."

"Eu poderia mostrar a você o ponto exato onde ele iria fazer o discurso, se ainda estivesse vivo."

"Muito obrigado, mas, se eu achar isso necessário, voltarei."

Ele desceu comigo no elevador e me acompanhou até a entrada, ambos entendendo que os únicos detetives particulares que os hotéis apreciavam circulando em suas instalações eram os contratados por eles. Na porta, perguntou casualmente:

"Para quem Wolfe está trabalhando?"

"Esta é uma pergunta", eu disse, "que ninguém faz. Em primeiro e último lugar, ele trabalha o tempo todo para Wolfe. E, se pensar bem, eu também. Nossa, como eu sou leal."

4

Eram onze e quinze quando estacionei o carro na Foley Square, entrei no Palácio da Justiça dos Estados Unidos e peguei o elevador.

Havia uma dúzia ou mais de homens do FBI com quem eu e Wolfe tínhamos lidado durante a guerra, quando ele realizava tarefas para o governo e eu estava no Serviço Secreto. Havíamos concluído que, para a presente finalidade, G. G. Spero, sendo aproximadamente três por cento menos discreto que os outros, era o homem certo. Então foi para ele que enviei meu cartão. De imediato, uma moça correta e prestativa levou-me para uma sala correta e prestativa, e um rosto correto e prestativo, propriedade de G. G. Spero do FBI, estava me encarando. Falamos de generalidades por alguns minutos, até que ele me perguntou com entusiasmo:

"Bem, major, o que posso fazer pelo senhor?"

"Duas coisinhas", respondi. "Primeiro, não me chame de major. Estou sem uniforme e, além do mais, isso estimula meu complexo de inferioridade, pois eu deveria ter chegado a coronel. Segundo, é um pedido de Nero Wolfe, um tanto confidencial. É claro que ele poderia ter me mandado falar com o chefe, ou telefonado diretamente, mas não quis incomodá-lo com esse assunto. Trata-se de uma pequena questão sobre o caso do assassinato de Boone. Soubemos que o FBI está mexendo com isso e é claro que vocês normalmente não se metem em assassinatos locais. O senhor Wolfe gostaria de saber se há algo pelo ângulo do FBI que tornaria indesejável o interesse de algum detetive particular pelo caso."

Spero ainda tentava parecer cordial, mas o treinamento e o hábito eram mais fortes do que ele. Começou a tamborilar na mesa, percebeu o que estava fazendo e parou bruscamente. Homens do FBI não tamborilam nas mesas.

"O caso Boone", disse.

"Isso mesmo. O caso Cheney Boone."

"Sim, certamente. Deixando de lado, por um momento, o ângulo do FBI, qual seria o ângulo do senhor Wolfe?"

Ele me atacou e cutucou de quarenta direções diferentes. Saí de lá meia hora depois com exatamente aquilo que eu esperava: nada. A confiança em seus três por cento a menos de discrição não se aplicava ao que ele pudesse contar para mim, mas ao que ele poderia contar sobre mim.

5

O último número do programa provou ser o mais complicado, principalmente porque eu estava lidando com absolutos desconhecidos. Eu não conhecia uma única alma ligada à Associação Nacional da Indústria e tive que começar do zero. Toda a atmosfera, desde que entrei nos escritórios do trigésimo andar de um edifício na rua 41, causou-me má impressão. A recepção era muito grande, tinham gastado dinheiro demais com tapetes, haviam exagerado nos estofamentos, e a garota do atendimento, ainda que não fosse da pior espécie em termos de projeto visual, fora conectada a um tubo do aparelho de ar refrigerado. Ela estava tão eternamente congelada que não me despertava a mais leve vontade de tentar quebrar o gelo. Com mulheres entre os vinte e trinta anos, atingindo certo padrão de contornos e colorido, eu não acreditava em manter distância, mas com aquela ali mantive, enquanto lhe estendia um cartão e dizia que queria ver Hattie Harding.

Pelos obstáculos que tive que superar, pode-se achar que Hattie Harding era a deusa de um templo, e era isso mesmo, em vez de apenas a diretora assistente de relações públicas da ANI, mas consegui saltar a última barreira e fui levado a sua presença. Até ela tinha espaço, tapetes e estofados. Pessoalmente, possuía qualidades, mas do tipo que desperta um ou dois dos meus instintos mais perigosos, e não me refiro ao que algumas pessoas podem pensar. Ela estava em algum ponto entre os vinte e seis e os quarenta e oito anos, alta, em boa forma, bem vestida e com um olhar cético e competente, que informava, à primeira vista, que sabia de tudo o que se passava no mundo.

"É um prazer", ela declarou, com um aperto de mão firme e sem frieza. "Encontrar o Archie Goodwin, vindo direto do Nero Wolfe. Realmente, um grande prazer. Pelo menos, acho que você veio — diretamente, quero dizer."

Ocultei meus sentimentos. "Como uma fila de abelhas, senhorita Harding. Como uma abelha vindo da flor."

Ela riu, competentemente. "Ora! Não para a flor?"

Devolvi o riso. Ficamos amigos. "Acho que isso está mais perto da verdade, porque, admito, vim para buscar um bocado de néctar. Para Nero Wolfe. Ele acha que precisa de uma lista dos associados da ANI que estavam naquele jantar no Waldorf, na noite de terça-feira, e me mandou buscá-la. Ele tem uma cópia da lista impressa, mas precisa saber quem está na lista e não foi e quem foi e não está na lista. Que tal a minha sintaxe?"

Ela não respondeu a essa pergunta e já tinha parado de rir. Convidou-me, mas não como amiga: "Que tal nos sentarmos?".

Foi em direção a um par de cadeiras próximo à janela, porém fingi não perceber e me dirigi para uma das cadeiras destinadas aos visitantes, ao lado de sua mesa, levando-a a sentar-se em sua própria cadeira, do outro lado da mesa. Meu bilhete para Wolfe, com as iniciais do inspetor Cramer escritas por mim, estava agora no bolso de fora de meu casaco, destinado a ser deixado no chão do escritório da senhorita Harding, e, com o canto da mesa entre nós, a operação seria simples.

"Isso é muito interessante", ela declarou. "Para que o senhor Wolfe quer a lista?"

"Para ser honesto", sorri para ela, "só posso lhe contar uma mentira honesta. Ele quer o autógrafo deles."

"Eu também sou honesta", ela devolveu o sorriso. "Olhe, senhor Goodwin, o senhor entende, é claro, que esse assunto é de extrema inconveniência para os meus empregadores. Nosso convidado da noite, o principal orador e diretor do Departamento de Regulamentação de Preços, assassinado bem ali, logo no início do jantar. Estou em uma posição absolutamente terrível. Mesmo que, nos últimos dez anos, esse escritório tenha feito o melhor trabalho de relações públicas da história, o que não digo ser mérito meu, todos os esforços foram destruídos pelo que aconteceu lá, em dez segundos. Não há..."

"Como sabe que aconteceu em dez segundos?"

Ela piscou os olhos para mim. "Bem... parece que... a maneira como..."

"Sem comprovação", eu disse casualmente. "Ele foi atingido quatro vezes na cabeça com a chave inglesa. É claro que os golpes podem ter sido dados em dez segundos. Ou o assassino pode tê-lo nocauteado com o primeiro golpe, descansado um pouco, golpeado novamente, descansado um pouco mais e batido pela terceira..."

"O que o senhor pretende?", ela retrucou. "Descobrir quanto consegue ser desagradável?"

"Não, estou demonstrando como uma investigação de assassinato funciona. Se a senhorita fizesse esse comentário para a polícia, de que tudo aconteceu em dez segundos, a história não teria mais fim. Comigo, entra por um ouvido e sai pelo outro e, de qualquer maneira, não me interessa, pois estou aqui apenas para o que o senhor Wolfe me mandou. Eu apreciaria muito se a senhorita nos desse a lista."

Eu estava preparado para fazer um grande discurso, mas parei ao ver que ela colocava as duas mãos no rosto e fiquei pensando, Deus do céu, ela vai começar a chorar em desespero pelo final imprevisto das relações públicas, mas tudo o que ela fez foi pressionar os punhos contra os olhos e mantê-los assim. Era o momento perfeito para deixar o bilhete cair, e foi isso que fiz.

Ela manteve as mãos contra os olhos por tempo suficiente para eu deixar cair um bloco inteiro de bilhetes, mas, quando finalmente as retirou, os olhos ainda pareciam competentes.

"Sinto muito", ela disse, "mas não durmo há duas noites e estou um bagaço. Terei que pedir para o senhor ir embora. Teremos uma outra reunião no escritório do senhor Erskine sobre esse assunto medonho, que começará em dez minutos, e eu tenho que estar pronta, e, de qualquer forma, o senhor sabe muito bem que eu não poderia lhe dar a lista sem aprovação superior. Além disso, se o senhor Wolfe é íntimo da polícia como dizem, por que não pede a eles? Quanto à sua sintaxe, preste atenção em como estou falando. Apenas uma coisa o senhor pode me dizer, e espero sinceramente que diga: quem contratou o senhor Wolfe para trabalhar nisso?"

Balancei negativamente a cabeça e me levantei. "Estamos na mesma situação, senhorita Harding. Não posso fazer nada importante, como responder a uma pergunta direta e simples, sem autorização superior. Que tal uma barganha? Eu perguntarei ao senhor Wolfe se posso responder a sua pergunta e a senhorita pergunta ao senhor Erskine se pode me dar a lista. Boa sorte na reunião."

Apertamos as mãos e cruzei rapidamente os tapetes até a porta, para que ela não tivesse tempo de achar o bilhete e devolvê-lo para mim.

O trânsito do meio-dia no centro da cidade, do jeito que era, fazia com que a curta viagem para a rua 35 Oeste fosse arrastada. Estacionei em frente à velha casa de pedra, de propriedade de Nero Wolfe, meu lar há mais de dez anos, subi os degraus e tentei entrar com minha chave, mas descobri que a tranca havia sido passada e tive que tocar a campainha.

Fritz Brenner, cozinheiro, zelador e camareiro, veio abrir a porta, e informei-o de que eram boas as chances de que o pagamento saísse no sábado, atravessei a sala e fui para o escritório. Wolfe estava sentado atrás da mesa, lendo um livro. Esse era o único lugar em que ele ficava realmente confortável. Havia outras cadeiras na casa feitas sob medida, em termos de largura e profundidade, com a garantia de agüentar até duzentos quilos — uma em seu quarto, uma na cozinha, uma na sala de jantar, uma nas estufas de plantas no telhado, onde as orquídeas eram mantidas, e uma no escritório, próxima ao globo terrestre de setenta centímetros e das prateleiras de livros —, mas era a que ficava junto a sua mesa que costumava agüentar o peso noite e dia.

Como sempre, ele nem sequer levantou um olho quando entrei. E também, como sempre, não reparei se ele estava ou não prestando atenção.

"As iscas estão nos anzóis", eu disse. "Provavelmente, agora mesmo as estações de rádio estão anunciando que Nero Wolfe, o maior detetive particular vivo quando está com vontade de trabalhar, o que não é freqüente, está resolvendo o caso Boone. Devo ligar o rádio?"

Ele terminou de ler o parágrafo, dobrou o canto da folha e pôs o livro na mesa. "Não", disse. "Está na hora do almoço." Olhou para mim. "Você deve ter sido muito mais transparente que de costume. O senhor Cramer telefonou. O senhor Travis, do FBI, telefonou. O senhor Rohde, do Waldorf, telefonou. Era provável que um deles ou mais viesse para cá, portanto pedi a Fritz que passasse a tranca na porta."

Isso era tudo por ora, ou pelo menos pela hora seguinte ou um pouco mais, uma vez que Fritz entrou para anunciar o almoço, que, naquele dia, consistiria em bolinhos de milho com filé de porco empanado, seguidos de bolinhos de milho com molho quente de tomate e queijo, seguidos de bolinhos de milho com mel.

O ritmo de Fritz com os bolinhos foi soberbo. No momento exato, por exemplo, em que um de nós terminava o seu décimo primeiro, lá vinha ele com o décimo segundo direto da frigideira, e assim por diante.

6

Eu chamava de Operação Folha de Pagamento. Esse era o nome do projeto inicial, a campanha de intervenção, embora não fosse, admito, muito preciso. Além dos salários de Fritz Brenner, de Charley, o homem da limpeza, de Theodore Horstmann, que cuidava das orquídeas, e do meu, o Tesouro tinha que atender a vários outros itens, numerosos demais para ser mencionados. Mas, com base no princípio de pôr o mais importante na frente, chamei de Operação Folha de Pagamento.

Era a manhã de sexta-feira antes de pegarmos o peixe que procurávamos. Tudo o que aconteceu na tarde de quinta-feira foi um par de visitas inesperadas, uma de Cramer e outra de G. G. Spero, e Wolfe disse para não deixá-los entrar. Assim, foram embora sem cruzar a porta. Entre a tarde e o início da noite de quinta-feira, dei-me ao trabalho de datilografar um relatório do que eu sabia sobre o caso Boone, pelo que havia saído no jornal e pela conversa que tivera na quarta-feira com o sargento Purley Stebbins. Acabei de reler o relatório novamente e decidi não transcrevê-lo inteiro aqui, mas apenas o principal.

Cheney Boone, diretor do Departamento de Regulamentação de Preços do governo, fora convidado para fazer o discurso principal no jantar da Associação Nacional da Indústria, na noite da terça-feira, no Grande Salão de Baile do Waldorf-Astoria.

Ele chegou faltando dez minutos para as sete, antes de os mil e quatrocentos convidados terem ido para suas mesas, enquanto todos ainda circulavam de um lado para outro, bebendo e falando. Levado para a sala de recepção reservada aos convidados de honra, que, como sempre, estava lotada, com mais de cem pessoas, a maioria das quais não deveria estar ali, Boone, depois de tomar um drinque e ser submetido a uma série de cumprimentos e apresentações, solicitou um lugar reservado, onde pudesse repassar o discurso, e foi levado para um quartinho logo na saída do palco. Sua esposa, que viera com ele para o jantar, ficou na sala de recepção. A sobrinha, Nina Boone, o acompanhou até o aposento privado, para ajudá-lo com o discurso se necessário, mas ele a mandou de volta para a sala de recepção quase imediatamente, para que ela tomasse mais um drinque, e lá ela ficou.

Logo depois de Boone e a sobrinha terem ido para o quarto do assassinato, como os jornais o apelidaram, Phoebe Gunther apareceu. A srta. Gunther era a secretária de confiança de Boone e levava consigo dois abridores de lata, duas chaves inglesas, duas camisas (masculinas), duas canetas-tinteiro e um carrinho de bebê. Essas coisas seriam usadas como acessórios por Boone, para ilustrar alguns pontos do discurso, e a srta. Gunther queria entregá-las logo a ele. Então ela foi acompanhada até o quarto do assassinato por um membro da ANI, que empurrou o carrinho de bebê com os itens, surpreendendo e divertindo a multidão enquanto eles passavam. A srta. Gunther permaneceu com Boone uns poucos minutos, para entregar os apetrechos, e depois voltou para a sala de recepção, para tomar um drinque. Ela informou que Boone dissera que queria ficar sozinho.

Às sete e meia, todos na sala de recepção foram conduzidos ao salão de baile, para encontrar seus lugares no palco e nas mesas, onde os mil e quatrocentos convidados se acomodaram, e os garçons prontamente meteram-se no meio do tumulto. Por volta das sete e quarenta e cinco, o sr. Alger Kates chegou. Ele era do Departamento de Pesquisa do DRP e tinha algumas estatísticas de última hora que seriam usadas por Boone no discurso. Ele foi até o palco, procurando por Boone, e o sr. Frank Thomas Erskine, presidente da ANI, mandou que um garçom mostrasse a ele onde estava Boone. O garçom o conduziu para os bastidores e apontou a porta do quarto do assassinato.

Alger Kates descobriu o corpo. Estava no chão, a cabeça golpeada várias vezes por uma das chaves inglesas, deixada próxima ao corpo. As implicações do que Kates fez em seguida foram sugeridas em alguns jornais e abertamente declaradas em outros: a saber, que nenhum homem do DRP confiaria em qualquer outro da ANI em relação ao que quer que fosse, incluindo assassinato. De todo modo, em vez de voltar ao salão de baile e ao palco para comunicar a notícia, Kates percorreu os bastidores até encontrar um telefone, ligou para o gerente do hotel e disse a ele que viesse imediatamente, trazendo todos os policiais que encontrasse.

No início da noite de quinta-feira, quarenta e oito horas depois do evento, cerca de uma centena de outros detalhes havia se acumulado, como, por exemplo, que nada, a não ser manchas de sujeira, fora encontrado na chave inglesa, nenhuma impressão digital identificável e assim por diante, mas esse era o quadro geral no momento em que eu datilografava meu relatório.

23

7

Na sexta-feira, o peixe mordeu a isca. Como Wolfe passa todas as manhãs, das nove às onze, nas estufas de plantas, eu estava sozinho no escritório quando o telefone tocou. A ligação seguiu a rotina normal da Terra das Secretárias.

"Senhorita Harding para senhor Wolfe. Por favor, ponha o senhor Wolfe na linha."

Se fosse contar toda a história, levaria meia página para explicar como eu, não o sr. Wolfe, fiquei na linha com a srta. Harding. De qualquer maneira, consegui transmitir a idéia de que Wolfe estava ocupado com as orquídeas e ela teria que se contentar comigo. Ela queria saber em quanto tempo Wolfe poderia ir até lá para se encontrar com o sr. Erskine, e expliquei que ele raramente saía de casa, fosse por que motivo fosse, e nunca apenas a trabalho.

"Sei disso!", ela retrucou. Ela devia ter perdido outra noite de sono. "Mas trata-se do senhor *Erskine!*"

Eu sabia que ele já estava fisgado, então a provoquei. "Para a senhorita", concordei, "ele é tudo isso. Para o senhor Wolfe, ele é apenas uma peste. O senhor Wolfe detesta trabalhar, mesmo em casa."

Fui instruído a aguardar na linha, e fiquei, por cerca de dez minutos. Finalmente sua voz retornou:

"Senhor Goodwin?"

"Ainda estou aqui. Mais velho e sábio, mas ainda aqui."

"O senhor Erskine estará no escritório do senhor Wolfe às quatro e meia da tarde de hoje."

Eu estava ficando exasperado. "Escute, Relações Públicas", reclamei, "por que a senhorita não simplifica as coisas e põe esse Erskine no telefone para falar comigo? Se ele vier às quatro e meia, terá que esperar uma hora e meia. O horário do senhor Wolfe com as orquídeas é de nove às onze, de manhã, e de quatro às seis, de tarde, e nada, a não ser que o matem — nada mesmo —, pode mudar isso."

"Isso é ridículo!"

"Claro que é. Assim como esta cirandinha para um homem se comunicar com outro, mas eu agüento."

"Aguarde na linha."

Erskine jamais veio ao telefone, isso seria demais, mas, apesar de tudo, finalmente conseguimos concluir a combinação, abrindo caminho entre os obstáculos. Assim, quando Wolfe desceu às onze horas, eu estava em condições de anunciar:

"O senhor Frank Thomas Erskine, presidente da Associação Nacional da Indústria, estará aqui às três horas e dez minutos, com escolta."

"Satisfatório, Archie", ele resmungou.

Sinceramente, gostaria de poder fazer com que meu coração não desse um pulo cada vez que Wolfe dissesse "satisfatório, Archie". Isso é coisa de criança.

8

Quando a campainha tocou naquela tarde, pontualmente às três e dez, e eu me levantei da cadeira para atender, comentei com Wolfe:

"Essas pessoas são do tipo que o senhor geralmente manda embora ou, ainda pior, manda que eu as ponha para fora. Pode ser necessário que o senhor se controle. Lembre-se da folha de pagamento. Há muita coisa em jogo. Lembre-se de Fritz, Theodore, Charley e de mim."

Ele nem sequer grunhiu.

A fisgada foi acima das expectativas, pois, na delegação de quatro, tínhamos não apenas um, mas dois Erskine. Pai e filho. O pai tinha cerca de sessenta anos e me impressionou pela falta de soberba. Era alto, ossudo e estreito, vestia um terno azul-escuro comprado pronto que não lhe caía bem, não usava dentadura, mas falava como se tivesse uma na boca. Ele conduziu as apresentações, primeiro de si mesmo e depois dos demais. O filho chamava-se Edward Frank e era tratado como Ed. Os dois outros, certificados como membros do comitê executivo da ANI, eram os srs. Breslow e Winterhoff. Breslow parecia ter nascido com raiva e pelo jeito morreria, quando a hora chegasse, da mesma forma. Se não fosse indigno para um membro do comitê executivo da ANI, Winterhoff poderia ter feito uns trocados posando como o distinto cavalheiro de um anúncio de uísque. Ele até usava o bigodinho grisalho.

Quanto ao Filho, que ainda não era Ed para mim, tinha mais ou menos a minha idade, mas não emiti nenhum julgamento sobre ele, pois, aparentemente, estava de ressaca e esse não é um momento adequado para se classificar um homem. Sem sombra de dúvida, ele estava com dor de cabeça. Seu terno devia ter custado pelo menos três vezes mais que o do Pai.

Eu os distribuí pelas cadeiras. O Pai, na poltrona de couro vermelho próxima à extremidade da mesa de Wolfe, com uma mesinha ao lado do cotovelo do tamanho exato para o preenchimento de um cheque, falou:

"Isso pode ser perda de tempo para nós, senhor Wolfe. Parece impossível obter qualquer informação satisfatória pelo telefone. O senhor está comprometido com alguém para a investigação deste assunto?"

Wolfe levantou dois milímetros de uma sobrancelha. "Que assunto, senhor Erskine?"

"Ahn... esse... a morte de Cheney Boone."

Wolfe considerou. "Vamos colocar da seguinte maneira. Eu não fechei nenhum acordo nem aceitei nenhum pagamento. Não estou comprometido com nenhum interesse."

"Em um caso de assassinato", Breslow irrompeu raivosamente, "existe apenas um interesse, o da justiça."

"Ah, pelo amor de Deus", Ed filho resmungou.

Os olhos do Pai moveram-se. "Se necessário", ele disse enfaticamente, "vocês podem ir embora e eu posso resolver isso sozinho." Voltou-se para Wolfe. "Que opinião o senhor formulou a esse respeito?"

"Opiniões de especialistas custam dinheiro."

"Nós pagaremos."

"Um valor razoável", Winterhoff acrescentou. Sua voz era pesada e monótona. Ele não poderia ter sido escalado como o distinto cavalheiro se a trilha sonora incluísse alguma fala.

"Não valeria nem isso", Wolfe disse, "a não ser que fosse uma opinião especializada, e não seria especializada se eu não realizasse algum trabalho. E eu ainda não decidi se vou tão longe. Não gosto de trabalhar."

"Quem o consultou?", o Pai quis saber.

"Ora, senhor, francamente." Wolfe fez que não com o dedo. "É uma indiscrição perguntar isso, e eu seria um falastrão se respondesse. O senhor veio até aqui com a idéia de me contratar?"

"Bem..." Erskine hesitou. "Isso foi discutido como uma possibilidade."

"Para os cavalheiros como indivíduos, ou em nome da Associação Nacional da Indústria?"

"Foi discutido como um assunto da Associação."

Wolfe balançou a cabeça. "Eu não recomendaria isso, enfaticamente. Os senhores podem desperdiçar dinheiro."

"Por quê? O senhor não é um bom investigador?"

"Sou o melhor. Mas a situação é óbvia. Os senhores estão preocupados com a reputação e a sobrevivência de sua associação. Para o público, o julgamento já foi feito e o veredicto emitido. Todos sabem que sua associação era francamente hostil ao Departamento de Regulamentação de Preços, ao senhor Boone e a suas políticas. Nove entre dez pessoas têm certeza de que sabem quem matou o senhor Boone. Foi a Associação Nacional da Indústria."

Os olhos de Wolfe voltaram-se para mim. "Archie, o que foi mesmo que o homem do banco falou?"

"Ah, só aquela piada que circula por aí. Que ANI significa Aqui Ninguém é Inocente."

"Mas isso é ridículo!"

"Certamente", Wolfe concordou, "mas essa é a questão. A ANI foi condenada e a sentença pronunciada. A única maneira de reverter o veredicto seria encontrar e condenar o assassino. Mesmo que se descubra que o assassino é um associado da ANI, o resultado seria o mesmo; o interesse e o ódio seriam transferidos para o indivíduo, se não totalmente, pelo menos em grande parte, e nada poderia mudar isso."

Eles se entreolharam. Winterhoff concordou sombriamente e Breslow manteve os lábios apertados, para não explodir. Ed Erskine fuzilou Wolfe com os olhos, como se ali estivesse a origem de sua dor de cabeça.

"O senhor diz", o Pai dirigiu-se a Wolfe, "que o público condenou a ANI. Mas a polícia fez o mesmo. E também o FBI. Estão agindo exatamente como a Gestapo. Supõe-se que os membros de uma organização tão antiga e respeitável como a ANI tenham alguns direitos e privilégios. O senhor sabe o que a polícia está fazendo? Além de tudo o mais, sabia que eles estão se comunicando com a polícia de cada cidade dos Estados Unidos? Pedindo que obtenham uma declaração assinada pelos cidadãos locais que estiveram em Nova York naquele jantar e voltaram para casa?"

"É mesmo?", Wolfe respondeu educadamente. "Mas suponho que a polícia local fornecerá o papel e a tinta."

"O quê?" O Pai olhou para ele.

"Que diabos uma coisa tem a ver com a outra?", quis saber o Filho.

Wolfe ignorou a pergunta e observou: "O azar é que a probabilidade de a polícia conseguir capturar o assassino parece remota. Sem ter estudado o caso profundamente, não posso me qualificar como um especialista, mas devo dizer que parece duvidoso. Passaram-se três dias e três noites. É por isso que não aconselho a minha contratação. Admito que valeria praticamente qualquer preço para a sua associação expor o assassino, mesmo que se provasse ser um de vocês, quatro cavalheiros, mas eu só enfrentaria a tarefa, no mínimo, com a maior relutância. Sinto muito se sua viagem até aqui foi em vão. Archie?".

A deixa era para que eu mostrasse a eles as nossas boas maneiras e os levasse até a porta da frente. Fiquei de pé. Eles, não. Em vez disso, trocaram olhares.

Winterhoff disse para Erskine: "Eu iria em frente, Frank".

Breslow reclamou: "O que mais podemos fazer?".

Ed resmungou: "Meus Deus, eu queria que ele estivesse vivo de novo. Seria melhor que isso".

Eu me sentei.

Erskine disse: "Somos homens de negócios, senhor

Wolfe. Entendemos que o senhor não pode dar garantias de nada. Mas se o persuadirmos a assumir o caso, o senhor se proporia a fazer exatamente o quê?".

Levou cerca de dez minutos para convencê-lo, e todos pareceram aliviados, até Ed, quando ele por fim aceitou. Ficou mais ou menos entendido que o argumento definitivo havia sido o de Breslow, de que eles não deveriam desistir da justiça. Infelizmente, como a ANI tinha um sistema de vouchers, a mesinha para escrever cheques não foi usada. Em substituição, datilografei uma carta, ditada por Wolfe, e Erskine a assinou. O sinal seria de dez mil dólares, e o preço final, incluindo despesas, ficou em aberto. Com certeza, estavam desesperados.

"Agora", Erskine disse, devolvendo minha caneta-tinteiro, "suponho que devemos lhe dizer tudo o que sabemos sobre o assunto."

Wolfe balançou a cabeça. "Agora, não. Preciso ajustar minha mente a essa maldita confusão. Seria melhor se os senhores voltassem à noite, digamos, às nove horas."

Todos protestaram. Winterhoff disse que tinha um compromisso ao qual não podia faltar.

"Como o senhor quiser, se for mais importante do que isso. Precisamos começar o trabalho sem demora." Wolfe virou-se para mim: "Archie, seu caderno. Um telegrama. 'O(a) senhor(a) está convidado(a) a participar de uma discussão sobre o assassinato de Boone no escritório de Nero Wolfe às nove horas da noite desta sexta-feira, 29 de março.' Assine com o meu nome. Envie imediatamente para o senhor Cramer, senhor Spero, senhor Kates, senhorita Gunther, senhora Boone, senhorita Nina Boone, senhor Rohde, e talvez alguns outros, que veremos depois. Os cavalheiros virão?".

"Meu Deus", Ed resmungou, "com essa multidão, por que não marcar no Grande Salão de Baile do Waldorf?"

"Parece-me", Erskine disse em um tom sombrio, "que isso é um erro. O primeiro princípio..."

"Eu", disse Wolfe em um tom usado pelos homens da

ANI apenas para pessoas cujos nomes não apareciam nos papéis timbrados, "estou conduzindo a investigação."

Comecei a martelar a máquina de escrever e, como os telegramas eram urgentes e Wolfe só dava longas caminhadas em situações de emergência, Fritz foi encarregado de acompanhá-los até a porta. Tudo o que eu estava datilografando era o texto do telegrama e uma lista com os nomes e endereços, pois o telefone era a maneira mais rápida de enviá-lo. Alguns dos endereços foram um problema. Wolfe estava reclinado em sua cadeira com os olhos fechados, para não se aborrecer com trivialidades. Assim, liguei para Lon Cohen na editoria de cidades da *Gazette* e ele me deu os endereços. Ele sabia tudo. Eles tinham vindo de Washington para o grande discurso que nunca aconteceu e não haviam voltado. A sra. Boone e a sobrinha estavam no Waldorf, Alger Kates se hospedara na casa de amigos na rua 11 e Phoebe Gunther, a secretária de confiança de Boone, estava numa quitinete na rua 55 Leste.

Quando terminei, perguntei a Wolfe quem mais ele queria convidar. Ele disse que ninguém. Fiquei em pé, espreguicei-me e olhei para ele. "Suponho", observei, "que o resto será meramente a rotina de coleta de provas. Ed Erskine tem calos nas mãos. Isso ajuda?"

"Maldição." Ele suspirou desanimado. "Eu ia terminar o livro esta noite. E agora essa confusão infernal."

Ele empurrou o volume e pediu uma cerveja pelo interfone.

Eu, de pé junto ao arquivo, guardando os registros de germinação que Theodore havia trazido das estufas de plantas, fui levado a admitir que ele havia conquistado minha admiração. Não pela sua concepção da idéia de cavar um cliente pagante, o que apenas seguia o precedente dos tempos de vacas magras. Não pelo método adotado para a prospecção do cliente; eu mesmo poderia ter pensado nisso. Não pela execução, a maneira como lidara com a delegação da ANI; isso era uma óbvia variação da velha artimanha de se fazer de difícil. Tampouco pela petulância daqueles telegramas; admirar a petulância de Wolfe seria como admirar o gelo no pólo Norte ou as folhas verdes em uma floresta tropical. Nada disso. Eu estava admirado era com seu bom senso. Ele queria dar uma olhada naquele pessoal. O que você faz quando quer dar uma olhada em um sujeito? Você pega o seu chapéu e vai até onde ele está. Mas e se a idéia de pegar o chapéu e ir para a rua for algo detestável para você? Você pede ao homem para vir até onde você está. E o que o leva a pensar que ele virá? Era aí que entrava o bom senso. Considere o inspetor Cramer. Por que ele, chefe do Departamento de Homicídios, viria? Porque ele não sabia há quanto tempo Wolfe estava no caso e até onde tinha ido e, por isso, não podia se dar ao luxo de ficar de fora.

Às quatro em ponto, Wolfe havia entornado sua última cerveja e subido de elevador para as estufas de plantas. Terminei com os arquivos e juntei algumas coisas espalhadas pelo escritório, que esperavam por ali há um ou dois dias, e depois fui para a minha mesa com uma pilha de recortes de jornais, para ter certeza de que não tinha deixado nada importante de lado em meu resumo datilografado sobre a situação do caso Boone. Eu estava concentrado quando a campainha da porta tocou. Fui até lá, abri e me vi diante de um vendedor de aspiradores de pó. Ou pelo menos era o que ele deveria ter sido. Ele tinha um ar vivaz, amigável e desinibido. Mas alguns dos detalhes não batiam, como por exemplo suas roupas, que eram do tipo que eu passaria a comprar quando o meu tio rico morresse.

"Olá!", ele disse alegremente. "Aposto que o senhor é Archie Goodwin. O senhor foi visitar a senhorita Harding ontem. Ela me falou a seu respeito. O senhor não é Archie Goodwin?"

"Isso", eu disse. Era a melhor maneira de escapar. Se eu tivesse dito não ou tentado fugir, ele iria me encurralar mais cedo ou mais tarde.

"Achei que fosse", ele disse satisfeito. "Posso entrar? Eu gostaria de falar com o senhor Wolfe. Sou Don O'Neill, mas é claro que isso nada significa para o senhor. Sou presidente da O'Neill and Warder, Incorporated, e membro daquele combalido conglomerado de antigüidades, a ANI. Eu era o presidente do comitê organizador daquele acontecimento que tivemos no Waldorf, na outra noite. Acho que jamais vou superar essa história. Presidente do comitê organizador e deixei o orador principal ser assassinado!"

Minha reação foi a de uma pessoa que vinha se dando relativamente bem nos últimos trinta anos sem conhecer Don O'Neill e que não via motivo para mudar essa política, mas eu não podia deixar que meus sentimentos pessoais assumissem o controle. Assim, permiti que entrasse e o conduzi ao escritório e a uma cadeira, antes mesmo de explicar que ele teria que esperar meia hora, pois Wolfe estava ocupado. Por um breve momento, ele pareceu irritar-se, mas percebeu imediatamente que não era assim que se vendia aspiradores de pó e disse "é claro, tudo bem", e que não se incomodava de esperar.

Ele estava encantado com o escritório, levantou-se e circulou, olhando tudo. Livros — que seleção! O grande globo era maravilhoso, exatamente o que ele sempre quisera e nunca tinha se dado ao trabalho de ir atrás; agora iria...

Wolfe entrou, viu-o e lançou-me um olhar raivoso. Era verdade que eu deveria informá-lo antecipadamente sobre qualquer solicitante à espera, e nunca deixá-lo chegar desprevenido, daquela forma, mas as chances eram de dez contra um que, caso eu o tivesse avisado sobre O'Neill, ele teria se recusado a vê-lo e teria me mandado convidá-lo para a reunião das nove horas, e eu não via necessidade de mais três horas de descanso para o cérebro de Wolfe. Ele estava tão azedo que fingiu não acreditar em apertos de mão, reagiu à apresentação assentindo com a cabeça tão de leve que não teria derramado uma

33

gota se tivesse uma jarra de água sobre a cabeça, sentou-se, fitou o visitante com antipatia e perguntou diretamente:

"E então, senhor?"

O'Neill não se intimidou nem um pouco. "Eu estava admirando seu escritório."

"Obrigado. Mas suponho que não foi por isso que o senhor veio aqui."

"Ah, não. Como presidente do comitê organizador do jantar, estou no meio dessa história, queira ou não — essa história do assassinato de Boone. Não chegaria a dizer que estou envolvido, essa é uma palavra muito forte... digamos, preocupado. Certamente estou preocupado."

"Alguém sugeriu que o senhor está envolvido?"

"Sugeriu?" O'Neill pareceu surpreso. "Isso é dizer pouco. A polícia adotou a postura de que todos com alguma relação com a ANI estão envolvidos. É por isso que digo que a linha que o comitê executivo está seguindo é sentimentalista e irreal. Não me leve a mal, senhor Wolfe." Ele fez uma pausa e lançou um olhar amistoso para mim, a fim de me incluir na Sociedade dos Cidadãos Unidos Para Não Levar Don O'Neill A Mal. "Sou um dos membros mais progressistas da ANI, um republicano, apoiei Willkie em 1940. Mas a idéia de cooperar com a polícia da maneira como eles estão agindo, e até gastar nosso próprio dinheiro, não tem fundamento. Devemos dizer à polícia que tudo bem, houve um assassinato e, como bons cidadãos, esperamos que capturem o culpado, mas não temos nada a ver com isso e o assunto não é da nossa conta."

"E dizer a eles que parem de incomodar vocês."

"Isso mesmo. É exatamente isso." O'Neill ficou satisfeito ao encontrar um espírito afim. "Eu estava no escritório quando eles voltaram uma hora atrás, com a novidade de tê-lo contratado para investigar o caso. Gostaria de deixar claro que não estou fazendo nada escondido. Não é assim que trabalho. Voltamos a discutir e eu disse a eles que viria falar com o senhor."

"Admirável." Os olhos de Wolfe estavam abertos, o

que significava que estava se aborrecendo e não aproveitava nada da conversa. Ou então que se recusava a ligar o cérebro antes das nove horas. "Com a finalidade de me convencer a dar o assunto por encerrado?"

"Ah, não. Entendi que não há esperanças de que isso aconteça. O senhor não faria isso. Faria?"

"Receio que não, não sem um motivo excelente. Como o senhor Breslow disse, o interesse da justiça é primordial. Essa era a posição dele. A minha é que eu preciso do dinheiro. Então, por que o senhor veio?"

O'Neill sorriu para mim, como se dissesse: seu patrão é mesmo uma figura, não é? Ele deslocou o sorriso intacto para Wolfe. "Fico feliz em ver que o senhor vai direto ao ponto. Comigo isso é necessário, pela maneira como divago. O que me trouxe até aqui, sinceramente, foi meu senso de responsabilidade como presidente do comitê do jantar. Eu vi uma cópia da carta que Frank Erskine deu ao senhor, mas não ouvi a conversa que vocês tiveram, e dez mil dólares como adiantamento pelo trabalho de fazer perguntas diretas é um preço muito acima das nuvens. Eu contrato detetives em meu trabalho para coisas como relações trabalhistas e sei quanto eles recebem; então, naturalmente ocorreu-me a questão: será mesmo apenas um trabalho de fazer perguntas? Questionei Erskine, sem rodeios, 'Você contratou Wolfe para proteger os membros da ANI, para que ele... ahn... desviasse a atenção para outras direções?', e ele disse não. Mas conheço Frank Erskine e não estava satisfeito. Disse isso a ele. Meu problema é que tenho consciência e senso de responsabilidade. E por isso vim perguntar ao senhor."

Os lábios de Wolfe tremeram, não sei se por estar se divertindo ou por profunda indignação. A maneira como ele reage a um insulto não se refere ao insulto em si, mas a como está se sentindo no momento. No auge de um de seus períodos preguiçosos, ele não se daria ao trabalho de piscar, mesmo que alguém o acusasse de ser um especialista em investigações matrimoniais.

Seus lábios tremeram. "Também digo que não, senhor O'Neill. Mas receio que isso não o ajudará muito. E se eu e o senhor Erskine estivermos mentindo? Não sei se há algo que o senhor possa fazer, a não ser ir até a polícia e nos acusar de obstruir a justiça, mas a polícia também não é do seu agrado. O senhor realmente está em uma situação difícil. Nós convidamos algumas pessoas para se reunirem esta noite, às nove horas, para conversar sobre o assunto. Por que o senhor não aparece e fica de olho em nós?"

"Ah, eu virei. Eu disse a Erskine e aos outros que viria."

"Ótimo. Então, não vamos segurá-lo por ora. Archie?"

Mas não foi tão simples assim. O'Neill não estava de forma alguma pronto para ir, por causa de seu senso de responsabilidade. Finalmente, porém, conseguimos fazê-lo sair sem recorrer à violência física. Depois de persuadi-lo a seguir para a saída, voltei para o escritório e perguntei a Wolfe:

"Por que exatamente ele veio aqui? É claro que ele matou Boone, dá para entender, mas por que veio tomar o tempo dele e o meu..."

"Você o deixou entrar", Wolfe disse gelidamente. "Você não me avisou. Você parece ter esquecido..."

"Ah, sim", eu o interrompi alegremente, "tudo serve para o estudo da natureza humana. Eu ajudei a levá-lo para fora, não foi? Agora, temos trabalho a fazer, nos preparar para a reunião. Quantos seremos, cerca de doze, sem contar conosco?"

Ocupei-me com o problema das cadeiras. Havia seis no escritório, e o sofá acomodaria quatro confortavelmente, a não ser pelo fato de que, em um caso de assassinato de três dias, nem sempre é fácil encontrar quatro pessoas relacionadas ao assunto que ainda tenham disposição mental para compartilhar a mesma peça do mobiliário. Seria melhor ter várias cadeiras, de forma que eu trouxe mais cinco da sala da frente, que dava para a rua, e as distribuí pelo escritório, não em fileiras, o que teria sido muito rígido, mas espalhadas de maneira informal. Grande como era o aposento, ficou bem atulhado. Encostei-me na parede e examinei o resultado com as sobrancelhas franzidas.

"O que falta", observei, "é um toque feminino."

"Bah", Wolfe resmungou.

9

Às dez e quinze, Wolfe estava reclinado em sua cadeira com os olhos semicerrados, atento à conversa. Eles permaneciam lá há mais de uma hora. Eram treze. Graças à minha perspicácia com a arrumação das cadeiras, não houve disputa corporal. O contingente da ANI estava do lado mais distante da minha mesa, próximo à porta do corredor, com Erskine na poltrona de couro vermelho. Eram seis: os quatro da delegação da tarde, incluindo Winterhoff, que teria um compromisso inadiável, Hattie Harding e Don O'Neill.

Do meu lado da sala estava o grupo do DRP. Eram quatro: a sra. Boone, a viúva, Nina, a sobrinha, Alger Kates e um penetra chamado Solomon Dexter. Dexter tinha em torno de cinqüenta anos, provavelmente menos, parecia uma mistura de estadista com lenhador e, como diretor suplente, há vinte e quatro horas era o diretor em exercício do Departamento de Regulamentação de Preços. Ele viera, disse a Wolfe, *ex officio*.

Entre os dois exércitos inimigos ficaram os neutros, ou juízes: Spero, do FBI, o inspetor Cramer e o sargento Purley Stebbins. Expliquei a Cramer que eu sabia de sua preferência pela poltrona vermelha, mas que precisava dele no centro. Às dez e quinze, ele estava mais zangado do que nunca, pois há muito percebera que Wolfe começava do zero e que providenciara a reunião com a finalidade de receber, não de dar.

Houve apenas uma pequena tentativa de romper meus

planos para as cadeiras. A sra. Boone e sobrinha tinham chegado cedo, antes das nove, e, como não havia nada de errado com minha visão, acomodei a sobrinha, sem nenhuma hesitação, em uma das cadeiras amarelas da sala da frente, a que estava mais próxima à minha. Quando Ed Erskine chegou, sozinho e um pouco atrasado, indiquei a ele um lugar na ala da ANI, apenas para descobrir, depois de dar atenção a alguns outros clientes, que ele havia atravessado a sala e estava em minha cadeira, conversando com a sobrinha. Voltei e disse-lhe:

"Este lado é para os Capuleto. O senhor poderia sentar-se onde eu o coloquei?"

Ele girou o pescoço e levantou o queixo na minha direção, e seu foco não estava bom. Obviamente, ele se valia da teoria da imunidade adquirida, por causa da ressaca. Eu desejava ser justo, ele não estava de cara cheia, mas também não corria risco de desidratação.

Ele perguntou: "Hein? Por quê?".

"Entre outros motivos", respondi, "porque esta é minha cadeira e eu trabalho aqui. Não vamos transformar isso em um problema."

Ele deu de ombros e se moveu. Dirigi-me a Nina Boone de forma cortês:

"Esbarra-se em todo tipo de gente estranha no escritório de um detetive."

"Suponho que sim", ela respondeu. Não foi um comentário profundo, nada muito penetrante, mas sorri para mostrar-lhe meu apreço por ter se dado ao trabalho de fazê-lo, mesmo sob tensão. Tinha cabelos e olhos escuros, e mantinha o queixo firme.

Desde o momento, logo no começo, em que Wolfe anunciou que havia sido contratado pela ANI, o DRP mostrou-se desconfiado e hostil. Claro que qualquer um que lesse jornais ou ouvisse rádio, eu incluído, sabia que a ANI odiava Cheney Boone e tudo que ele representava, e que fizera todo o possível para atirá-lo aos lobos. Também era sabido que o DRP teria, com prazer, testado a bomba atômica em uma ilha, após ter juntado lá todo o bando da ANI. O que eu não tinha idéia era de como a situação estava quente, até aquela noite no escritório de Wolfe. Claro que havia dois novos elementos: o fato de que Cheney Boone fora assassinado, e logo em um jantar da ANI, e a perspectiva de que uma ou mais pessoas seriam presas, julgadas, condenadas e eletrocutadas.

Às dez e quinze, diversas boas questões, triviais e importantes, haviam sido abordadas. Na oportunidade, a posição do DRP era de que todas as pessoas na sala de recepção, e provavelmente muitas outras, sabiam que Boone estava no camarim próximo ao palco, o quarto do assassinato, enquanto a ANI alegava que não mais do que quatro ou cinco pessoas, além dos membros do DRP que estavam lá, sabiam disso. A verdade era que não havia como descobrir quem sabia ou não.

Nem os funcionários do hotel nem qualquer outra pessoa ouviram algum ruído no quarto do assassinato ou viram alguém entrar ou sair, a não ser aqueles cujas presenças eram sabidas e confirmadas.

Ninguém estava descartado por causa de idade, tamanho ou sexo. Mesmo que um jovem atleta possa usar uma chave inglesa para bater com mais força e rapidez do que uma velhota jogadora de bridge, ambos poderiam ter desferido os golpes que mataram Boone. Não havia sinal de luta. Qualquer um dos golpes, vindos de trás, poderia tê-lo atordoado ou matado. G. G. Spero, do FBI, entrou na discussão neste ponto, e respondeu a um comentário ferino de Erskine dizendo que não era função do FBI investigar assassinatos locais, mas, como Boone havia sido morto no exercício de um cargo governamental, o Departamento de Justiça tinha interesse legítimo no assunto e estava agindo segundo um pedido de cooperação da polícia de Nova York.

Um desenvolvimento interessante foi a dificuldade de descobrir como Boone havia sido morto, a não ser que tivesse se matado, pois todos tinham álibis. Isso se referia

40

a todo mundo, não só aos presentes no escritório de Wolfe — não havendo nenhum motivo especial para supor que o assassino estivesse entre nós —, mas a todos os mil e quatrocentos ou mil e quinhentos presentes no jantar. O tempo envolvido era de cerca de meia hora, entre as sete e quinze, quando Phoebe Gunther entregara o carrinho de bebê e seu conteúdo, incluindo as chaves inglesas, para Boone no quarto, e por volta de sete e quarenta e cinco, quando Alger Kates descobrira o corpo. A polícia tinha saído a campo para investigar, e todas as pessoas estavam com mais alguém, especialmente na sala de recepção. Mas a encrenca era que todos os álibis eram mútuos, ou entre pessoas da ANI, ou entre as do DRP. Por mais estranho que pareça, ninguém da ANI era álibi para alguém do DRP, ou vice-versa. Mesmo a sra. Boone, a viúva, por exemplo — ninguém da ANI tinha certeza se ela não havia deixado a sala de recepção naquele período, ou se ela fora direto dali para o palco, no salão de baile. Tampouco o pessoal do DRP tinha alguma certeza em relação a Frank Thomas Erskine, o presidente da ANI.

Não havia indício de que a finalidade fora impedir Boone de fazer aquele discurso específico. O discurso era típico de Boone, não escondia nada, mas tampouco expunha ou ameaçava qualquer indivíduo em particular, nem no texto distribuído previamente para a imprensa nem nas alterações e acréscimos de último minuto. Nada apontava para um assassino.

O primeiro ingrediente realmente novo para mim, do qual nada havia sido dito nos jornais, foi incluído, acidentalmente, pela sra. Boone. A única pessoa convidada para a nossa reunião que não comparecera era Phoebe Gunther, secretária de confiança de Boone. Seu nome tinha sido mencionado diversas vezes, é claro, durante a primeira hora, mas foi a sra. Boone que chamou a atenção para isso. Tive a impressão de que fez isso deliberadamente. Até o momento, ela não tinha recebido muita atenção de minha parte. Era uma mulher madura e encorpada, sem ser de fato gorda, e de forma alguma envelhecida, mas cujo nariz poderia ser um pouco maior.

Wolfe repassou a pergunta sobre a chegada de Cheney Boone ao Waldorf, e Cramer, que então se encontrava pronto a encerrar o assunto e ir embora, disse sarcasticamente: "Enviarei uma cópia das minhas anotações. Enquanto isso, Goodwin pode anotar o seguinte. Cinco pessoas — Boone e a esposa, Nina Boone, Phoebe Gunther e Alger Kates — iam pegar o trem da uma, de Washington para Nova York, mas Boone ficou preso em uma reunião de emergência e não veio. Os outros quatro vieram no trem e, quando chegaram a Nova York, a sra. Boone foi para o Waldorf, onde havia quartos reservados, e os outros três foram para o escritório do DRP na cidade. Boone veio de avião e chegou ao aeroporto de La Guardia às seis e cinco, foi para o hotel e subiu para o quarto onde estava sua esposa. Nessa hora, a sobrinha também estava lá, e os três desceram juntos para o andar do salão. Foram diretamente para a sala de recepção. Boone não levava chapéu ou casaco, que precisasse deixar na entrada, e carregava uma pequena valise de couro.

"Essa é a valise", a sra. Boone interrompeu, "que a senhorita Gunther disse ter esquecido no parapeito de uma janela."

Olhei para a viúva com ar de reprovação. Esse fora o primeiro sinal de divisão nas fileiras do DRP, e pareceu algo sinistro, pelo tom desagradável com que ela falou. Para piorar as coisas, Hattie Harding, da ANI, imediatamente aproveitou a deixa:

"E a senhorita Gunther está absolutamente errada, porque quatro pessoas diferentes viram a valise na mão dela quando deixou a sala de recepção!"

Solomon Dexter bufou: "É impressionante o que...".

"Por favor, senhor." Wolfe fez que não com o dedo. "Como era essa valise? Uma pasta de papéis? Uma frasqueira?"

"Não." Cramer voltava a ajudar. "Era uma maleta de

couro, como as de médico, contendo cilindros de um ditafone. A senhorita Gunther a descreveu para mim. Quando ela levou o carrinho de bebê e as outras coisas para Boone, na noite de terça-feira, no quarto onde foi morto, ele disse que a reunião em Washington terminara mais cedo do que o esperado, e que ele fora para o escritório e passara uma hora ditando, antes de pegar o avião para Nova York. Ele trouxera os cilindros naquela valise, para que ela fizesse a transcrição. Ela a carregou para a sala de recepção quando voltou para tomar um coquetel, e a deixou lá, no parapeito de uma janela. Esse é o final da história."

"É o que ela diz", repetiu a sra. Boone.

Dexter olhou furioso para ela. "Besteira!"

"A senhora", Hattie Harding inquiriu, "viu a maleta na mão dela quando ela saiu da sala de recepção?"

Todos os olhos voltaram-se para a viúva. Ela girou os dela e eu entendi a situação. Uma palavra seria suficiente. Ou ela era uma traidora ou não era. Confrontada com essa alternativa, não levou tempo para decidir. Enfrentou o olhar de Hattie Harding e disse claramente:

"Não."

Todos suspiraram. Wolfe perguntou a Cramer: "O que havia nos cilindros? Cartas? O quê?".

"A senhorita Gunther não sabia. Boone não lhe disse. Ninguém em Washington sabe."

"A reunião que terminou mais cedo do que Boone esperava era sobre o quê?"

Cramer fez que não com a cabeça.

"Com quem foi?"

Cramer fez que não novamente. G. G. Spero ajudou: "Estivemos trabalhando nisso em Washington. Não conseguimos rastrear nenhuma reunião. Não sabemos onde Boone esteve por duas horas, da uma às três. A melhor pista era que o chefe da ANI em Washington quis vê-lo, para falar sobre o discurso, mas ele nega...".

Breslow explodiu. "Por Deus", irrompeu, "aí está! É

sempre um homem da ANI! Isso é uma idiotice, Spero, e não se esqueça de onde vêm os salários do FBI! Eles vêm dos contribuintes!"

A partir desse ponto, a lama voou de forma mais ou menos constante. E não foi por nenhum tipo de encorajamento da parte de Wolfe. Ele disse a Breslow:

"As constantes referências à sua associação podem ser infelizes do seu ponto de vista, senhor, mas não podem ser evitadas. Uma investigação de assassinato invariavelmente é centrada em pessoas com motivos. O senhor ouviu Cramer dizer, no começo desta conversa, que uma investigação completa não revelou indícios de inimigos pessoais. Mas não pode negar que o senhor Boone tinha muitos inimigos, adquiridos por suas atividades como funcionário do governo, e que boa parte deles era de membros da ANI."

Winterhoff interveio: "Uma pergunta, senhor Wolfe: é sempre um inimigo que mata um homem?".

"Responda o senhor mesmo", disse Wolfe. "Obviamente foi para isso que o senhor fez a pergunta."

"Bem, certamente nem sempre é um inimigo", Winterhoff declarou. "Para ilustrar, não se pode dizer que o senhor Dexter aqui fosse inimigo de Boone, pelo contrário, eram amigos. Mas se o senhor Dexter se enchesse de ambição e desejasse se tornar diretor do Departamento de Regulamentação de Preços — que é o seu cargo no momento —, ele poderia tomar medidas para que a vaga ficasse disponível. Incidentalmente, também teria colocado sob grande suspeita os membros de uma organização pela qual tem ódio mortal — o que também aconteceu."

Solomon Dexter sorria para ele, e não era um sorriso simpático. "O senhor está apresentando uma acusação, senhor Winterhoff?"

"De forma alguma." O outro sustentou seu olhar. "Como eu disse, é apenas uma ilustração."

"Porque eu poderia mencionar uma pequena dificuldade. Eu estava em Washington até as onze da noite de terça-feira. O senhor teria que encontrar uma solução para isso, de algum jeito."

"De qualquer maneira", Frank Thomas Erskine disse com firmeza e judiciosamente, "o senhor Winterhoff apontou para uma questão óbvia."

"Uma de várias", Breslow reforçou. "Existem outras. Todos sabemos quais são, então por que não falar delas? A conversa sobre Boone e a secretária, Phoebe Gunther, arrasta-se há meses, e também sobre se a senhora Boone iria se divorciar ou não. E finalmente uma razão, uma razão muito forte, do ponto de vista de Phoebe Gunther, pela qual Boone tinha que se divorciar, não importando como sua esposa se sentisse a respeito. Que tal isso, inspetor? Quando se está lidando com um assassinato, não acha legítimo considerar coisas desse tipo?"

Alger Kates levantou-se e anunciou, com a voz trêmula: "Quero protestar dizendo que isso é totalmente desprezível e muito além dos limites de decência aceitáveis!".

Sua face estava lívida e ele continuou de pé. Não imaginei que carregasse isso dentro de si. Era o homem da pesquisa do DRP, que tinha levado algumas estatísticas de última hora para o Waldorf, para serem usadas por Boone no discurso, e descobrira o corpo. Se eu o visse no metrô e alguém me pedisse para adivinhar o que ele fazia da vida, eu responderia "pesquisador estatístico". Ele era talhado para a função, em tamanho, compleição, idade e medidas. Mas a maneira como se levantou para protestar — aparentemente ele liderava o DRP, como visto, com destemor. Sorri para ele.

Pela reação que provocou, poderia se pensar que o que a ANI mais odiava e temia no DRP era sua pesquisa. Eles uivaram para ele. Captei a essência de somente dois dos comentários, um de Breslow, de que apenas tinha repetido o que todos diziam, e o corte de Don O'Neill, com ares de patrão:

"Fique fora disso, Kates! Sente-se e cale a boca!"

Isso me pareceu um pouco demais, uma vez que não era ele quem pagava o salário de Kates; e então Erskine, girando na poltrona de couro vermelho para encarar o pesquisador, disse a ele com sarcasmo:

"Uma vez que o senhor não considera o presidente da ANI como a pessoa adequada para receber a notícia, dificilmente pode ser aceito como juiz da decência."

Então, pensei, é por isso que estão pulando em cima dele, porque falou com o gerente do hotel em vez de falar com eles. Kates deveria ter tido mais bom senso em vez de ferir seus sentimentos daquela maneira. Erskine ainda não tinha acabado com ele, e prosseguiu:

"Certamente, senhor Kates, o senhor está ciente de que emoções pessoais, como inveja, vingança ou frustração, muitas vezes resultam em violência e, portanto, são assuntos pertinentes em uma investigação de assassinato. Seria pertinente perguntar-lhe, por exemplo, se é verdade que o senhor gostaria de se casar com a sobrinha de Boone, e se estava ciente de que Boone se opunha e pretendia evitar..."

"Ora, seu grande mentiroso!", Nina Boone gritou.

"Se é pertinente ou não", Kates disse com uma voz fina e trêmula, "por certo não é pertinente o senhor me fazer qualquer questionamento. Se a polícia me fizesse essa pergunta, eu diria que parte é verdade e parte não é. Existem pelo menos duzentos homens no DRP que gostariam, e é razoável imaginar que ainda queiram, de casar-se com a sobrinha do senhor Boone. Eu não fazia a menor idéia de que o senhor Boone tinha qualquer coisa a dizer a respeito, de uma forma ou de outra, e, conhecendo a senhorita Boone como conheço, não intimamente mas bastante bem, eu duvido." Kates não moveu os olhos, mas a cabeça, para mudar o alvo. "Gostaria de perguntar ao senhor Wolfe, que admitiu estar sendo pago pela ANI, se fomos convidados a vir aqui para uma típica inquisição da ANI."

"E eu", Solomon Dexter interrompeu, sua voz soando como um trem dentro de um túnel, em contraste com a de Kates, "gostaria de informar ao senhor Wolfe que ele não é, de forma alguma, o único detetive contratado pela ANI. Por quase um ano, executivos e outras pessoas do DRP foram seguidos por detetives, e suas vidas, totalmente investigadas, em um esforço para se encontrar alguma coisa. Não sei se o senhor participou dessas operações..."

Mais confusão do lado da ANI, na forma predominante, até onde pude entender, de negativas indignadas. Nesse ponto, se não fosse pelas minhas providências com a arrumação das cadeiras, os dois exércitos provavelmente teriam feito contato. Wolfe parecia exasperado, mas sem fazer nenhum esforço para interromper, possivelmente ciente de que isso exigiria mais energia do que ele gostaria de gastar. O que os silenciou foi o inspetor Cramer erguendo-se e levantando a mão, oficialmente.

"Gostaria", esbravejou, "antes de ir embora, de dizer três coisas. Em primeiro lugar, senhor Dexter, posso garantir que Wolfe não ajudou a seguir seu pessoal ou investigar suas vidas, porque não há dinheiro suficiente neste tipo de trabalho. Em segundo, senhor Erskine e demais cavalheiros, a polícia está ciente de que ciúmes e coisas assim estão muitas vezes por trás de um assassinato, e não estamos em condição de esquecer disso. Em terceiro, senhor Kates, conheço Wolfe há vinte anos e posso lhes dizer por que foram convidados para vir aqui esta noite. Fomos convidados porque ele queria ser informado de tudo o que fosse possível rapidamente, sem sair de sua cadeira e sem que Goodwin tivesse que colocar gasolina no carro e gastar seus pneus. Não sei quanto ao resto de vocês, mas me sinto um idiota por ter vindo."

Ele virou-se. "Vamos embora, sargento. Você vem, Spero?"

É claro que isso encerrou o assunto. O DRP não queria mais nada, de qualquer maneira, e ainda que a ANI, ou parte dela, tenha mostrado uma inclinação para ficar e fazer sugestões, Wolfe usou seu poder de veto. Com todos fora de suas cadeiras, Ed Erskine cruzou a fronteira novamente e tentou uma segunda abordagem com Nina, mas pareceu, de onde eu estava, que ela o dispensou sem nem sequer abrir a boca. Eu fiz muito melhor, apesar de estar associado a Wolfe, que era pago pela ANI. Quando disse a ela que seria impossível pegar um táxi naquela parte da cidade e ofereci-me para levá-la e à tia ao hotel, ela respondeu:

"O senhor Dexter nos levará."

Uma declaração sincera e amigável, e eu a apreciei.

Mas, depois que todos saíram e eu e Wolfe ficamos sozinhos no escritório, tive a impressão de que não teria conseguido concretizar a oferta mesmo que ela tivesse aceitado.

"Foi péssimo Cramer ter bagunçado as coisas daquele jeito", observei. "Se tivéssemos conseguido mantê-los aqui por mais um pouco, digamos umas duas semanas, poderíamos ter chegado a um ponto de partida. Uma pena."

"Não foi uma pena", ele disse com irritação.

"Ah." Gesticulei e sentei. "Certo, então foi um sucesso retumbante. De todos os nossos convidados, qual o senhor achou mais interessante?"

Para minha surpresa, ele respondeu: "A mais interessante foi a senhorita Gunther".

"É? Por quê?"

"Porque ela não veio. Você tem o endereço dela?"

"É claro. Eu enviei o telegrama..."

"Vá e traga-a aqui."

Olhei para ele, olhei para o meu pulso, olhei de novo para ele. "São onze e vinte."

Ele assentiu. "As ruas são menos perigosas à noite, com menos tráfego."

"Não vou discutir." Levantei. "O senhor é pago pela ANI e eu sou pago pelo senhor. É assim que funciona."

10

Levei um sortimento de chaves para simplificar as coisas, caso o número 611 da rua 55 se mostrasse um prédio antiquado, sem elevador e com uma porta de entrada trancada. Em vez disso, era um formigueiro de doze andares, com um toldo e porteiros. Entrei no amplo saguão para pegar o elevador, avancei e disse casualmente: "Gunther".

Sem sequer olhar para mim, o ascensorista terminou um bocejo e gritou: "Ei, Sam! Para a dona Gunther!".

O porteiro, que eu havia ignorado, apareceu e olhou para mim. "Vou ligar para ela", disse, "mas é perda de tempo. Qual o seu nome e de que jornal você é?"

Normalmente gosto de manter a mão fechada, mas, diante das circunstâncias, sem limite para as despesas, não vi motivos para não incluí-lo também na folha de pagamento da ANI. Então, saí do elevador, caminhei até a recepção com ele e, quando chegamos à mesa telefônica, estiquei-lhe uma nota de dez dólares.

"Não sou de nenhum jornal. Vendo violões e violas."

Ele fez que não com a cabeça e começou a mexer na mesa. Coloquei uma mão em seu braço e disse: "Você não me deixou terminar. Aquela era o papai. Essa aqui é a mamãe". Apresentei outra de dez. "Mas preciso avisar que eles não têm filhos."

Ele apenas fez que não novamente e acionou uma chave. Fiquei chocado e sem palavras. Eu já tinha lidado com muitos porteiros e com certeza era capaz de identificar um que fosse honesto demais para aceitar vinte pratas por praticamente nada, e esse não era o caso. Seus princípios nem sequer se aproximavam de um padrão tão alto assim. Ele estava sendo puro por algum outro motivo. Saí do choque quando o vi falar: "Ele disse que vende violões e violas".

"O nome", acrescentei, "é Archie Goodwin, e fui enviado pelo senhor Nero Wolfe."

Ele repetiu minha identificação ao interfone e desligou quase em seguida, virando-se para mim, surpreso. "Ela disse para subir. 9 H." Ele me acompanhou até o elevador: "Sobre papai e mamãe, eu mudei de idéia, caso você ainda ache...".

"Eu estava brincando com você", falei. "Eles tiveram filhos. Este aqui é o pequeno Horácio." Dei a ele vinte e cinco centavos, segui em frente e disse para o ascensorista: "9 H".

Não tenho o costume de fazer comentários pessoais para mulheres jovens nos primeiros cinco minutos de um encontro e, se violei tal regra dessa vez, foi apenas porque a observação saiu involuntariamente. Quando toquei a campainha, ela abriu a porta, disse boa-noite, e eu assenti, tirei o chapéu e entrei, a luz do teto bem em cima dela brilhava em seu cabelo, e o que escapou foi:

"Fios de ouro."

"Sim", ela disse, "é a cor que eu uso."

Eu já começava a entender, pelos primeiros dez segundos, os motivos da pureza do porteiro. As fotos dela nos jornais não eram nada em comparação àquilo. Depois de pendurarmos meu casaco e chapéu, ela avançou para a sala na minha frente e, no meio do aposento, virou-se para perguntar:

"Conhece o senhor Kates?"

Achei que a pergunta tivesse escapado dela como o meu comentário, mas então o vi, levantando-se de uma cadeira em um canto, onde havia menos luz.

"Olá", eu disse.

"Boa-noite", ele disse com sua voz aguda.

"Sente-se." Phoebe Gunther ajeitou o canto de um tapete com o pé, calçava um chinelinho vermelho. "O senhor Kates veio me contar o que houve na reunião desta noite. O senhor toma um scotch? Rye? Bourbon? Gim? Refrigerante?"

"Não, obrigado." Eu estava colocando as peças internas de minha cabeça de volta no lugar.

"O.k." Ela sentou-se em um sofá, aninhada entre as almofadas. "O senhor veio ver a cor do meu cabelo ou há algum outro motivo?"

"Desculpe a intromissão entre a senhorita e o senhor Kates."

"Tudo bem. Não é mesmo, Al?"

"Não está nada bem", Alger Kates disse sem hesitar, com o tom de voz fino e carregado de tensão, mas muito claro, "para mim. Seria um despautério confiar nele ou acreditar em qualquer coisa que diga. Como eu disse, ele é pago pela ANI."

"Disse mesmo." A srta. Gunther relaxava em meio às almofadas. "Mas, uma vez que sabemos o suficiente para não confiar nele, tudo o que temos a fazer é ser um pouco mais espertos, para tirar mais dele do que ele de nós." Ela olhou para mim e pareceu sorrir, mas eu já havia descoberto que seu rosto era tão versátil, em especial sua boca, que seria melhor não tirar conclusões apressadas. Ela me disse, provavelmente sorrindo: "Tenho uma teoria sobre o senhor Kates. Ele fala como as pessoas falavam antes de ele nascer, portanto deve ler romances de antigamente. Eu não imaginaria que um pesquisador de estatísticas lesse qualquer tipo de romance. O que o senhor acha?".

"Não falo sobre pessoas que não confiam em mim", respondi educadamente. "E não acho que a senhorita seja."

"Seja o quê?"

"Mais esperta do que eu. Admito que seja mais bonita, mas duvido que seja mais inteligente. Ganhei o campeonato de soletração de Zanesville, Ohio, aos doze anos."

"Soletre bisbilhoteiro."

"Isso é uma infantilidade." Olhei para ela ferozmente. "Não acho que a senhorita esteja sugerindo que pegar pessoas que cometeram crimes é um trabalho vergonhoso, uma vez que é inteligente. Portanto, se o que tem em mente é minha vinda aqui, por que não disse ao porteiro..."

Parei por aí, porque ela provavelmente estava rindo de mim. Deixei de encará-la com irritação, mas continuei a olhar, o que não foi uma boa atitude, porque era isso que interferia em meus processos mentais.

"O.k.", disse rapidamente, "a senhorita me provocou e me fez piscar. O primeiro round é seu. Vamos para o segundo. O senhor Kates pode ser tão leal quanto o garoto na recepção, mas é um tolo. Nero Wolfe é traiçoeiro, admito, mas a idéia de que ele possa acobertar um assassino pelo fato de pertencer a alguma organização que assina cheques é maluquice. Examine os históricos dos serviços dele e mostre-me quando ele alguma vez aceitou um substituto, não importando quem tenha dito que fosse tão bom quanto ele. Aqui vai uma dica de graça: se a senhorita acha ou sabe que alguém do DRP fez isso e não deseja que a pessoa seja capturada, ponha-me na rua imediatamente e fique o mais longe de Wolfe que conseguir. Se acha que foi alguém da ANI e deseja ajudar, calce os sapatos, pegue seu chapéu e casaco e venha comigo para o escritório dele. No que me diz respeito, não precisa se incomodar com o chapéu." Olhei para Kates. "Se tiver sido o senhor, por algum motivo que não possa ser mencionado em nome da decência, o melhor é vir junto, confessar e acabar logo com a história."

"Eu lhe avisei!", Kates disse a ela triunfalmente. "Viu como ele manipula as coisas?"

"Não seja idiota." A srta. Gunther olhou para ele, aborrecida. "Eu explico a você. Ao perceber que sou mais esperta do que ele, resolveu provocá-lo, e certamente tem alguma comprovação de que o senhor é um tolo. Na verdade, é melhor o senhor ir embora. Deixe-o comigo. Eu falo com o senhor amanhã, no escritório."

Kates balançou a cabeça com bravura e firmeza. "Não!"

Ele insistiu. "Ele seguirá por esse caminho! Eu não vou..."

Ele continuou, mas não havia mais motivo nem para eu responder nem para ele dizer alguma coisa, pois a dona da casa havia se levantado, ido até uma mesa e pegado o chapéu e o casaco dele. Me deu a impressão de que sob certos ângulos ela deve ter sido inadequada enquanto secretária de confiança. A secretária de um homem está sempre indo de um lado para outro, levando e trazendo papéis, recebendo e fazendo ligações, sentando e levantando e, se houver uma tentação constante em observar como ela se mexe, fica difícil terminar qualquer trabalho.

Kates perdeu a discussão, é claro. Em dois minutos, a porta havia se fechado atrás dele e a srta. Gunther estava de volta ao sofá, em meio às almofadas. Enquanto isso, eu fazia o máximo para me manter concentrado. Assim, quando ela aparentemente sorriu para mim e me disse para seguir em frente e lhe ensinar a tabuada, eu levantei e perguntei se podia usar o telefone.

Ela ergueu as sobrancelhas. "O que devo fazer? Perguntar para quem vai ligar?"

"Não, é só dizer sim."

"Sim, está bem ali..."

"Já vi, obrigado."

O aparelho ficava em uma mesinha encostada na parede, com um banquinho ao lado. Puxei o banquinho, sentei-me de costas para ela e disquei. Depois de apenas um toque, pois Wolfe detestava que o telefone tocasse, ouvi um alô e falei:

"Senhor Wolfe? Archie. Estou aqui com a senhorita Gunther, no apartamento dela, e não acho que seja uma boa idéia levá-la aí, como o senhor sugeriu. Em primeiro lugar, ela é muito inteligente, mas não é por isso. Ela é a mulher com quem venho sonhando nos últimos dez anos, lembra do que eu lhe disse? Não estou dizendo que ela seja bonita, isso é só uma questão de gosto, digo apenas que ela é exatamente o que eu tinha em mente. Assim, será muito melhor se eu lidar com ela. Ela começou me fazendo de palhaço, mas porque eu estava em choque. Pode levar uma semana ou um mês, ou mesmo um ano, porque é muito difícil conseguir trabalhar nessas circunstâncias, mas o senhor pode contar comigo. Vá para a cama e eu entro em contato com o senhor pela manhã."

Levantei do banquinho e me virei para olhar o sofá, mas ela não estava mais lá. Estava perto da porta, de casaco azul-escuro com gola de raposa, de frente para um espelho, ajeitando um artefato azul-escuro sobre a cabeça.

Ela olhou para mim. "Muito bem, vamos embora."

"Embora para onde?"

"Não seja modesto." Ela desviou-se do espelho. "O senhor deu duro para encontrar um jeito de me levar até o escritório de Nero Wolfe e fez um bom trabalho. O segundo round é seu. Algum dia faremos o desempate. Por ora, estou indo para a casa de Nero Wolfe, então teremos que adiar. Fico feliz em saber que não me acha bonita. Nada irrita mais uma mulher do que acharem que ela é bonita."

Peguei meu casaco e ela abriu a porta. Sua bolsa, debaixo do braço, tinha a mesma cor azul que o chapéu. No caminho para o elevador, expliquei: "Eu não disse que não a achava bonita. Eu disse...".

"Ouvi o que o senhor disse. Acertou-me com toda a clareza. Mesmo vindo de um estranho que também pode ser um inimigo, me feriu. Sou vaidosa e isso é tudo. Porque acontece que simplesmente não enxergo bem e realmente me acho bonita."

"Eu também...", comecei a dizer, mas vi o canto de sua boca se mexendo levemente e parei a tempo. Estou contando o que aconteceu. Se alguém achar que eu estava deixando passar tudo o que ela atirava em mim, não vou discutir, mas gostaria de assinalar que eu estava bem ali com ela, olhando-a e ouvindo o que dizia, e o diabo é que ela era bonita.

Dirigindo para a rua 35, ela manteve a atmosfera tão amigável quanto se eu jamais tivesse estado a menos de dez quilômetros da ANI. Ao entrar na casa, encontramos o escritório vazio, então a deixei ali e fui procurar Wolfe. Ele estava na cozinha, imerso em uma discussão com Fritz sobre o programa culinário do dia seguinte. Sentei-me em um banco, pensando sobre o último desdobramento, que atendia pelo nome de Gunther, até que terminassem. Wolfe finalmente percebeu minha presença.

"Ela está aqui?"

"Sim. Claro. Ajeite a gravata e penteie o cabelo."

11

Eram duas e quinze da madrugada quando Wolfe olhou o relógio da parede, suspirou e disse: "Muito bem, senhorita Gunther, estou pronto para cumprir minha parte do acordo. Concordamos que, depois de a senhorita responder às minhas perguntas, eu responderia às suas. Vá em frente".

Não me distraí demais olhando para a beldade, pois Wolfe tinha mandado que eu anotasse tudo o que fosse dito e meus olhos se ocuparam em outro lugar. Foram cinqüenta e quatro páginas. Wolfe estava com aquela disposição de olhar debaixo de cada pedra, e em algumas das páginas o assunto tinha tanto a ver com o assassinato de Boone, pelo que eu via de onde estava sentado, quanto a travessia do rio Delaware feita por George Washington.

Algumas coisas talvez pudessem ajudar. Em primeiro lugar, e o mais importante, o itinerário dela na terça-feira anterior. Ela nada sabia sobre a reunião que impedira Boone de sair de Washington no trem com os demais, e admitiu que aquilo fora uma surpresa, uma vez que ela era a secretária de confiança e deveria saber de tudo, como normalmente sabia. Ao chegar a Nova York, ela seguira com Alger Kates e Nina Boone para o escritório do DRP na cidade, onde Kates fora para a seção de estatística e ela e Nina haviam ajudado os chefes de departamento a coletar os itens que seriam usados como ilustração durante o discurso. Tinham juntado todo tipo de coisa, de palitos de dentes a máquinas de escrever, e só às seis horas terminaram de fazer a seleção — dois abridores de latas, duas chaves inglesas, duas camisas, duas canetas-tinteiro e um carrinho de bebê — e reuniram os dados sobre todos eles. Um dos homens levara tudo para a rua, chamara um táxi e ela fora para o Waldorf. Nina tinha ido na frente. Um empregado do hotel a ajudara a levar os itens para o salão de baile e para a sala de recepção. Ali ela soube que Boone havia solicitado privacidade para revisar o discurso, e um homem da ANI, o general Erskine, a conduzira até o quarto, que ficaria em breve conhecido como quarto do assassinato.

Wolfe perguntou: "*General* Erskine?".

"Sim", ela disse, "Ed Erskine, filho do presidente da ANI."

Bufei.

"Ele foi general-de-brigada", ela disse. "Um dos mais jovens generais da Força Aérea."

"A senhorita o conhece bem?"

"Não, eu o vi uma ou duas vezes e nunca tinha sido apresentada a ele. Mas, naturalmente, eu o odeio." Naquele momento, não havia dúvida sobre isso; ela não estava sorrindo. "Odeio qualquer pessoa ligada à ANI."

"Naturalmente. Continue."

Ed Erskine tinha levado o carrinho de bebê até a porta do quarto e deixara a srta. Gunther lá, e ela não havia ficado com Boone mais do que dois ou três minutos. A polícia gastara horas em cima desses dois ou três minutos, uma vez que foram os últimos que alguém tinha passado com Boone vivo, sem contar o tempo do assassino. Wolfe ocupou duas páginas do meu caderno. Boone estivera concentrado e tenso, até mais do que o normal, o que não era nada demais diante das circunstâncias. Ele tinha pegado as camisas e as chaves inglesas bruscamente de dentro do carrinho de bebê e posto sobre a mesa, dera uma olhada nos dados e lembrara a srta. Gunther de que ela deveria acompanhá-lo com uma cópia do discurso enquanto ele falasse e anotar qualquer desvio que ele fizes-

57

se em relação ao texto; dera a ela a maleta de couro, mandando que a levasse. Ela havia voltado para a sala de recepção e tomara dois drinques, rapidamente, pois achou que precisava deles, depois se juntara à multidão rumo ao salão de baile e encontrara a mesa número 8, próxima ao palco, reservada para o pessoal do DRP. Ela estava comendo as frutas do coquetel quando lembrou da maleta de couro e de que a havia deixado no parapeito da janela, na sala de recepção. Não avisou ninguém, pois não queria confessar sua falta de cuidado e, no momento em que estava prestes a pedir licença para a sra. Boone e se levantar da mesa, Frank Thomas Erskine, do alto do palco, falara ao microfone:

"Senhoras e senhores, lamento ter de lhes dar esta notícia de forma tão abrupta, mas preciso explicar por que ninguém pode sair deste salão..."

Ela só conseguira sair do salão uma hora depois e fora até a sala de recepção, e a valise não estava mais lá.

Boone dissera a ela que a valise continha cilindros que ele usara para gravar os textos que ditara, naquela tarde, em seu escritório de Washington, e aquilo era tudo o que ela sabia. Não era digno de nota que ele não lhe tivesse dito nada sobre o assunto da gravação, pois raramente o fazia. Como ele usava os serviços de outras estenógrafas para as tarefas de rotina, estava claro que quaisquer cilindros que entregasse pessoalmente a ela eram importantes e provavelmente confidenciais. Havia doze valises como aquela no escritório de Boone, cada uma com dez cilindros, e elas eram transportadas de um lado para outro freqüentemente, entre ele, ela e as outras estenógrafas, uma vez que Boone ditava praticamente tudo para o aparelho. Elas eram numeradas, identificadas no alto, e aquela era a de número 4. O aparelho usado por Boone era o estenofone.

A srta. Gunther admitiu que cometera um erro. Ela não tinha mencionado a valise perdida a ninguém até quarta-feira de manhã, quando a polícia lhe perguntara o que havia na valise que carregava quando fora para a sala de recepção para tomar seu drinque. Algum inútil da ANI obviamente havia contado à polícia sobre a valise. Ela tinha dito à polícia que ficara com vergonha de confessar sua negligência, e, de qualquer forma, seu silêncio não prejudicara ninguém, uma vez que a valise não tivera nenhuma conexão com o assassinato.

"Quatro pessoas", Wolfe murmurou, "disseram que a senhorita levou a valise consigo da sala de recepção para o salão de baile."

Phoebe Gunther assentiu, sem se abalar. Ela bebia bourbon e água, e fumava um cigarro. "O senhor pode acreditar neles ou em mim. Não me surpreenderia se quatro pessoas daquele tipo dissessem que haviam olhado pela fechadura e me visto matar o senhor Boone. Ou mesmo quarenta."

"A senhorita fala de pessoas da ANI. Mas a senhora Boone não é uma delas."

"Não", Phoebe concordou. Ela encolheu os ombros, manteve-os assim por um segundo e os deixou cair. "O senhor Kates me contou o que ela disse. A senhora Boone não gosta de mim. Ainda assim — prefiro duvidar de que seja verdade —, acho que talvez ela goste de mim, sim, mas odiava que seu marido dependesse de mim. O senhor percebe que ela não mentiu realmente sobre isso; ela não disse que havia me visto com a valise quando eu saí da sala de recepção."

"Para que o senhor Boone dependia da senhorita?"

"Para fazer as coisas que ele me mandava fazer."

"É claro." Wolfe apenas murmurava. "Mas o que ele obtinha da senhorita? Uma obediência inteligente? Lealdade? Uma companhia reconfortante? Felicidade? Êxtase?"

"Ora, pelo amor de Deus." Ela pareceu relativamente enojada. "O senhor fala como a esposa de um congressista. O que ele recebia era trabalho de primeira classe. Não estou dizendo que durante os dois anos em que trabalhei para o senhor Boone eu estivesse sempre carente de êxtase, mas não levava isso para o escritório comigo e, de qualquer modo, eu estava me poupando para quando encontrasse o senhor Goodwin." Ela gesticulou. "O senhor também andou lendo romances de antigamente. Se quer saber se a intimidade pecaminosa estava incluída no contrato com o senhor Boone, a resposta é não. Por um motivo: ele era muito ocupado, assim como eu, e, de qualquer forma, não me afetava dessa maneira. Eu apenas o idolatrava."

"É mesmo?"

"Sim." Ela deu a impressão de que falava a sério. "Ele era irritável e exigente demais, era gordo e tinha caspa, e praticamente me levava à loucura para manter sua agenda sob controle, mas era inteiramente honesto e o melhor homem em Washington, e enfrentava qualquer bando de porcos, por mais sujos que fossem. E eu, que pra começar nasci tonta, só podia idolatrá-lo, mas onde ele ia buscar seu êxtase realmente não sei."

Isso pareceu ser suficiente sob o ponto de vista do êxtase. Foi em torno dessa questão, enquanto eu enchia página após página do meu caderno, que avaliei até onde eu acreditava nela, e, quando vi que meu medidor de credibilidade chegava à faixa dos noventa e continuava a subir, considerei-me desqualificado para fazer a avaliação.

Ela tinha uma opinião definitiva sobre o assassinato. Duvidava de que muitos membros da ANI estivessem metidos nisso, provavelmente nem mesmo dois, pois eram cautelosos demais para conspirar com um assassinato que se tornaria uma sensação nacional. Achava que algum membro sozinho cometera o crime ou contratara ajuda, e teria que ser alguém cujos interesses tivessem sido tão prejudicados ou ameaçados por Boone que estaria disposto a ignorar o olho roxo no rosto da ANI. Ela aceitou a teoria de Wolfe de que agora era desejável, do ponto de vista da ANI, que o assassino fosse pego.

"Então, não seria lógico", Wolfe perguntou, "que a senhorita e o DRP preferissem que ele não fosse capturado?"

"Pode ser", ela admitiu. "Mas receio que, pessoalmente, eu não seja tão lógica, então não sinto a coisa dessa maneira."

"Porque a senhorita idolatrava o senhor Boone? Isso é compreensível. Mas, nesse caso, por que não aceitou meu convite anterior para vir aqui e discutir o assunto?"

Ela ou já tinha a resposta pronta, ou não precisava tê-la pronta. "Porque eu não estava com vontade. Estava cansada e não sabia quem ia estar aqui. Entre a polícia e o FBI, respondi a milhares de perguntas, um milhão de vezes cada uma, e precisava descansar."

"Mas veio com o senhor Goodwin."

"Certamente. Qualquer moça que precisasse relaxar iria a qualquer lugar com o senhor Goodwin, porque não teria que usar a mente." Ela nem sequer me lançou um olhar, mas continuou. "No entanto, não pretendo ficar a noite toda e já passa das duas. E a minha vez?"

Foi quando Wolfe olhou para o relógio, suspirou e disse a ela para prosseguir.

Ela se mexeu na cadeira para se acomodar, deu alguns goles no copo e reclinou a cabeça contra o encosto vermelho, causando um efeito muito agradável. Então perguntou, como se não fizesse muita diferença:

"Quem o levou à ANI, o que lhe disseram, com o que o senhor concordou e quanto estão lhe pagando?"

Wolfe ficou tão surpreso que quase piscou. "Ah, não, senhorita Gunther, nada disso."

"Por que não?", ela perguntou. "Então não fizemos acordo algum."

Ele refletiu por um momento, dando-se conta de onde havia se metido. "Muito bem", ele disse, "vamos ver. O senhor Erskine e seu filho, o senhor Breslow e o senhor Winterhoff vieram falar comigo. E mais tarde veio o senhor O'Neill também. Disseram muitas coisas, mas o desfecho foi que me contrataram para investigar. Eu concordei em fazer isso e em tentar pegar o assassino. O que..."

"Não importando quem seja?"

"Sim. Não interrompa. O que eles pagarão dependerá das despesas realizadas e do que eu decidir cobrar. Será adequado. Não gosto da ANI. Sou um anarquista."

Ele decidira aproveitar a situação ao máximo sendo excêntrico. Ela o ignorou.

"Eles tentaram persuadi-lo de que o assassino não é alguém da ANI?"

"Não."

"O senhor teve a impressão de que eles tinham algum suspeito?"

"Não."

"O senhor acha que um dos cinco que vieram aqui cometeu o assassinato?"

"Não."

"Quer dizer que está satisfeito com a idéia de que nenhum deles cometeu o crime?"

"Não."

Ela gesticulou. "Isso é idiota. O senhor não está jogando limpo. Não diz outra coisa a não ser não."

"Estou respondendo às suas perguntas e, até agora, não disse nenhuma mentira. Duvido que a senhorita possa dizer o mesmo."

"Ora, o que foi que eu disse que não era verdade?"

"Não tenho idéia. Ainda não. Mas terei. Continue."

Interrompi, dirigindo-me a Wolfe. "Perdão, mas não conheço precedentes para isso, o senhor sendo acuado por uma pessoa suspeita de assassinato. Devo fazer anotações?"

Ele me ignorou e repetiu para ela: "Continue. O senhor Goodwin está simplesmente criando uma oportunidade para chamar a senhora de suspeita de assassinato".

Ela estava concentrada e também me ignorou. "O senhor acha", ela perguntou, "que a utilização da chave inglesa, que ninguém tinha como saber que estaria lá, prova que o assassinato não foi premeditado?"

"Não."

"Por que não?"

"Porque o assassino poderia ter ido armado, visto a chave inglesa e decidido usá-la."

"Mas pode ter sido não premeditado?"

"Sim."

"Algum homem da ANI disse alguma coisa ao senhor que indicasse que ele ou qualquer um deles soubesse quem pegou a valise de couro ou o que aconteceu com ela?"

"Não."

"Ou onde ela está agora?"

"Não."

"O senhor tem alguma idéia de quem é o assassino?"

"Não."

"Por que mandou o senhor Goodwin atrás de mim? Por que eu, em vez de... ah, qualquer um?"

"Porque a senhorita se manteve à distância e eu quis saber por quê."

Ela parou, sentou-se ereta, deu mais um gole, secando o copo, e jogou os cabelos para trás.

"Isso é um monte de besteira", ela disse enfaticamente. "Eu poderia continuar fazendo perguntas por horas, e como iria saber que uma única palavra do que o senhor diz é verdade? Por exemplo, eu poderia dar sei lá o que por essa valise. O senhor diz que, até onde sabe, ninguém tem idéia do que aconteceu com ela ou de onde está, e ela pode estar nesta sala, bem agora, em sua mesa." Ela olhou para o copo, viu que estava vazio e o colocou sobre a mesinha dos cheques.

Wolfe concordou. "Isso é sempre difícil. Eu estava com a mesma dificuldade em relação à senhorita."

"Mas eu não tenho motivos para mentir!"

"Fúúú! Todo mundo tem algo sobre o que mentir. Vá em frente."

"Não." Ela ficou em pé e ajeitou a saia. "É totalmente inútil. Vou para casa e para a cama. Olhe para mim. Estou parecendo uma bruxa velha?"

Isso o surpreendeu novamente. Sua atitude em relação às mulheres era tal que elas raramente perguntavam a ele sobre a própria aparência.

Ele resmungou: "Não".

"Mas estou", ela afirmou. "É assim que as coisas sempre me afetam. Quanto mais cansada estou, menos pareço. Na terça-feira, sofri o golpe mais forte da minha vida, e desde então não tive uma noite de sono decente, veja o meu estado." Ela virou-se para mim. "O senhor poderia me mostrar o melhor caminho para pegar um táxi?"

"Eu a levo", disse-lhe. "Tenho que estacionar o carro, de qualquer modo."

Ela deu boa-noite a Wolfe, pegamos nossas coisas, saímos e fomos para o carro. Ela deixou a cabeça pender sobre o encosto e fechou os olhos por um segundo, depois abriu-os, ajeitou-se e lançou-me um olhar.

"Então a senhorita levou Nero Wolfe na conversa", observei, como se falasse com uma estranha.

"Não se afaste", ela disse e aproximou-se para colocar os dedos em torno do meu braço, dez centímetros abaixo do ombro, e pressionou. "Não dê atenção a isso. Não significa nada. De vez em quando, gosto de sentir o braço de um homem."

"Certo, eu sou um homem."

"Assim eu suspeitava."

"Quando tudo acabar, ficarei feliz em ensinar a senhorita a jogar bilhar ou a procurar palavras no dicionário."

"Obrigada." Achei que ela tivesse estremecido. "Quando tudo acabar."

Ao pararmos em um sinal perto da rua 40, ela disse: "Sabe, acho que vou ficar histérica, mas não dê atenção a isso também".

Olhei para ela e certamente não havia o menor sinal de histeria em sua voz ou em seu rosto. Jamais havia visto alguém agir de maneira menos histérica. Quando estacionei em frente ao prédio, ela desceu antes que eu pudesse me mover e estendeu-me a mão.

"Boa noite. Ou qual é o protocolo? Um detetive aperta a mão de um dos suspeitos?"

"Claro que sim." Apertamos as mãos. Encaixaram-se muito bem. "Para que o suspeito baixe a guarda."

Ela desapareceu hall adentro, provavelmente dando um breve olhar para o porteiro, no caminho para o elevador, para fortalecer os motivos dele.

Ao voltar para casa depois de estacionar o carro, passei pelo escritório para ter certeza de que o cofre estava fechado. Sobre a minha mesa havia um bilhete escrito às pressas.

Archie: Não se comunique mais com a srta. Gunther, a não ser sob meu comando. Uma mulher que não seja uma tola é perigosa. Eu não gosto deste caso e decidirei amanhã se vou abandoná-lo e devolver o adiantamento. Chame Panzer e Gore para estarem aqui de manhã.

NW

O que me deu uma vaga idéia do estado de confusão em que ele estava, pela maneira como o bilhete era contraditório. A diária de Saul Panzer era de trinta dólares, e a de Bill Gore era de vinte, sem mencionar as despesas. O fato de ele se comprometer com esses gastos era uma prova absoluta de que não haveria nenhuma devolução do adiantamento. Ele simplesmente apelava para a minha simpatia por ter aceitado um trabalho tão árduo. Subi dois lances de escada até o meu quarto, olhei para a porta do dele ao passar no primeiro andar e percebi que a lampadazinha vermelha estava acesa, mostrando que ele havia acionado o alarme.

12

Percebi claramente a dificuldade do serviço quando, na manhã seguinte, depois que Wolfe desceu das estufas, às onze horas, eu o ouvi dando instruções a Saul Panzer e Bill Gore.

Para qualquer um que o visse, mas não o conhecesse, Saul Panzer não passava de um sujeito pequeno com um nariz grande que quase nunca estava em dia com a barba. Para os poucos que o conheciam, Wolfe e eu, por exemplo, esses detalhes nada significavam. Ele era o único agente autônomo em Nova York que, ano após ano, tinha sempre pelo menos dez ofertas de trabalho a mais do que poderia ou estaria inclinado a aceitar. Jamais deixava Wolfe na mão, se pudesse ajudar de alguma forma. Naquela manhã, estava sentado com seu velho sobretudo marrom sobre os joelhos, sem anotar nada, pois nunca precisava, enquanto Wolfe descrevia a situação e o instruía a passar no Waldorf tantas horas ou dias quantos fossem necessários, coletando toda e qualquer informação com alguma utilidade. Ele deveria vigiar tudo e todos.

Bill Gore era grande e grosseiro, e bastava uma olhada no alto de sua cabeça para ver que estava condenado — ficaria careca nos próximos cinco anos. Seu objetivo imediato era o escritório da ANI, onde deveria reunir certas listas e registros. Erskine havia sido contatado por telefone e prometera que iria cooperar.

Depois que saíram, perguntei a Wolfe: "É tão ruim assim?".

Ele me olhou, franzindo as sobrancelhas. "Tão ruim o quê?"

"O senhor sabe muito bem o quê. Cinqüenta dólares por dia para juntar os restos. O que há de genial nisso?"

"Genial?" O franzir das sobrancelhas virou um olhar raivoso. "O que um gênio pode fazer com esse maldito vale-tudo? Mil pessoas, todas com motivos, oportunidade e meios ao alcance da mão! Por que diabos deixei que você me convencesse..."

"Não senhor", eu disse em voz alta e firme. "Nem tente! Quando vi como seria difícil, e depois li o bilhete que o senhor me deixou na noite passada, era óbvio que iria tentar jogar a culpa em mim. De jeito nenhum. Admito que não sabia que o caso era tão desesperador até ouvi-lo mandar Saul e Bill fuçar no fundo dos buracos que os tiras já tinham limpado. O senhor não precisa admitir que está derrubado. Mas tem como escapar. Posso fazer um cheque para a ANI, com seus dez mil, e o senhor pode ditar uma carta, dizendo-lhes que, por ter contraído sarampo, ou talvez fosse melhor dizer..."

"Cale a boca", ele grunhiu. "Como posso devolver um dinheiro que não recebi?"

"Mas o senhor recebeu. O cheque veio no correio da manhã e eu o depositei."

"Meu Deus. Está no banco?"

"Sim, senhor."

Ele pressionou o botão bruscamente, para pedir cerveja. Estava o mais próximo de uma crise de pânico que eu já vira.

"Então o senhor não tem nada", eu disse, sem piedade. "Nem uma pista?"

"Certamente tenho alguma coisa."

"É mesmo? O quê?"

"Algo que o senhor O'Neill disse ontem à tarde. Algo muito peculiar."

"O quê?"

Wolfe balançou a cabeça. "Nada para você. Vou pôr Saul ou Bill atrás disso amanhã."

Não acreditei numa palavra do que ele disse. Por dez minutos, repassei mentalmente tudo o que lembrava que Don O'Neill havia dito, e então acreditei menos ainda.

Durante todo o sábado, ele não me mandou fazer nada relacionado ao caso Boone, nem mesmo um telefonema. As ligações vieram de outra direção, e foram várias. A maioria de jornais e do gabinete de Cramer e assim por diante, nada a não ser fofocas. Duas delas serviram apenas para quebrar a tensão.

Winterhoff, o distinto cavalheiro do anúncio de uísque, ligou em torno do meio-dia. Exigia algo pelo seu dinheiro imediatamente. Os tiras estavam atrás dele. Muitas horas de interrogatório com catorze pessoas haviam estabelecido que fora ele quem sugerira o pequeno camarim próximo ao palco para a privacidade de Boone, e quem o levara até lá, e ele estava sendo assediado. Explicara que seu conhecimento do quartinho devia-se ao fato de ter participado de outros eventos naquele local, mas não tinham ficado satisfeitos. Ele queria que Wolfe atestasse sua inocência e instruísse a polícia a deixá-lo em paz. Sua solicitação não foi encaminhada.

Pouco antes do almoço houve uma ligação de um homem com voz educada dizendo que seu nome era Adamson, do conselho da ANI. Seu tom sugeria que não estava muito entusiasmado com a contratação de Wolfe, e ele exigia praticamente tudo, incluindo um relatório diário de todas as ações. Insistiu em falar com Wolfe, o que foi um erro de sua parte, porque se quisesse falar comigo eu poderia ao menos tê-lo tratado de forma educada.

Outra coisa que a ANI solicitou no mesmo dia em que recebemos o cheque do adiantamento foi algo que não poderíamos fazer nem que quiséssemos. O pedido veio por intermédio de Hattie Harding em pessoa, no meio da tarde, logo depois de Wolfe subir para as estufas de orquídeas. Eu a levei até o escritório e nos sentamos no sofá. Ainda estava com boa aparência e bem vestida, os olhos ainda transmitiam competência, mas a tensão já era visível. Ela parecia muito mais próxima dos quarenta e oito do que dos vinte e seis.

Viera pedir socorro, embora não tenha posto as coisas nesses termos. Em suas palavras, o inferno estava tomando conta do país de costa a costa, e o fim do mundo era esperado a qualquer minuto. As Relações Públicas estavam no limite de suas forças. Centenas de telegramas choviam no escritório da ANI, de associados e amigos de todo o país, informando sobre editoriais de jornais, resoluções passadas para a Câmara do Comércio e para todo tipo de associações e grupos, e conversas na rua. Até — e isso era estritamente extra-oficial — onze pedidos de desligamento haviam sido enviados por associados, um deles de um membro do conselho administrativo. Algo tinha que ser feito.

Eu perguntei o quê.

Alguma coisa, ela disse.

"Capturar o assassino, por exemplo?"

"Isso, com certeza." Ela parecia encarar esse aspecto como mero detalhe. "Mas algo para interromper esse alvoroço insano. Talvez uma declaração assinada por uma centena de cidadãos importantes. Ou telegramas, para amanhã, sugerindo sermões, amanhã é domingo..."

"A senhorita está sugerindo que o senhor Wolfe envie telegramas para cinqüenta mil pastores, padres e rabinos?"

"Não, claro que não." Suas mãos agitaram-se. "Mas alguma coisa... alguma coisa..."

"Escute, R. P." Toquei seu joelho, para acalmá-la. "A senhorita está abalada, entendo. Mas a ANI parece achar que isto aqui é uma loja de departamentos. Quem a senhorita quer não é Nero Wolfe, mas um publicitário como Russell Birdwell ou o pai das relações públicas, Eddie Bernays. Isto aqui é uma loja especializada. Tudo o que faremos é capturar o assassino."

"Ah, meu Deus", ela disse. E acrescentou: "Duvido".

"Duvida de quê?" Olhei para ela. "De que vamos capturar o assassino?"

69

"Sim. De que qualquer um vá."

"Por quê?"

"Apenas duvido." Ela me olhou nos olhos, competentemente. Então seu olhar mudou. "Escute, isso é extra-oficial?"

"Certamente, entre eu e a senhorita. E meu patrão, mas ele nunca conta nada a ninguém."

"Estou cheia." Ela falou como um homem, sem tremer os lábios. "Vou embora arrumar um emprego de pregar botões. No dia em que alguém pegar o assassino de Cheney Boone, descobrir e provar quem foi, vai chover para cima em vez de para baixo. Na verdade, vai..."

Fiz que sim com a cabeça, encorajando-a. "O que mais vai acontecer?"

Ela se levantou subitamente. "Estou falando demais."

"Ah, não, não o suficiente. A senhorita acabou de começar. Sente-se."

"Não, obrigada." Seus olhos assumiram novamente seu ar de competência. "O senhor é o primeiro homem diante do qual eu fraquejo, em muito, muito tempo. Pelo amor de Deus, não comece a achar que tenho segredos nem a tentar arrancá-los de mim. Acontece, apenas, que essa história está complicada demais e eu perdi a cabeça. Não se preocupe em me mostrar a saída."

Ela saiu.

Quando Wolfe voltou ao escritório às seis horas, fiz um relatório completo da conversa. No começo, ele decidiu não se interessar, depois mudou de idéia. Ele quis minha opinião e eu a dei — duvidava de que ela soubesse de alguma coisa que pudesse ajudar muito, e, mesmo que soubesse, estivera à beira de um colapso diante de mim, mas ele podia fazer uma tentativa com ela.

Ele resmungou. "Archie. Você é transparente. O que você quer dizer é que não quer se aborrecer com ela, e não quer se meter com ela porque a senhorita Gunther o deixou perturbado."

"Eu não me perturbo", falei friamente.

"Você está comendo na mão da senhorita Gunther."

Normalmente o enfrento quando ele segue essa linha, mas não havia como saber até onde Wolfe iria no caso de Phoebe Gunther, e eu não queria pedir demissão no meio de um caso de assassinato. Assim, cortei o assunto indo até a porta da frente buscar os jornais vespertinos.

Recebemos dois exemplares de cada jornal para evitar atritos, então lhe entreguei os dele e fui para a minha mesa, com os meus. Olhei primeiro a *Gazette*, e vi que as manchetes da capa pareciam trazer novidades. E traziam. A sra. Boone recebera alguma coisa pelo correio.

Um detalhe que acredito não ter mencionado é a carteira do sr. Boone. Não a mencionei porque o fato de o assassino a ter levado não acrescentava nenhuma perspectiva nova ao crime ou ao motivo, uma vez que não havia dinheiro nela. O dinheiro ficava num porta-notas, dentro do bolso da calça, que não havia sido tocado. Ele levava a carteira no bolso interno do paletó e a usava para carregar diversos documentos e cartões. Ela não havia sido encontrada com o corpo, e presumiu-se que o assassino a tivesse levado. As notícias da *Gazette* informavam que a sra. Boone recebera um envelope pelo correio de manhã, com seu nome e endereço escritos a lápis, e que dentro dele havia duas coisas que Boone sempre levava na carteira: os documentos do carro e uma fotografia da sra. Boone com o vestido de casamento. O artigo da *Gazette* destacava que o remetente devia ser alguém ao mesmo tempo sentimental e realista; sentimental porque devolvera a foto; realista porque os documentos do carro, ainda válidos, haviam sido devolvidos, mas não a carteira de motorista, que Boone guardava junto. O autor do artigo na *Gazette* procurou ser engraçado, dizendo que a carteira de motorista fora cancelada com chave inglesa.

"De fato", Wolfe disse em voz alta o suficiente para eu ouvir.

Vi que ele também estava lendo e falei:

"Se a polícia ainda não tivesse ido lá para buscar o

envelope e se eu não estivesse ocupado comendo na mão da senhorita Gunther, eu poderia ir rapidamente até lá e pegar o envelope com a senhora Boone."

"Três ou quatro homens em um laboratório", disse Wolfe, "farão de tudo com esse envelope menos reduzi-lo a átomos. E em breve eles também farão isso. Mas este é o primeiro dedo que aponta para alguma direção."

"Certamente", concordei, "daqui para a frente vai ser sopa. Tudo o que temos que fazer é descobrir qual daquelas 1492 pessoas é ao mesmo tempo sentimental e realista para encontrarmos o assassino."

Voltamos a ler os jornais.

Nada mais antes do jantar. Depois da refeição, que para mim consistiu principalmente em torradas finas com patê de fígado, por causa da maneira como Fritz prepara o patê, voltamos ao escritório, pouco antes das nove, quando chegou um telegrama. Eu o tirei do envelope e entreguei para Wolfe, que, depois de ler, o devolveu para mim. Dizia:

NERO WOLFE 35 OESTE 922 NYC
CIRCUNSTÂNCIAS TORNAM IMPOSSÍVEL MANTER VIGILÂNCIA DE ONEILL MAS ACREDITO SER ESSENCIAL CONTINUAR PT NÃO POSSO GARANTIR NADA

BRESLOW

Levantei as sobrancelhas para Wolfe. Ele olhava para mim, os olhos semicerrados, o que significava que realmente estava olhando.

"Talvez", ele disse secamente, "você seja suficientemente gentil para me dizer que outras providências tomou para tratar desse caso sem o meu conhecimento."

Sorri para ele. "Não senhor. Eu não. Eu ia perguntar se o senhor havia incluído Breslow na folha de pagamento e, em caso afirmativo, por quanto, para que eu pudesse fazer o lançamento."

"Você não sabe nada sobre isso?"

"Não. O senhor também não?"

"Ligue para o senhor Breslow."

Isso não foi tão simples. Sabíamos apenas que Breslow fabricava produtos de papel em Denver e que, tendo vindo a Nova York para a reunião da ANI, permanecia aqui, como membro do Comitê Executivo, para ajudar a proteger o forte durante a crise. Eu sabia que Frank Thomas Erskine estava no Churchill e tentei entrar em contato, mas ele havia saído. O número de Hattie Harding, que descobri no catálogo, não atendeu. Então tentei Lon Cohen novamente, na *Gazette*, o que devia ter feito em primeiro lugar, e soube que Breslow estava no Strider-Weir. Três minutos depois ele estava na linha e eu transferi a ligação para Wolfe, mas continuei na extensão.

Ele soou no telefone exatamente de acordo com sua aparência, um rosto vermelho de raiva.

"Sim, Wolfe? Conseguiu alguma coisa? E então?"

"Tenho uma pergunta a fazer..."

"Sim? O que é?"

"Estou pronto para fazê-la. Foi por isso que o senhor Goodwin descobriu seu número, ligou e o chamou, para que o senhor estivesse de um lado do telefone e eu do outro, e então eu pudesse lhe fazer essa pergunta. Diga-me quando o senhor estiver pronto."

"Estou pronto! Que droga, o que é?"

"Ótimo. Aí vai. Sobre o telegrama que o senhor enviou para mim..."

"Telegrama? Que telegrama? Eu não mandei telegrama nenhum!"

"O senhor não sabe nada sobre um telegrama para mim?"

"Não! Nada! O que..."

"Então, trata-se de um engano. Devem ter anotado o nome errado. Bem que suspeitei disso. Estava esperando um telegrama de um homem chamado Bristow. Peço desculpas por tê-lo incomodado. Adeus."

Breslow tentou prolongar a agonia, mas, entre nós, o dispensamos.

"Então", observei, "ele não enviou o telegrama. Se enviou e não queria que soubéssemos disso, por que assinaria? Vamos atrás? Ou economizamos energia admitindo que quem quer que o tenha enviado sabe da existência de cabines telefônicas?"

"Maldição", Wolfe disse amargo. "Provavelmente alguém plantando boatos. Mas não podemos nos dar ao luxo de ignorar isso." Ele olhou para o relógio da parede, que mostrava que eram nove horas e três minutos. "Descubra se o senhor O'Neill está em casa. Só pergunte a ele... Não, deixe que eu falo com ele."

O telefone da residência de O'Neill, um apartamento na Park Avenue, constava do catálogo e consegui as duas coisas, o número e ele. Wolfe pegou o aparelho e falou da solicitação de Adamson, o advogado da ANI, segurando-o com uma longa conversa fiada sobre a impropriedade de relatórios escritos. O'Neill disse que não dava a mínima para relatórios, escritos ou não, e encerraram a conversa amigavelmente.

Wolfe refletiu por um momento. "Não. Vamos deixá-lo seguir por essa noite. É melhor você pegá-lo de manhã, quando ele sair. Se decidirmos continuar com isso, contratamos Orrie Cather."

13

Seguir sozinho alguém em Nova York pode ser bem difícil, dependendo das circunstâncias. Você pode esgotar seu cérebro e músculos em uma estressante jornada de dez horas, mantendo a proximidade apenas se usar todos os subterfúgios da lista e inventar mais alguns enquanto avança, para perder a pessoa em um pequeno desvio que nada nem ninguém poderia imaginar. Ou perdê-la nos primeiros cinco minutos, especialmente se ela souber que você está por perto. Ou então, também nos primeiros cinco minutos, a pessoa pode se sentar em algum lugar, em um escritório ou quarto de hotel, e ficar lá o dia inteiro, pouco se importando se você está entediado.

Por isso nunca se sabe, mas o que eu esperava era um longo dia de coisa nenhuma, uma vez que era domingo. Pouco depois das oito da manhã, entrei em um táxi que me levou ao centro e estacionou na Park Avenue, na altura do número 70, cinqüenta passos ao norte da entrada do prédio onde morava O'Neill. Eu até apostaria algum dinheiro que ainda estaria ali seis horas depois, ou doze, embora admitisse haver uma chance razoável de irmos à igreja às onze ou a um restaurante para almoçar às duas da tarde. Não podia nem mesmo ler o jornal de domingo tranqüilamente, pois tinha que manter os olhos na entrada. O motorista do táxi era o meu velho amigo Herb Aronson, mas ele nunca tinha visto O'Neill. Enquanto o tempo passava, conversamos sobre vários assuntos, e ele leu o *Times* em voz alta.

Às dez horas, decidimos fazer uma aposta. Cada um escreveria em um pedaço de papel a hora que achava que o homem iria colocar o nariz na rua, e quem ficasse mais longe de acertar pagaria ao outro um centavo por cada minuto perdido. Herb estava me passando o pedaço de papel que rasgara do jornal para eu escrever minha aposta quando vi Don O'Neill saindo.

"Fica para a próxima, ali está ele", falei.

O que quer que O'Neill fizesse, seria complicado, pois a essa altura o porteiro já nos conhecia de cor. Ele havia indicado um passageiro para Herb, que o recusara. O que O'Neill fez foi olhar para nós — enquanto eu mantinha o rosto virado para um canto de forma que ele não pudesse me ver, caso enxergasse bem daquela distância — e falar com o porteiro, que balançou a cabeça. Isso era o mais complicado que podia acontecer, a não ser que O'Neill tivesse caminhado até nós para conversar.

Herb falou, com o canto da boca: "Nossa estratégia é uma porcaria. Ele pega um táxi e nós ficamos na cola, e quando ele voltar o porteiro lhe avisa que foi seguido".

"Ora, o que eu deveria fazer?", perguntei. "Disfarçar-me de vendedora de flores e ficar na esquina vendendo narcisos? Da próxima vez, você bola o plano. Toda essa história de seguir o homem é uma piada. Ligue o carro. De qualquer modo, ele nunca voltará para casa. Vamos prendê-lo por assassinato antes do final do dia. Ligue o carro! Ele vai pegar um táxi."

O porteiro havia tocado seu apito, e um táxi em direção ao sul parou junto ao meio-fio. O porteiro abriu a porta, O'Neill entrou e o carro seguiu em frente. Herb engrenou a marcha e fomos atrás.

"Isso", Herb disse, "é o cúmulo. O cúmulo do absurdo. Por que simplesmente não o paramos e perguntamos aonde ele vai?"

"Porque", respondi, "você não reconhece o cúmulo quando o encontra. Ele não tem motivo algum para achar que o estamos seguindo, a não ser que tenha sido avisado, e, neste caso, não seria possível desavisá-lo e estaríamos perdidos. Fique um pouco mais longe — o suficiente para que nenhum sinal fechado nos separe."

Herb seguiu minha orientação e administrou os sinais como se o seu coração funcionasse em compasso com eles. Com o pouco tráfego de uma manhã de domingo, foram apenas dois sinais fechados antes de chegarmos à rua 46, onde o táxi de O'Neill virou à esquerda. Um quarteirão depois, na avenida Lexington, ele virou à direita e, no minuto seguinte, parou na entrada da Grand Central Station.

Estávamos dois carros atrás. Herb virou para a direita e freou. Desci atrás de um carro estacionado e sorri para ele. "Eu não disse? Ele está caindo fora. Vejo você no tribunal." O'Neill pagou ao motorista e, assim que ele começou a caminhar pela calçada, fui atrás.

Ainda achava que aquilo não ia dar em nada. Naquele momento, imaginei que ele iria para Greenwich, para alguma festinha de fim de semana ou uma partida de pôquer. De qualquer maneira, O'Neill não parecia ter dúvida sobre a direção a seguir, pois avançava pelo longo corredor e através do saguão da estação como um homem com um destino definido. Não dava sinais de suspeitar de que estivesse sendo vigiado. Aonde ele finalmente se dirigiu não foi um dos acessos aos trens, mas o salão principal de recepção de bagagem, no andar de cima. Espreitei de longe, próximo a uma quina. Havia muita gente à sua frente, e ele esperou a vez. Então, entregou um bilhete e, um minuto depois, recebeu um objeto.

Mesmo de onde eu estava, a uns dez metros, o objeto pareceu digno de interesse. Era uma pequena valise retangular. Ele a pegou e saiu. Agora eu estava menos interessado em permanecer despercebido e muito mais preocupado em não perdê-lo. Assim, aproximei-me e por um triz tropecei em seus calcanhares quando ele de repente afrouxou o passo, a ponto de quase parar, e enfiou a valise dentro do sobretudo, que abotoou depois de apertá-la firmemente com o braço. Então, seguiu em frente. Em vez de voltar para a entrada pela Lexington, ele subiu a rampa para a rua 42 e virou à esquerda, na calçada, onde os táxis param, em frente ao hotel Commodore. Ainda não tinha me visto. Depois de uma pequena espera, chamou um táxi, abriu a porta, entrou e esticou o braço para fechá-la.

Decidi que isso não seria suficiente. Teria sido bom saber o endereço que ele indicaria ao motorista, caso não houvesse interrupções, mas isso não era vital, pois, se eu perdesse o contato com aquela valise de couro devido aos infortúnios da perseguição solitária, teria que arrumar trabalho como auxiliar de Hattie Harding, pregando botões. Assim, fui rápido o suficiente para segurar a porta e impedir que se fechasse, e disse:

"Olá, senhor O'Neill! Vai para a parte alta da cidade? Pode me dar uma carona?"

Eu estava sentado ao seu lado, e então, ansioso por fazer minha parte, fechei a porta.

Não o estou menosprezando ao dizer que ficou aturdido. Qualquer homem teria ficado. E ele saiu-se muito bem.

"Ora, olá, Goodwin! De onde você apareceu? Eu vou... bem, não, na verdade não vou para a parte alta da cidade. Estou indo para o centro."

"Decidam-se", o motorista resmungou para nós.

"Não importa", eu disse a O'Neill alegremente. "Apenas gostaria de fazer umas perguntas sobre essa valise de couro sob seu casaco." Instruí o motorista: "Vá em frente. Vire à direita na Oitava".

O motorista olhava para mim. "Este não é seu táxi. O que é isso, um assalto?"

"Não", O'Neill respondeu. "Tudo bem. Somos amigos. Vá em frente."

O táxi começou a andar. Não houve conversa. Passamos pela Vanderbilt e, depois de esperar um sinal, cruzamos a Madison, quando O'Neill se inclinou para falar com o motorista:

"Vire para o norte na Quinta Avenida."

O motorista estava ofendido demais para responder, mas, quando chegamos à Quinta e o sinal abriu, ele virou para a direita. Eu disse:

"Tudo bem, se o senhor quiser, mas achei que ganharíamos tempo indo direto para a casa de Nero Wolfe. Ele ficará ainda mais curioso do que eu sobre o que está aí dentro. Obviamente, não deveríamos discutir isso neste táxi, uma vez que o motorista não gosta da gente."

Ele se inclinou para a frente de novo e deu o endereço de sua casa, na Park Avenue. Pensei nisso por três quarteirões e votei contra a decisão. A única arma que eu tinha era um canivete. Como vigiara aquela entrada desde as oito da manhã, era improvável que o comitê executivo da ANI estivesse reunido no apartamento de O'Neill. Mas, se estivessem, especialmente o general Erskine, seria necessário um esforço muito grande de minha parte para sair de lá carregando a valise. Então eu disse a O'Neill em voz baixa:

"Olhe aqui. Se ele for um cidadão imbuído de espírito público e ouvir qualquer coisa que sugira uma relação com um assassinato, provavelmente vai parar no primeiro tira que encontrar. Pode ser que seja isso que o senhor queira também, um tira. Se for assim, o senhor ficará feliz em saber que não me agrada a idéia de irmos para o seu apartamento, e, caso isso aconteça, vou mostrar uma licença para o porteiro, pôr meus braços ao redor do senhor e chamar o Nono Distrito, que fica na rua 67 Leste, 153, Rhinelander quatro, um-quatro-quatro-cinco. Isso iria criar uma confusão. Por que não nos livramos desse intrometido e nos sentamos em um banco no sol? Além disso, percebi o seu olhar, não tente nada. Sou mais de vinte anos mais novo do que o senhor e faço exercícios todas as manhãs."

Ele desistiu da expressão de tigre pronto para saltar e inclinou-se para falar com o motorista.

"Pare aqui."

Ainda que eu duvidasse de que ele estivesse armado, não quis que mexesse nos bolsos, de modo que eu mesmo acertei as contas com o taxímetro. Estávamos na rua 69. Depois que o táxi foi embora, atravessamos a avenida, caminhamos até uns dos bancos encostados no muro que cerca o Central Park e nos sentamos. Ele mantinha o braço esquerdo firmemente em torno do objeto sob o casaco.

Eu disse: "Uma maneira fácil seria eu dar uma olhada nela, por dentro e por fora. Se contiver apenas manteiga do mercado negro, melhor para o senhor".

Ele virou-se, para me olhar de homem para homem. "Vou lhe dizer algo, Goodwin." Ele escolhia as palavras. "Não vou tentar um monte de coisas com você, como sinal de indignação por ter me seguido e escambau." Achei que ele não estava escolhendo muito bem, repetindo-se, mas sou educado demais para interromper. "Mas posso explicar como essa valise veio parar em minhas mãos, de forma absolutamente inocente — absolutamente! E não sei mais do que você sobre o que está dentro dela... Não faço a menor idéia!"

"Vamos ver, então."

"Não." Ele foi firme. "Até onde você sabe, é minha propriedade..."

"Mas é mesmo?"

"Tanto quanto você sabe, é, sim. E eu tenho o direito de examiná-la em particular. Falo de um direito moral; admito que não posso levar isso para o terreno do direito legal porque você sugeriu mencioná-la para a polícia, o que, obviamente, está correto do ponto de vista da lei. Mas eu tenho o direito moral. Foi você quem sugeriu irmos primeiro falar com Nero Wolfe. Acha que a polícia aprovaria isso?"

"Não, mas ele sim."

"Não duvido." O'Neill estava de volta ao seu estado normal, franco e persuasivo. "Então, veja, nem eu nem você realmente desejamos ir até a polícia. Na verdade, nossos interesses são coincidentes. É apenas uma questão de procedimento. Veja pelo seu ângulo pessoal: o que deseja é ir até seu empregador e dizer a ele: 'O senhor me mandou fazer um trabalho, eu fiz e aqui estão os resultados', e então entregar-lhe esta valise de couro, comigo bem ao seu lado, se for isso o que o senhor quer. Não é isso?"

"Certo. Continue."

"Nós iremos. Garanto a você, Goodwin, nós iremos." Ele era tão sincero que chegava a ser quase doloroso. "Mas faz alguma diferença exatamente quando iremos? Agora ou daqui a quatro horas? Claro que não! Eu jamais quebrei uma promessa em minha vida. Sou um homem de negócios, e a base dos negócios na América é a integridade — a integridade absoluta. Isso nos leva de volta à questão dos direitos morais. O que proponho é o seguinte: irei ao meu escritório, na Sexta Avenida, 1270. Você se encontrará comigo lá às três horas, ou eu irei encontrá-lo em qualquer lugar que quiser. Levarei esta valise comigo e nós a entregaremos a Nero Wolfe."

"Eu não..."

"Espere. Sejam quais forem meus direitos morais, se você me conceder essa gentileza, merecerá reconhecimento e apreciação. Quando encontrá-lo às três horas, eu lhe darei mil dólares em espécie como sinal de meu reconhecimento. Um ponto que não mencionei: garantirei que Wolfe não saberá de nada sobre esse atraso de quatro horas. Isso será fácil de acertar. Se tivesse os mil dólares comigo, eu os daria a você agora mesmo. Jamais quebrei uma promessa na vida."

Olhei para o meu pulso e apelei a ele: "Que sejam dez mil".

Ele não ficou surpreso, apenas lamentou, e sequer lamentou além do tolerável. "Isso está fora de questão", declarou, mas não em um tom ofensivo. "Absolutamente fora de questão. Mil dólares é o limite."

Sorri para ele. "Seria divertido ver até quanto eu conseguiria levar o senhor, mas são dez para as onze, dentro de dez minutos o senhor Wolfe descerá para o escritório, e não gosto de deixá-lo esperando. O problema é que hoje é domingo e eu nunca aceito suborno aos domingos. Esqueça. Essas são as alternativas: o senhor e o objeto sob o casaco vão imediatamente ao encontro do senhor Wolfe. Ou o senhor me dá o objeto, eu o levo para ele, e o senhor pode ir dar uma caminhada ou tirar um cochilo. Ou eu chamo o guarda do outro lado da rua e digo a ele para ligar para o Distrito, o que admito ser o que menos me agrada, mas o senhor tem seus direitos morais. Até o presente momento, eu não estava com pressa, mas agora o senhor Wolfe já vai descer, então eu lhe concedo dois minutos."

Ele quis tentar de novo. "Quatro horas! É só isso! Eu subo para cinco mil, você vem comigo e eu lhe entrego..."

"Não. Esqueça. Eu já não disse que é domingo? Vamos, passe para cá."

"Eu não vou tirar os olhos desta valise."

"Está bem." Levantei e fui até o meio-fio, parando de forma a manter um olho nos táxis e outro nele. Em pouco tempo, fiz sinal para um, que virou e parou perto de mim. Provavelmente havia anos que Don O'Neill não fazia algo que desaprovasse tão enfaticamente quanto se levantar, caminhar até o táxi e entrar, mas foi o que ele fez. Eu entrei atrás dele e dei o endereço para o motorista.

14

Dez cilindros ocos e pretos, com cerca de oito centímetros de diâmetro e quinze de comprimento, estavam ordenados em duas fileiras sobre a mesa de Wolfe. Ao lado deles, aberta, estava a valise, feita de couro resistente, um tanto maltratada e gasta. Do lado de fora, no alto, havia um grande número quatro. Do lado de dentro, uma etiqueta grudada:

DEPARTAMENTO DE REGULAMENTAÇÃO DE PREÇOS

EDIFÍCIO POTOMAC

WASHINGTON, D.C.

Antes de colar a etiqueta, alguém tinha datilografado nela, em maiúsculas: ESCRITÓRIO DE CHENEY BOONE, DIRETOR.

Eu estava em minha mesa e Wolfe na dele. Don O'Neill andava de um lado para o outro, com as mãos nos bolsos da calça. A atmosfera não era a de um encontro entre dois bons amigos. Eu havia feito um relatório completo para Wolfe, incluindo a oferta de último minuto, de cinco mil, e a auto-estima de Wolfe era tal que ele sempre considerava qualquer tentativa de suborno que me fizessem como uma ofensa pessoal contra ele, não contra mim. Muitas vezes me perguntei quem ele culparia se eu me vendesse alguma vez, a si mesmo ou a mim.

Ele repudiara sem discussão a alegação de O'Neill sobre seu direito moral de ouvir os cilindros antes de qualquer outra pessoa e, quando O'Neill percebeu que seria inútil insistir, a expressão de seu rosto era tal que eu decidira me certificar das coisas aplicando-lhe uma boa revista. Ele não carregava nenhuma ferramenta, mas isso não ajudou a melhorar a atmosfera. A questão agora era: como ouvir os cilindros? No dia seguinte, um dia útil, teria sido fácil, mas era domingo. Foi O'Neill quem resolveu o problema. O presidente da Stenophone Company era membro da ANI e O'Neill o conhecia. Ele morava em Jersey. O'Neill lhe telefonou e, sem revelar detalhes incriminadores, pediu que falasse com o gerente do escritório de Nova York, que morava no Brooklyn, e o instruísse a ir ao showroom, pegar um estenofone e levá-lo ao escritório de Wolfe. Era isso que estávamos aguardando, ali sentados — ou melhor, Wolfe e eu, pois O'Neill caminhava.

"Senhor O'Neill." Wolfe abriu os olhos o suficiente para enxergar. "Esse ir e vir é extremamente irritante."

"Não vou deixar esta sala", O'Neill declarou sem interromper o passo.

"Devo amarrá-lo?", sugeri.

Wolfe, ignorando-me, disse a O'Neill: "Vai levar provavelmente uma hora ou mais. O que me diz de sua declaração de que tomou posse dessas coisas inocentemente? Sua palavra. Gostaria de explicar isso agora? Como o senhor conseguiu a valise inocentemente?".

"Explicarei quando tiver vontade."

"Besteira. Não achei que você fosse paspalho."

"Vá para o inferno."

Isso sempre aborrecia Wolfe. Ele disse secamente: "Então o senhor é um paspalho. O senhor tem apenas duas maneiras de deter a mim e ao senhor Goodwin: os seus próprios atributos físicos ou apelar para a polícia. A primeira opção é inútil; o senhor Goodwin pode dobrá-lo e enfiá-lo em uma prateleira. Obviamente, não lhe agrada a idéia de falar com a polícia, não posso imaginar o porquê, uma vez que é inocente. Então, que tal isso: quando o aparelho chegar e tivermos aprendido a usá-lo e o gerente tiver ido embora, o senhor Goodwin o levará até o lado de fora, voltará para dentro e fechará a porta. Então eu ele ouviremos os cilindros".

O'Neill parou de andar, tirou as mãos dos bolsos e apoiou-as abertas sobre a mesa, inclinando-se para a frente. Fixou os olhos em Wolfe.

"O senhor não vai fazer isso!"

"Eu, não. O senhor Goodwin, sim."

"Seus desgraçados!" Ele manteve a pose por tempo suficiente para umas cinco fotografias, depois se ajeitou lentamente. "O que o senhor quer?"

"Quero saber onde conseguiu essas coisas."

"Está bem, vou contar. Na noite passada..."

"Desculpe. Archie, seu caderno. O senhor pode prosseguir."

"Na noite passada, por volta das oito e meia, recebi um telefonema em casa. Era uma mulher. Ela disse que se chamava Dorothy Unger e que era estenógrafa do escritório de Nova York do Departamento de Regulamentação de Preços. Disse que havia cometido um terrível engano. Disse que, em um envelope endereçado a mim, ela havia incluído algo que deveria ter sido anexado a uma carta para outra pessoa. Disse que lembrou disso depois de chegar em casa e que poderia até perder o emprego, caso seu chefe descobrisse. Ela pediu que, quando recebesse o envelope, eu enviasse o conteúdo anexado por engano para a casa dela, e me deu o endereço. Perguntei-lhe o que era, e ela disse que se tratava de um tíquete para um volume que fora guardado na Grand Central Station. Eu fiz mais algumas perguntas e disse que faria o que ela havia pedido."

Wolfe disse: "Claro que o senhor ligou de volta".

"Não pude. Ela disse que não tinha telefone e que estava ligando de uma cabine. Hoje de manhã, recebi o envelope e o tíquete estava..."

"Hoje é domingo", Wolfe cortou.

"Que droga, sei que é domingo! Veio em uma entrega especial. Continha uma circular sobre limites de preço e o tíquete. Se fosse um dia de semana, eu teria me comunicado com o escritório do DRP, mas é claro que o escritório não estava aberto." O'Neill gesticulou com impaciência. "O que importa o que eu deveria ter feito ou o que pensei? O senhor sabe o que fiz. Naturalmente, o senhor sabe muito mais sobre isso do que eu, pois armou a coisa toda!"

"Sei." Wolfe ergueu uma das sobrancelhas. "O senhor acha que fui eu quem preparou isso?"

"Não." O'Neill inclinou-se de novo sobre a mesa. "Sei que foi o senhor quem providenciou tudo! O que aconteceu? Goodwin não estava lá, justamente? Admito que fui idiota por ter vindo aqui na sexta-feira. Temia que o senhor tivesse concordado em acusar alguém do DRP, ou pelo menos alguém de fora da ANI. E o senhor já estava com algo em vista, preparando-se para acusar alguém da ANI! Eu! Não é surpresa que me considere um imbecil!"

Ele se empertigou, olhou para Wolfe, virou-se para mim, foi até a cadeira de couro vermelha, sentou-se e disse com uma voz completamente diferente, calma e controlada:

"Mas o senhor vai descobrir que não sou nenhum imbecil."

"Esta questão", Wolfe disse, franzindo as sobrancelhas para ele, "é relativamente de menor importância. O envelope que o senhor recebeu como entrega especial de manhã — está com ele aí?"

"Não."

"Onde está, em sua casa?"

"Sim."

"Ligue para lá e peça para alguém trazê-lo aqui."

"Não. Eu vou contratar alguém para investigar aquele envelope. Não será o senhor."

"Então o senhor não ouvirá o que os cilindros têm a

dizer", Wolfe explicou pacientemente. "Preciso continuar a repetir isso?"

Dessa vez O'Neill não tentou argumentar. Ele se dirigiu ao telefone da minha mesa, discou e falou com alguém, a quem chamou de "querida", pedindo-lhe que pegasse o envelope que estava em cima de seu *chiffonier* e o enviasse por um mensageiro para o escritório de Nero Wolfe. Fiquei surpreso. Eu teria apostado cinco contra um que esse envelope não existia, e ainda ficaria com dinheiro se dissesse que ele não estava mais no *chiffonier* por ter caído no chão e a empregada ter achado que era lixo.

Quando O'Neill voltou para a poltrona vermelha, Wolfe disse: "Acho que o senhor terá certa dificuldade em encontrar alguém que acredite em suas suspeitas de que eu e o senhor Goodwin preparamos essa armadilha. Pois, se fosse verdade, por que o senhor não insistiu em ir até a polícia? Ele tentou".

"Ele não tentou." O'Neill mantinha-se calmo. "Apenas ameaçou."

"Mas a ameaça funcionou. Por que será?"

"O senhor sabe muito bem por que funcionou. Porque eu queria ouvir o que está nos cilindros."

"O senhor queria, de fato. Por até cinco mil dólares. Por quê?"

"Preciso dizer por quê?"

"Não. Não precisa. O senhor sabe qual é a situação."

O'Neill engoliu em seco. Provavelmente já tinha engolido sua vontade de mandar Wolfe para o inferno trinta vezes em trinta minutos. "Porque eu tenho motivos para supor, e o senhor também, que são ditados confidenciais de Cheney Boone, e que podem ter alguma coisa a ver com o que aconteceu com ele, e, se for isso, quero saber."

Wolfe balançou a cabeça com reprovação. "O senhor é incoerente. Anteontem, sentado nesta mesma cadeira, sua atitude era de que vocês, da ANI, nada tinham a ver com o assunto, que aquilo não lhes dizia respeito. Outra coisa: o senhor não tentou subornar o senhor Goodwin para ouvir os cilindros. Tentou o suborno para ter quatro horas a sós com eles. O senhor estava tentando passar na frente de todos nós — a polícia, o FBI e eu?"

"Sim, estava, se quiser considerar a coisa desse modo. Eu não confiava no senhor antes, e agora..."

Agora, pelo seu tom, éramos algum tipo de refugo a ser descartado.

Eu poderia relatar tudo o que foi dito, pois ainda está anotado no caderno, mas não vale a pena. Wolfe decidiu, aparentemente mais para matar o tempo do que por outro motivo qualquer, usar um microscópio para examinar o episódio do telefonema de Dorothy Unger e do envelope. Ele escarafunchou o assunto de cima a baixo e de um lado ao outro com O'Neill, que o acompanhou, contra os seus mais fortes instintos e inclinações, pois sabia que teria que se submeter, caso quisesse ouvir os cilindros. Fiquei tão cheio com as repetições que, quando a campainha da porta tocou, a interrupção foi mais que bem-vinda.

O'Neill pulou da poltrona e foi comigo até a porta. Na entrada, estava uma mulher de meia-idade, de rosto quadrado e um casaco púrpura. Ele a cumprimentou pelo nome de Gretty, pegou o envelope que ela lhe estendeu e agradeceu.

De volta ao escritório, ele permitiu que eu e Wolfe o examinássemos, mas ficou por perto. Era um envelope timbrado do DRP, do escritório de Nova York, com seu nome e endereço datilografados. Bem no canto, sobre a cláusula penal, havia um selo de três centavos, e uns cinco centímetros à esquerda havia mais cinco selos de três centavos. Sob eles, escrito à mão com caneta azul: ENTREGA ESPECIAL. O interior continha uma circular mimeografada do DRP, com data de 27 de março, relativa a limites de preços e uma longa lista de itens de cobre e bronze.

Quando Wolfe o devolveu para O'Neill e ele o colocou no bolso, observei: "Os funcionários do correio estão cada vez mais descuidados. Com aquele selo do canto cancelado e os outros não".

"O quê?" O'Neill tirou o envelope do bolso e o examinou. "Qual é o problema?"

"Nada", Wolfe disse em seguida. "O senhor Goodwin gosta de se exibir. Isso não prova nada."

Não vi motivos por que eu não deveria ajudar a matar o tempo, e não gosto do hábito de Wolfe de fazer observações pessoais diante de estranhos, em especial quando se trata de um inimigo; assim, já estava abrindo a boca para prosseguir com o assunto quando a campainha tocou novamente. Fui atender e O'Neill me acompanhou. Podia-se pensar que ele estava treinando para o emprego.

Era o homem do estenofone. O'Neill fez as honras da casa, mencionando o presidente, desculpando-se por arruinar seu domingo e coisas assim, e eu ajudei com o aparelho. O peso não era grande, pois O'Neill explicara ao telefone que não precisávamos do gravador. A base do tocador tinha rodízios, e o peso não chegava a trinta quilos, de qualquer maneira. O homem do estenofone empurrou o aparelho para dentro do escritório, foi apresentado a Wolfe e, em menos de cinco minutos, já tinha dado as instruções. Então, como não parecesse disposto a se demorar, deixamos que fosse embora.

Quando voltei ao escritório depois de acompanhar o visitante até a porta, Wolfe lançou-me certo olhar de alerta e disse:

"Agora, Archie, por favor entregue o casaco e o chapéu do senhor O'Neill. Ele está de saída."

O'Neill olhou para ele por um segundo e deu uma gargalhada, ou pelo menos fez um barulho. Era o primeiro ruído totalmente desagradável que ele fazia.

Apenas para testar o seu tamanho, dei dois passos rápidos em sua direção. Ele deu três passos rápidos para trás. Parei e sorri para ele. Ele tentou olhar para mim e para Wolfe ao mesmo tempo.

"Então, é assim", disse em um tom de voz horrível. "Vocês acham que podem enganar Don O'Neill. Seria melhor não fazer isso."

"Fúúú." Wolfe fez que não com o dedo. "Não lhe dei

nenhuma garantia de que o senhor poderia ouvir essas coisas. Seria claramente inadequado permitir que um executivo da ANI ouvisse um ditado confidencial do diretor do DRP, mesmo depois que o diretor tivesse sido assassinado. Além disso, o senhor está sendo incoerente outra vez. Há pouco disse que não confiava em mim. Obviamente disse isso por não me considerar digno de confiança. Agora declara-se chocado por descobrir que não sou confiável. Extremamente incoerente." Balançou o dedo de novo. "Bem, senhor, prefere ir por conta própria?"

"Não vou sair desta sala."

"Archie?"

Avancei em sua direção. Desta vez não se mexeu. Pela expressão de seu rosto, se ele carregasse alguma coisa que pudesse ser útil, teria usado naquele momento. Eu o peguei pelo braço e disse: "Vamos, venha com o Archie. O senhor deve pesar mais de cem quilos. Não quero ter que carregá-lo".

Ele tentou dar um murro de direita no meu queixo, pelo menos foi o que pensou que estava fazendo, mas foi lento demais para acertar qualquer coisa.

Eu o ignorei e comecei a girar, para pegá-lo por trás, e o desgraçado se virou e me deu um chute. Ele tentou chutar mais alto e acertou meu joelho. Não digo que tenha doído muito, mas não gosto de quem dá chutes. Então o acertei, com a esquerda porque estava mais fácil, na parte macia do pescoço, bem abaixo da orelha, e ele cambaleou contra as prateleiras. Achei que isso seria suficiente para deixar as coisas claras para ele, mas ele cambaleou de volta e tentou dar outro chute, então usei a direita, com um pouco mais de força, também no pescoço, pelo bem de minhas articulações. Ele cambaleou novamente e caiu.

Pedi a Wolfe que interfonasse para que Fritz abrisse a porta, vi que Fritz já estava lá, peguei meu inimigo caído pelos tornozelos, arrastei-o através do saguão e o deixei na entrada. Fritz alcançou-me com o casaco e o chapéu de O'Neill, que deixei cair sobre ele, e voltei para o saguão, fechando a porta.

No escritório, perguntei a Wolfe: "Ele é do Comitê Executivo também ou apenas presidente do comitê organizador do jantar? Fiquei tentando me lembrar enquanto o arrastava".

"Não gosto de comoções", Wolfe disse com irritação. "Não mandei que batesse nele."

"Ele tentou me chutar. E me chutou mesmo. Da próxima vez, o senhor resolve."

Wolfe deu de ombros. "Ponha esse aparelho para funcionar."

15

Levamos mais de uma hora para ouvir os dez cilindros, sem contar a pausa do almoço.

Comecei o primeiro na velocidade recomendada pelo gerente, mas bastaram alguns segundos para Wolfe pedir para diminuir. Tendo ouvido Cheney Boone no rádio, eu esperava escutar a mesma voz, mas, ainda que a semelhança fosse suficiente para reconhecê-lo, o tom parecia mais alto, e as palavras, mais nítidas. O primeiro começou:

Seiscentos e setenta e nove. Pessoal. Prezado senhor Pritchard. Muito obrigado por sua carta, mas decidi experimentar um cão da raça *setter* irlandês, e não um *chesapeake retriever*. Não tenho nada contra os *chesapeakes* e não há nenhum bom motivo para minha decisão, a não ser a inconstância imprevisível da mente humana. Atenciosamente. Seiscentos e oitenta. Prezada senhora Ambruster. Realmente, lembro-me daquele dia agradável em Saint Louis no último outono e realmente lamento por não poder estar presente no encontro de primavera de sua primorosa organização. Na próxima vez que eu for a Saint Louis, com certeza entrarei em contato com a senhora. O material que a senhora solicitou será enviado sem demora, e, se não chegar de imediato, avise-me. Com os melhores votos de sucesso para sua reunião. Atenciosamente. Seiscentos e oitenta e um. Memorando... não, faça uma carta para todos os diretores regionais. Nominal a cada um. Por favor, devolva para este escritório, imediatamente, as cópias adiantadas do boletim de imprensa para 25 de março relativo aos eletrodomésticos. Este boletim foi cancelado e não será enviado. Parágrafo. A revelação prematura de parte do conteúdo deste boletim por uma agência de notícias suscitou novamente a questão sobre se devemos enviar cópias adiantadas dos boletins para os escritórios regionais. O senhor deve investigar sem demora, em seu escritório, a manipulação das cópias antecipadas do boletim em questão e preparar um relatório completo dos resultados diretamente para mim. Espero que este relatório chegue às minhas mãos no máximo até 28 de março. Atenciosamente. Seiscentos e oitenta e dois. Prezado senhor Maspero. Muito obrigado por sua carta do dia 16. Garanto-lhe que seu conteúdo será considerado confidencial. É claro que isso seria impossível caso suas informações fossem suscetíveis de uso em uma ação legal que pudesse ser proposta por mim no desempenho de minhas funções, mas estou totalmente consciente das dificuldades envolvidas em qualquer tentativa...

Essa carta era bastante longa e ocupou pelo menos duas páginas inteiras, em espaço simples, deixando lugar no cilindro apenas para mais duas cartas e um memorando interno. Quando chegou ao fim, eu o removi e coloquei de volta no seu lugar na fileira, e então peguei o segundo, comentando:

"Suponho que o senhor percebeu que Boone aparentemente enviava essas cartas via foguetes e que os diretores regionais deviam ser rápidos como raios."

Wolfe concordou sombriamente. "Fomos fisgados." Ele inclinou-se para olhar o calendário sobre a mesa. "Ele nunca poderia ter ditado isso na tarde do dia em que foi morto, 26 de março. Ele disse aos diretores regionais que investigassem e lhe enviassem um relatório até 28 de março.

Uma vez que a carta era destinada a todos os diretores regionais, isso incluía a Costa Oeste. Mesmo confiando na rapidez do correio aéreo, e deixando um dia para as investigações, o que parece insuficiente, isso deve ter sido ditado antes de 23 de março, provavelmente, muitos dias antes."

Wolfe suspirou profundamente. "Maldição. Eu esperava..." Ele comprimiu os lábios e franziu as sobrancelhas na direção da valise de couro. "Aquela mulher disse quatro, não foi?"

"O senhor se refere à senhorita Gunther?"

"De quem diabos você acha que estou falando?"

"Acho que o senhor se refere à senhorita Phoebe Gunther. Se for isso, sim. Ela contou que havia doze destas valises, e que Boone lhe entregara, no quarto do assassinato, a que tinha o número quatro gravado no alto. E ele disse a ela que o conteúdo eram cilindros com ditados feitos no escritório de Washington, naquela tarde. Então, parece que alguém está brincando com a gente. Estamos muito desanimados para prosseguir ou vamos passar para o número dois?"

"Siga em frente."

Dei andamento ao concerto. O intervalo para o almoço ocorreu no final do sexto movimento e, depois de uma agradável mas não especialmente alegre refeição, voltamos ao escritório e acabamos de ouvi-los. Não havia nada de espetacular em nenhum dos cilindros, ainda que alguns contivessem assuntos certamente confidenciais, mas que, pensando em pistas que ajudassem a resolver um assassinato, não valiam um centavo. Em quatro outros, além do primeiro, havia evidências, algumas até conclusivas, de que seu conteúdo fora ditado antes de 26 de março.

Eu não podia condenar Wolfe por se sentir deprimido. Além de todas as complicações, havia pelo menos oito explicações possíveis sobre como a valise de número quatro podia, ao ser encontrada, conter cilindros com ditados feitos antes da data do assassinato. A mais simples delas seria que o próprio Boone teria pegado a valise errada ao sair do escritório de Washington naquela tarde. Para não mencionar a questão básica, para a qual eu não tinha sequer um palpite, muito menos uma resposta: seriam os cilindros apenas uma atração menor ou eles faziam parte da apresentação principal?

Reclinado na poltrona enquanto fazia a digestão, Wolfe estava, para olhos não habituados, o que não era o meu caso, profundamente adormecido. Ele não se mexeu quando tirei o aparelho do caminho e o empurrei para um canto. Então, quando fui até sua mesa e comecei a colocar os cilindros em seus encaixes dentro da valise, suas pálpebras se abriram em uma fenda.

Ele fez que não com a cabeça. "É melhor ouvi-los de novo e fazer uma transcrição. Três cópias em carbono." Ele olhou para o relógio da parede. "Subirei em trinta e cinco minutos. Comece quando eu sair."

"Sim, senhor." Fui sarcástico. "Eu já esperava por isso."

"Esperava? Eu não."

"Não esperava que os cilindros fossem antigüidades, mas por essa tarefa de datilografia. Esse é o nível a que esse caso desceu."

"Não me atormente com isso. Fui uma besta por aceitá-lo. Tenho mais catléias do que espaço para elas, e poderia ter vendido quinhentas por doze mil dólares." Ele manteve os olhos semi-abertos. "Depois que terminar de transcrever essas coisas, leve os cilindros para o inspetor Cramer e conte como os conseguimos."

"Contar tudo a ele?"

"Sim. Mas, antes de ir, datilografe outra coisa. Seu caderno. Envie uma carta para todo mundo que esteve aqui na sexta-feira à noite." Ele concentrou-se nas palavras e, após um momento, ditou:

"Uma vez que os senhores foram generosos em atender ao meu convite para virem ao meu escritório na noite de sexta-feira, e considerando que estavam presentes quando foi sugerido que a declaração da senhorita Gunther, de que havia deixado a valise de couro no parapeito da janela, poderia não ser merecedora de crédito, escrevo para informá-los sobre um desdobramento ocorrido hoje. Parágrafo. O senhor Don O'Neill recebeu pelo correio o tíquete de um volume que havia sido despachado na Grand Central Station. O volume revelou ser a valise de couro em questão, com o número quatro impresso no alto, conforme descrito pela senhorita Gunther. No entanto, a maioria dos cilindros continha ditados feitos pelo senhor Boone obviamente antes de 26 de março. Envio-lhes essas informações para fazer justiça à senhorita Gunther."

"Só isso?", perguntei.

"Sim."

"Cramer terá um ataque."

"Sem dúvida. Envie as cartas antes de falar com ele e entregue-lhe uma cópia em carbono. Depois, traga a senhorita Gunther aqui."

"Ela? Phoebe Gunther?"

"Sim."

"Isso é perigoso. Não é arriscado demais confiá-la a mim?"

"Sim. Mas quero falar com ela."

"Está bem. A decisão é sua."

16

Mais duas horas de trabalho duro. Dez cilindros inteiros. Três cópias em carbono. Como se não bastasse, era um trabalho novo para mim e tive que ajustar a velocidade cerca de vinte vezes antes de pegar o jeito. Quando finalmente acabei e organizei as cópias, entreguei o original para Wolfe, que a essa hora já estava de volta ao escritório, guardei as duas primeiras cópias no cofre e dobrei e enfiei a terceira no meu bolso. Depois, uma dúzia de cartas a datilografar, com seus respectivos envelopes. Enquanto isso, Wolfe assinava, dobrava e colocava as cartas nos envelopes, chegando até a colar os selos. Às vezes, ele tem surtos de energia febril e fica incontrolável. A essa altura, estávamos na hora do jantar, mas decidi não perder tempo com uma refeição na mesa, ao lado de Wolfe, e comi um lanche rápido na cozinha.

Eu telefonara para o gabinete do Departamento de Homicídios, para ter certeza de que Cramer estaria por perto e evitar ter que lidar com o tenente Rowcliffe, cujo assassinato eu esperava um dia ajudar a investigar, e também ligara para o apartamento de Phoebe Gunther a fim de marcar um encontro, mas não obtive resposta. Depois de tirar o carro da garagem, passei primeiro na Oitava Avenida, para deixar as cartas no correio, e em seguida dirigi-me para o sul, rumo à rua 20.

Dez minutos com Cramer e ele disse: "Acho que aí tem alguma coisa. Aposto que tem".

Mais vinte minutos e ele disse: "Acho que aí tem alguma coisa. Aposto que tem".

Obviamente, isso deixou bem claro em que pé ele estava — mergulhado até a cintura em um atoleiro. Se ele estivesse um pouco mais perto de terra firme, ou pelo menos avistando alguma, teria sacudido suas prerrogativas diante do meu nariz e xingado a mim e ao Wolfe de todos os nomes por termos retido provas durante nove horas e catorze minutos e assim por diante, incluindo ameaças, rosnados e advertências. Em vez disso, a certa altura pareceu que ele iria deixar todas as restrições de lado e me agradecer. Obviamente, estava desesperado.

Quando deixei Cramer, ainda levava a cópia da transcrição no bolso, pois a intenção não era entregá-la a ele. Para levar Phoebe Gunther até Wolfe, seria desejável chegar a ela antes de Cramer, e era provável que ele quisesse saber exatamente o que aqueles cilindros continham antes de iniciar a busca. Assim, eu havia falado do conteúdo deles por alto e não contara que já tínhamos uma transcrição.

Tampouco perdi tempo, indo direto para a rua 55.

O porteiro ligou para o apartamento, lançou-me outro olhar surpreso ao se virar para dizer que eu seria recebido e gritou um "tudo bem" para o elevador. No 9 H, Phoebe abriu a porta e me deixou entrar. Coloquei meu casaco e o chapéu sobre uma mesa e a segui até a sala, e lá estava Alger Kates, no canto, onde a luz era mais fraca.

Não vou negar que sempre sou direto, mas não aceitaria se alguém falasse que sou rude. Mesmo assim, ao ver Kates ali de novo, eu disse o que disse. Suponho que poderia ser interpretado de diversas maneiras. Não concordo que eu estivesse comendo na mão de Phoebe Gunther, mas o fato é que olhei para Alger Kates e perguntei: "O senhor mora aqui?".

Ele devolveu o olhar e respondeu: "Se é da sua conta, sim, moro".

"Sente-se, senhor Goodwin." Phoebe possivelmente sorriu. Ela reclinou-se sobre as almofadas do sofá. "Vou esclarecer as coisas. O senhor Kates realmente mora aqui, quando está em Nova York. Sua esposa mantém esse apartamento porque não suporta Washington. Neste momento, ela está na Flórida. Eu não consegui quarto em nenhum hotel; assim, o senhor Kates foi para a casa de amigos na rua 11 para me deixar dormir aqui. Sou inocente? E ele?"

Naturalmente, senti-me um idiota. "Vou levar o assunto", eu disse, "ao conselho do condomínio e veremos o que pode ser feito. Enquanto isso, posso estar com pressa, dependendo da urgência do inspetor Cramer. Quando liguei para a senhorita uma hora atrás, não houve resposta."

Ela pegou um cigarro. "Ora, preciso de autorização para isso também? Dei uma saída para comer alguma coisa."

"Ligaram para cá do gabinete de Cramer depois que a senhorita voltou?"

"Não." Ela franziu as sobrancelhas. "Ele quer falar comigo? Por quê?"

"Ele talvez queira falar com a senhorita agora, ou em breve." Estava incluído em minhas funções manter os olhos fixos nela, para observar sua reação. "Eu acabei de levar para ele a valise com cilindros que a senhorita deixou no parapeito de uma janela, na noite de terça-feira."

Não creio que houvesse algum sinal de ameaça em meu tom de voz. Não sei de onde pode ter vindo, pois não achei, naquele momento, que eu pudesse ser considerado uma ameaça contra a srta. Gunther. Mas Alger Kates levantou-se rápido, como se eu brandisse uma chave inglesa para ela. E sentou-se de novo imediatamente. Ela continuou sentada, mas seu cigarro parou de modo abrupto no caminho para os lábios, e os músculos de seu pescoço se contraíram.

"Aquela valise? Com os cilindros?"

"Sim, senhorita."

"Vocês... o que há neles?"

"Bem, essa é uma longa história..."

"Onde vocês a encontraram?"

"Bem, essa é outra longa história. Temos que nos apressar, pois Cramer está com ela agora e pode mandar alguém aqui a qualquer minuto, ou vir pessoalmente, ou esperar e ouvir os cilindros antes. De qualquer maneira, o senhor Wolfe quer falar com a senhorita primeiro, e como fui eu quem..."

"Então o senhor não sabe o que há neles?"

Kates saiu do canto escuro, foi até a ponta do sofá e lá permaneceu, em postura de quem está pronto para repelir o inimigo. Eu o ignorei e disse a ela:

"Claro que sei. Assim como o senhor Wolfe. Conseguimos um aparelho e os ouvimos. São interessantes, mas não ajudam muito. Sua principal característica é que o conteúdo não foi ditado na terça-feira, mas antes disso — no caso de alguns deles, uma semana ou mais. Devo dizer que..."

"Mas isso é impossível!"

"Não. Possível e verdadeiro. Vou..."

"Como o senhor sabe?"

"Datas e outras coisas. Com certeza." Levantei. "Estou ficando inquieto. Como eu disse, o senhor Wolfe quer falar com a senhorita primeiro. Com Cramer, não tem conversa, especialmente quando ele está de mãos abanando, então vamos logo. Kates pode vir junto, para protegê-la, se a senhorita quiser. Tenho uma transcrição dos cilindros em meu bolso e a senhorita pode dar uma olhada no caminho, e devo dizer que..."

A campainha tocou. Como eu já a havia escutado duas vezes, ainda que pelo lado de fora, sabia do que se tratava. Maldição!, pensei. Perguntei a ela num sussurro: "Está esperando alguém?".

Ela fez que não com a cabeça, e a expressão dos seus olhos, fixos nos meus, disse claramente que eu estava no comando. Mas era óbvio que não havia esperança. Quem quer que tivesse passado pelo porteiro também conseguira informações. Mesmo assim, não custava nada tentar; então pus um dedo sobre meus lábios e fiquei parado, olhando para eles — bem, dei pelo menos uma espiada em Kates. Sua expressão dizia beligerantemente: não estou fazendo isto pelo senhor. Permanecemos assim por cerca de dez segundos, quando uma voz que eu conhecia bem, a do sargento Purley Stebbins, soou alta e irritada através da porta.

"Vamos lá, Goodwin, que droga!"

Fui até a porta e abri. Ele passou por mim rudemente, tirou o chapéu e começou a tentar fingir que era um cavalheiro.

"Boa tarde, senhorita Gunther. Boa tarde, senhor Kates." Ele olhou para ela. "O inspetor Cramer ficaria muito grato se a senhorita permitisse que eu a levasse até seu gabinete. Ele está com algumas coisas lá e gostaria que a senhorita desse uma olhada. Pediu que a informasse que são cilindros para estenofone."

Eu estava ao seu lado. "Você foi direto ao ponto, não foi, Purley? Hein?"

"Ah!", ele exclamou, girando a cabeça grande e vazia, "você ainda está aí? Achei que tivesse indo embora. O inspetor ficará feliz ao saber que nos encontramos."

"Bobagem." Eu o ignorei. "Claro que a senhorita sabe que pode fazer o que quiser. Algumas pessoas acham que, quando um funcionário municipal quer levá-las a algum lugar, são obrigadas a ir. Isso é um falácia, a não ser que eles tenham um documento, o que ele não tem."

"Isso é verdade?", ela me perguntou.

"Sim. É verdade."

Ela ficara em pé quando Purley entrou. Agora caminhava na minha direção, encarando-me, e continuou olhando para cima, para os meus olhos. Não era um ângulo muito inclinado, pois seus olhos estavam apenas uns quinze centímetros abaixo dos meus, e por isso não houve esforço de nenhum de nós dois.

"Sabe", ela disse, "o senhor tem um jeito de sugerir as coisas que me agrada. Com tudo o que sei sobre tiras e a atitude deles em relação a pessoas com poder, prestígio e dinheiro, e com o pouco que sei sobre o senhor, mesmo seu chefe tendo sido contratado pela ANI, quase ouso pensar que deixaria o senhor segurar minha bolsa se eu precisasse ajeitar minha liga. Então, decida por mim. Irei com o senhor encontrar o senhor Wolfe, ou irei com esse sargento grandalhão. O que o senhor decidir."

Foi então que cometi um erro. Não que eu lamente muito o fato de ter sido um erro, pois acredito que devo incluir um pouco de tudo na vida, inclusive minha cota de erros. O problema foi, como admito agora, que não o cometi em meu benefício, de Wolfe, ou do trabalho, mas em benefício dela. Eu teria adorado acompanhá-la até meu carro, com Purley nos nossos calcanhares, resmungando. Para Wolfe, não havia nada melhor do que irritar Cramer. Mas eu sabia que, se a levasse para a casa de Wolfe, Purley iria acampar do lado de fora; e, depois que Wolfe tivesse terminado com ela, ou ela iria passar a noite no centro da cidade ou se recusaria a ir e, nesse caso, a história nunca chegaria ao fim. Assim, cometi o erro porque achei que a srta. Gunther tinha direito a uma noite de sono. Ela mesma me dissera que quanto mais cansada, mais bonita ficava; eu estava olhando para ela, era evidente que estava exausta.

Então eu disse: "Agradeço profundamente sua confiança, que eu mereço. A senhorita segura a bolsa enquanto ajeito a liga. Por ora, odeio ter que dizer, mas seria melhor aceitar o convite de Cramer. Eu a acompanharei".

Vinte minutos depois, entrei no escritório e disse a Wolfe:

"Purley Stebbins chegou à casa da senhorita Gunther antes que eu pudesse trazê-la, e parece que ela gosta mais dele do que de mim. Ela está agora na rua 20."

Assim, não só cometi um erro, mas também menti para o chefe.

17

Se eu deixasse, os acontecimentos de segunda-feira encheriam um livro, assim como os de qualquer outro dia, imagino, quando se escreve tudo. Em primeiro lugar, logo de manhã Wolfe deu pistas de como estávamos indo, ou como não estávamos, ao receber Saul Panzer e Bill Gore no quarto, durante o café-da-manhã, para instruções particulares. Essa era uma de suas estratégias para tentar me impedir de irritá-lo. A teoria era que, se eu contribuísse com comentários sobre inércia ou manifestações da idade que avançava, ou qualquer coisa assim, ele faria com que eu me calasse, alegando estar trabalhando como o diabo na supervisão de Saul e Bill, e que eles estavam colhendo provas. Também não seria seguro eu conhecer o segredo, pois não conseguiria controlar minhas expressões. Um dos motivos de minha irritação era saber que ele sabia que não era verdade.

A colheita até agora não servira para diminuir a fome de ninguém. O volume de palavras datilografadas, impressas e mimeografadas que Bill Gore trouxera da ANI teria mantido a equipe de pesquisa das revistas *Time* e *Life* ocupada por uma semana, mas era só para isso que servia. O relatório de Saul Panzer sobre seu fim de semana no Waldorf foi o esperado, nenhum homem cujas iniciais não fossem A. G. poderia ter feito melhor, mas tudo o que acrescentou foi que não havia nem um fio de cabelo do assassino no local. Por que Wolfe continuava a desembolsar cinqüenta pratas por dia presumivelmente não era, como costumo dizer, da minha conta.

A Relações Públicas tinha conseguido se reerguer, respirado fundo e lançado um grito de guerra. Um anúncio de página inteira no *Times*, assinado pela Associação Nacional da Indústria, advertiu todos nós de que o Departamento de Regulamentação de Preços, depois de nos privar de nossas camisas e calças, estava pronto a confiscar o que restara por baixo. Embora não houvesse menção a homicídio, as implicações eram que, como ainda era necessário que a ANI salvasse o país dos ignominiosos complôs maquinados pelo DRP, seria bobagem imaginar que ela tivesse qualquer participação no assassinato de Cheney Boone. Do ponto de vista estratégico, o problema era que isso só funcionaria com aqueles que já estivessem de acordo com a ANI em relação a quem ou o que havia ficado com as camisas e calças.

Um dos meus problemas na segunda-feira foi conseguir completar minhas ligações, por causa de tantas outras vindo da direção contrária. Comecei de manhã bem cedo, atrás de Phoebe Gunther, mas não consegui falar com ela em momento algum. Primeiro, no apartamento da rua 55, ninguém atendeu. Às nove e meia, tentei o escritório do DRP e disseram-me que ela ainda não tinha chegado, e ninguém sabia se iria para lá. Às dez e meia, fui informado de que ela estava lá, mas em reunião com o sr. Dexter, e sugeriram que eu ligasse mais tarde. Duas outras vezes antes do meio-dia ela ainda estava com o sr. Dexter. Ao meio-dia e meia tinha saído para o almoço; o meu recado para que ela ligasse para mim fora transmitido. À uma e meia, não havia voltado ainda. Às duas, disseram que ela não voltaria e ninguém com quem consegui falar sabia onde ela estava. Isso tudo pode soar como se eu me deixasse levar facilmente por evasivas, mas tive duas tacadas a meu favor. Aparentemente, não havia ninguém no DRP, das telefonistas ao diretor regional, que não soubesse que Nero Wolfe, como dizia Alger Kates, estava na folha de pagamento da ANI, e eles reagiram de acordo. Quando tentei entrar em contato com Dorothy Unger, a estenógrafa que telefonara para Don O'Neill na tarde de sábado pedindo-lhe que devolvesse o tíquete do guarda-volumes enviado por engano, nem cheguei a encontrar alguém que ao menos admitisse já ter ouvido falar nela.

O que obtive comparado ao dinheiro que gastei fazendo ligações telefônicas naquele dia seria suficiente para derrubar de vez as ações da Tel & Tel. Em termos de telefonemas recebidos, o placar não foi melhor. Além da rotina normal de um caso importante, como os rapazes da imprensa esperando um lugar na platéia caso Nero Wolfe estivesse preparando uma tacada, houve todo tipo de problema com o cliente, devido às cartas que Wolfe enviara sobre a descoberta dos cilindros. O anúncio no *Times* pode ter indicado que a ANI era uma frente unida, mas as ligações mostravam o contrário. Cada um tinha uma opinião. Para Winterhoff, a pressuposição contida na carta, de que a maneira como os cilindros tinham sido encontrados inocentava a srta. Gunther, não se justificava; pelo contrário, reforçava a suspeita de que ela mentia, uma vez que o tíquete do guarda-volumes fora encaminhado para O'Neill em um envelope do DRP. Breslow, é claro, estava enraivecido, a ponto de ligar duas vezes, uma de manhã e outra de tarde. O que o fizera se contorcer dessa vez havia sido o fato de termos espalhado a notícia sobre os cilindros. No interesse da justiça, deveríamos ter mantido o assunto entre nós mesmos e a polícia. Ele nos acusou de tentar impressionar o Comitê Executivo, de tentar mostrar como fazíamos jus ao dinheiro, e de que aquilo fora uma grande falha; deveríamos ter em mente apenas duas coisas: a prisão do criminoso e as provas de sua culpa.

Até a família Erskine estava dividida. Frank Thomas Erskine, o pai, não fez nenhuma reclamação nem crítica. Apenas queria algo: especificamente, o texto completo do conteúdo dos cilindros. Ele não estava indignado, mas completamente estupefato. Para ele, a situação era clara. Wolfe prestava um serviço remunerado para a ANI; qualquer informação que ele obtivesse no desempenho dessa atividade era de propriedade da ANI, e qualquer tentativa de excluí-los da posse de sua propriedade era criminosa, malévola e revoltante. Ele insistiu enquanto achou que tivesse alguma chance, depois desistiu, sem demonstrar nenhum ressentimento.

O filho, Ed, foi o mais rápido e engraçado. Todos os outros tinham pedido para falar com Wolfe, não apenas comigo, mas ele disse que não importava, que eu mesmo servia, tudo o que ele queria era fazer uma pergunta. Eu disse: "Manda", e ele perguntou: "Existem provas de que O'Neill recebeu o tíquete para pegar o pacote da maneira como ele contou, pelo correio?". Respondi que tudo o que tínhamos era o que O'Neill dissera, além de termos dado uma olhada no envelope, mas claro que a polícia estava verificando e que seria melhor perguntar a ela. Ele agradeceu muito educadamente e desligou.

Esperei o dia inteiro por um telefonema de O'Neill, mas não ouvimos um pio da parte dele.

A impressão geral era de que o Comitê Executivo deveria convocar uma reunião e definir o plano de ação.

O dia avançou, anoiteceu e eu acendi as luzes. Logo antes do jantar, tentei a rua 55, mas nada de Phoebe Gunther. A refeição levou mais tempo do que o normal, o que é de esperar quando Wolfe está completamente perdido. Ele consome energia tentando ordenar os pensamentos e me manter quieto, e isso o deixa com mais fome. Depois do jantar, de volta ao escritório, tentei a rua 55 mais uma vez, com o mesmo resultado. Estiquei-me no sofá, procurando elaborar um ataque que faria Wolfe explodir em algum tipo de ação, quando a campainha tocou e fui até a porta da frente, abrindo-a totalmente, sem uma espiada preliminar pelo vidro. No que me dizia respeito, qualquer um seria bem-vindo, até Breslow, mesmo que só para um bate-papo.

Dois homens estavam diante de mim. Pedi que pendurassem os casacos, fui para o escritório e anunciei:

"O inspetor Cramer e o senhor Solomon Dexter."

Wolfe suspirou e resmungou: "Deixe-os entrar".

18

Solomon Dexter era um falastrão. Suponho que, como diretor interino do DRP, ele tinha muitos motivos para deitar falação sobre tudo, incluindo coisas como o Congresso em ano de eleição e o anúncio da ANI no *Times*, para não mencionar o assassinato sem solução de seu predecessor. Mesmo assim, Wolfe não gosta de falastrões. Então, ele ouviu com a testa franzida, depois de um breve cumprimento e sem preâmbulos, quando Dexter começou a falar:

"Não estou entendendo nada! Falei com o FBI e com o Exército sobre o senhor e eles me deram uma ficha limpa e ainda lhe fizeram muitos elogios! E aí está o senhor, amarrado ao pior bando de mentirosos e homicidas da face da Terra! Que diabo existe por trás dessa história?"

"O senhor está à beira de um ataque de nervos", Wolfe disse.

Ele matraqueou um pouco mais. "O que os meus nervos têm a ver com isso? O crime mais terrível da história deste país, com uma gangue de inescrupulosos por trás dele, e qualquer homem, qualquer um, seja quem for, que se liga a essa gente..."

"Por favor!", Wolfe o cortou. "Não grite comigo desse jeito. O senhor está agitado. Agitado com razão, talvez. Mas o inspetor Cramer não devia tê-lo trazido até aqui antes de o senhor ter se acalmado." Seus olhos se moveram. "O que ele quer, senhor Cramer? Ele quer alguma coisa?"

"Sim", Cramer resmungou. "Ele acha que você armou

essa história dos cilindros para dar a entender que o DRP estava com eles o tempo todo e tentou plantá-los na ANI."

"Bobagem. O senhor concorda com isso?"

"Eu, não. Você teria se saído melhor."

Os olhos de Wolfe voltaram a se mover. "Se é isso o que o senhor quer saber, senhor Dexter, se eu organizei toda essa conversa fiada sobre aqueles cilindros, a resposta é não. Algo mais?"

Dexter tinha tirado um lenço do bolso e o passava no rosto. Eu não percebera nenhum sinal de umidade nele, estava fresco lá fora e mantínhamos a sala a vinte e um graus, mas aparentemente ele achava que tinha alguma coisa sobre o que passar o lenço. Provavelmente era uma manifestação do lenhador que havia nele. Largou a mão sobre a coxa, apertando o lenço, e olhou para Wolfe como se tentasse lembrar a próxima fala do roteiro.

"Não há ninguém", disse, "com o nome de Dorothy Unger trabalhando no DRP, nem em Nova York, nem em Washington."

"Deus do céu." Wolfe estava exasperado. "É claro que não."

"O que o senhor quer dizer com é claro que não?"

"Que é óbvio que não haveria ninguém com esse nome. Quem quer que tenha concebido esse ardil sobre o tíquete do pacote, seja o próprio senhor O'Neill ou outra pessoa, certamente tinha que inventar uma Dorothy Unger."

"O senhor deve saber", Dexter afirmou raivosamente.

"Bobagem." Wolfe mexeu um dedo para dispensá-lo. "Senhor Dexter, se for ficar sentado aí consumindo-se em suspeitas, o melhor a fazer é ir embora. O senhor me acusa de estar 'amarrado' com a canalha. Não estou amarrado a ninguém. Fui contratado para um trabalho específico, encontrar um assassino e coletar provas suficientes para condená-lo. Se o senhor tiver alguma..."

"Até onde você chegou?", Cramer interrompeu.

"Bem." Wolfe forçou um sorriso. Ele fica ainda mais insuportável com um sorriso forçado. "Mais longe que o senhor, ou o senhor não estaria aqui."

"Sei", Cramer disse sarcasticamente. "Naquela noite aqui, fiquei sem entender por que você não o identificou e o entregou para mim."

"Eu também", Wolfe concordou. "Por um momento, achei que conseguiria, quando um deles disse algo extraordinário, mas não pude..."

"Quem disse o quê?"

Wolfe fez que não com a cabeça. "Estou investigando."

Seu tom sugeria que toda a 82ª Brigada Aérea avançava de uma costa a outra do país, investigando. Ele mudou de tom, para uma leve reprovação. "O senhor os dispersou e começou a persegui-los. Se tivesse agido como um investigador adulto em vez de uma criança irritada, eu poderia ter chegado a algum lugar."

"Ah, certamente. Eu compliquei sua vida. Eu faria qualquer coisa para enquadrá-los, qualquer coisa que você dissesse. Por que não pede que eu os reúna aqui de novo, imediatamente?"

"Excelente idéia." Wolfe quase aprumou-se na cadeira, de tanto entusiasmo. "Excelente. Eu realmente peço-lhe que faça isso. Pode usar o telefone do senhor Goodwin."

"Meu Deus!" Cramer olhou fixo para ele. "Você achou que eu estava falando sério?"

"*Eu* estou", Wolfe afirmou. "O senhor não viria aqui se não estivesse desesperado. Não estaria desesperado se ainda pudesse pensar em alguma pergunta para fazer a qualquer um. Foi para isso que veio aqui, atrás de idéias para novas perguntas. Traga essas pessoas aqui e eu verei o que posso fazer."

"Quem diabos esse homem pensa que é?", Dexter perguntou a Cramer.

Cramer, de cara feia para Wolfe, não respondeu. Depois de alguns segundos, levantou-se e, sem alterar a expressão, veio até a minha mesa. Quando ele se aproximou, eu já tinha tirado o fone do gancho e começado a discar Watkins 9-8242. Ele o pegou, sentou-se na ponta da mesa e continuou de cara feia.

"Horowitz? É o inspetor Cramer. Estou falando do escritório de Nero Wolfe. Passe para o tenente Rowcliffe. George? Não, o que você acha? Acabei de chegar aqui. Alguma coisa lá de cima? Sei, sei. Pode arquivar na letra P, de porcaria. Não. Você tem uma lista das pessoas que estavam aqui no Wolfe na noite de sexta-feira. Peça ajuda para telefonar a todos e dizer que venham para cá imediatamente. Sei disso, mas *diga* a eles. Melhor incluir Phoebe Gunther também. Espere um minuto."

Ele se virou para Wolfe. "Alguém mais?" Wolfe balançou a cabeça e Cramer continuou: "Isso é tudo. Mande Stebbins vir aqui imediatamente. Onde estiverem, encontre-os e traga-os. Mande os homens para a rua, se necessário. Eu sei, está bem, façam o diabo. Qual a diferença agora, se eu perder meu emprego? Wolfe disse que estou desesperado, e você o conhece, ele lê rostos. Comece logo".

Cramer voltou para a poltrona de couro vermelho, sentou-se, pegou um charuto, mergulhou os dentes nele e disse, com voz rascante:

"Imagine. Nunca pensei que chegaria a esse ponto."

"Francamente", Wolfe resmungou, "fiquei surpreso em vê-lo. Com o que eu e o senhor Goodwin lhe demos ontem, achei que estivesse fazendo progressos."

"É claro", Cramer mastigou o charuto. "Progressos para o meio da mais grossa neblina que eu já vi. Aquilo foi uma grande ajuda que você e Goodwin me deram. Em primeiro lugar..."

"Com licença", Dexter interrompeu e levantou-se. "Preciso dar alguns telefonemas."

"Se forem particulares", eu disse a ele, "há um telefone lá em cima que o senhor pode usar."

"Não, obrigado." Ele olhou para mim acintosamente. "Vou sair e encontrar uma cabine." Começou a se dirigir para a porta, mas parou para dizer, sobre os ombros, que voltaria em meia hora, e então saiu. Fui até o saguão para ver se ele não ia tropeçar na soleira e, depois de fechar a porta atrás dele, voltei para o escritório. Cramer estava falando:

"... e estamos em situação pior do que antes. Zero, por toda parte. Se quiser algum detalhe, pode escolher."

Wolfe resmungou. "A fotografia e os documentos do carro enviados pelo correio para a senhora Boone. O envelope. Aceita uma cerveja?"

"Aceito. Impressões digitais, só rotina, mais nada. Enviado do centro da cidade na sexta, às oito da noite. E o que mais? Você ia querer que investigássemos as vendas de envelopes em todas as papelarias?"

"Archie poderia tentar isso." Era um sinal de que todos éramos bons amigos quando Wolfe, falando com Cramer, me chamava de Archie. Normalmente, era senhor Goodwin. "E quanto aos cilindros?"

"Foram usados por Boone no dia 19 de março e seu conteúdo foi datilografado pela senhorita Gunther no dia 20. As cópias em papel-carbono estão em Washington e o FBI as examinou. A senhorita Gunther não entende o que aconteceu, a não ser que Boone tenha pegado a valise errada quando saiu do escritório na tarde de terça-feira, e ela diz que raramente ele cometia erros como esse. Mas, se foi o que aconteceu, a valise contendo os cilindros que ele usou na tarde de terça-feira ainda deveria estar no escritório de Washington, e não está. Não há sinal dela. Existe uma outra possibilidade. Pedimos a todos os envolvidos que não deixassem a cidade, mas na quinta-feira o DRP pediu permissão para que a senhorita Gunther fosse a Washington, para resolver negócios urgentes, e deixamos que ela fosse. Ela foi e voltou de avião, e levava uma valise."

Wolfe arrepiou-se. A idéia de pessoas entrando em um avião voluntariamente era demais para ele. Ele lançou um olhar para Cramer. "Vejo que o senhor não eliminou nada. A senhorita Gunther viajou sozinha?"

"Ela foi sozinha. Dexter e dois outros sujeitos do DRP voltaram com ela."

"Ela não teve dificuldade para explicar a movimentação?"

"Ela não tem dificuldade para explicar coisa nenhuma. Aquela jovem não tem dificuldades com explicações e ponto final."

Wolfe assentiu. "Acredito que Archie concorda com o senhor." A cerveja chegou, acompanhada por Fritz, e ele a servia. "Suponho que tenham conversado com o senhor O'Neill."

"Conversado?" Cramer levantou as mãos, uma delas segurando o copo de cerveja. "Minha nossa! Se eu conversei com aquele papagaio!?"

"Verdade, ele fala muito. Como Archie lhe contou, ele estava curioso sobre o que havia naqueles cilindros."

"E ainda está." Cramer tinha esvaziado metade do copo e ficou segurando-o. "Aquele maldito imbecil achou que poderia ficar com o envelope. Ele queria um detetive particular, não você, para investigá-lo. Foi o que ele disse." Ele bebeu novamente. "Agora, esse é um exemplo de como esse caso funciona. Você gostaria de uma pista melhor do que esse envelope? Papel timbrado do DRP, entrega especial, um selo cancelado e os outros não, endereço datilografado? Preciso contar em detalhes o que fizemos, incluindo testar uma centena de máquinas de escrever?"

"Acho que não."

"Eu também. Levaria a noite inteira para contar. O maldito correio diz que é uma pena, mas não podem nos ajudar, porque, com todas aquelas meninas novas trabalhando lá, selos cancelados, selos não cancelados, não há como saber."

Cramer esvaziou a garrafa no copo. "Vocês ouviram o que eu falei ao Rowcliffe sobre perder meu emprego."

"Aquilo?", Wolfe desdenhou.

"É, eu sei", Cramer concordou. "Já fiz isso antes. É um hábito. Todos os inspetores dizem às esposas, todas as noites, que provavelmente serão capitães na manhã seguinte. Mas, desta vez, não sei. Do ponto de vista de um inspetor do Departamento de Homicídios, uma bomba atômica seria um estalinho em comparação com essa maldita confusão. O comissário foi atacado pelo bicho-carpinteiro, não pára quieto. O promotor está fingindo que a vez dele só chega na hora de apresentar o caso para os membros do júri. O prefeito tem pesadelos, e deve ter sonhado que, se não houvesse um Departamento de Homicídios, não haveria assassinatos, pelo menos nenhum que envolvesse cidadãos proeminentes. Então, sou culpado de tudo. Não devo jogar duro com pessoas refinadas que chegam a ponto de contratar especialistas tributários para assegurar que não estão enganando o governo. Por outro lado, devo compreender a exigência absoluta da opinião pública de que o assassino de Cheney Boone não fique sem punição. Passaram-se seis dias desde o ocorrido e, meu Deus, aqui estou eu me queixando com você."

Ele esvaziou o copo, colocou-o na mesa e usou as costas da mão como guardanapo. "Essa é a situação, meu gordo amigo, como disse Charlie McCarthy a Herbert Hoover. Veja o que estou fazendo, deixar você assumir a direção é o ponto a que chegamos, pelo menos até que você saia da estrada, se isso for necessário. Sei muito bem que nenhum de seus clientes jamais foi condenado por assassinato, e, neste caso, seus clientes..."

"Meu cliente não é um homem", Wolfe questionou. "Meu cliente é uma associação. Uma associação não pode cometer assassinato."

"Talvez não. Mesmo assim, sei como você trabalha. Se achou que era necessário, no interesse do cliente — acho que lá vem ele ou lá vem a associação."

A campainha da porta tocara. Fui atender e descobri que o palpite de Cramer estava certo. O primeiro a chegar era parte de nosso cliente, na pessoa de Hattie Harding. Ela parecia sem fôlego. No saguão, segurou o meu braço e quis saber:

"O que foi? Eles acharam... O que aconteceu?"

Usei a mão do outro braço para bater de leve em seu ombro. "Não, não, acalme-se. A senhorita está muito tensa. Decidimos realizar essas reuniões duas vezes por semana, é só isso."

Levei-a ao escritório e pedi que me ajudasse com as cadeiras.

Daí por diante, eles foram chegando, um a um. Purley Stebbins entrou, desculpou-se com seu chefe por não ter sido mais rápido e o chamou de lado para explicar alguma coisa. G. G. Spero, do FBI, foi o terceiro, e a sra. Boone, a quarta. A essa altura, Solomon Dexter voltou e, ao ver que a poltrona de couro vermelho estava desocupada no momento, tratou de apropriar-se dela. A família Erskine chegou separada, com quinze minutos de diferença. A mesma coisa aconteceu com Breslow e Winterhoff. Em geral, enquanto eu os recebia, retribuíram meus cumprimentos como a um colega da raça humana, uma palavra a mais ou a menos, mas houve duas exceções. Don O'Neill olhou atravessado para mim e passou a impressão de que, se eu tocasse em seu casaco, ele teria que ser enviado para a lavanderia; então deixei que ele mesmo o pendurasse. Alger Kates agiu como se eu fosse pago para fazer o serviço, então não houve abraços. Nina Boone, que chegou tarde, sorriu para mim. Eu não teria imaginado isso; ela sorriu direto para mim. Para compensá-la, providenciei para que ocupasse o mesmo lugar da reunião anterior, na cadeira próxima à minha.

Tive que reconhecer a competência do Departamento de Polícia para fazer convites. Eram dez e quarenta, apenas uma hora e dez minutos depois que Cramer ligara para Rowcliffe para organizar a reunião. De pé, olhei para todos, conferindo as presenças, depois virei-me para Wolfe e disse:

"Como da outra vez, a senhorita Gunther simplesmente evita as multidões. Estão todos aqui, menos ela."

Wolfe passou os olhos pela assembléia, devagar, da direita para a esquerda e novamente no sentido oposto, como um homem que tentasse escolher a camisa que ia vestir. Estavam todos sentados, divididos em dois campos como antes, a não ser por Winterhoff e Erskine, o pai, de pé, próximos ao globo, conversando em voz baixa. Em termos festivos, o encontro se revelou um fracasso antes mesmo de começar. Por um segundo, ouvia-se o zunzum de conversas e, logo depois, silêncio mortal; em seguida, o silêncio dava nos nervos de alguém, e o zunzum recomeçava. Um fotógrafo poderia tirar uma foto daquela coleção de rostos e, inspirado em Ray Charles, batizá-la de *I wonder who's kissing her now.*

Cramer veio à minha mesa e usou o telefone, depois disse para Wolfe, inclinando-se na direção dele: "Eles falaram com a senhorita Gunther em seu apartamento há mais de uma hora, e ela disse que viria imediatamente".

Wolfe deu de ombros. "Não vamos esperar. Vá em frente."

Cramer virou-se para encarar os convidados, pigarreou e levantou a voz:

"Senhoras e senhores!" O silêncio foi imediato. "Quero que entendam por que foram convidados para vir aqui, e exatamente o que está acontecendo. Suponho que leram os jornais. Segundo eles, pelo menos um deles, a polícia está achando esse caso uma batata quente demais para segurar, por causa das pessoas envolvidas, e está fazendo cera. Acho que cada uma das pessoas aqui sabe o que há de verdade nisso. Acredito que todos os senhores achem que estão sendo incomodados e perseguidos por algo que não lhes diz respeito. Os jornais têm seu ponto de vista, e os senhores, os seus. Imagino que tenha sido uma inconveniência para todos ter que vir aqui nesta noite, mas é preciso reconhecer que não há alternativa, e vocês não podem culpar a polícia ou qualquer outra pessoa pelo incômodo, a não ser uma só, o assassino de Cheney Boone. Não estou dizendo que essa pessoa esteja nesta sala. Admito que não sei. Pode estar a mil quilômetros daqui..."

"É isso", Breslow esbravejou, "que viemos ouvir aqui? Já ouvimos isso tudo antes!"

"Sim, eu sei que já." Cramer tentava não parecer amargo. "Os senhores não vieram aqui para me ouvir. Vou agora passar a palavra para o senhor Wolfe, e ele irá prosseguir, depois que eu falar duas coisas. Primeiro, para vir aqui, os senhores receberam o convite do meu gabinete, mas, a partir deste ponto, isto não é mais oficial. Sou responsável por trazê-los aqui e pronto. No que me diz respeito, todos podem se levantar e ir embora, se quiserem. Segundo, alguns dos senhores podem achar tudo isso inadequado, pois o senhor Wolfe foi contratado para trabalhar neste caso pela Associação Nacional da Indústria. Pode ser que seja. Tudo o que posso dizer é que, se pensam dessa maneira, podem ficar aqui com isso em mente, ou então ir embora. Estejam à vontade."

Ele olhou em torno. Ninguém se mexeu ou falou. Cramer esperou dez segundos, depois se virou e acenou com a cabeça para Wolfe.

Wolfe suspirou profundamente e começou com um murmúrio quase inaudível:

"Uma coisa que o senhor Cramer mencionou, a inconveniência que vocês estão tendo que agüentar, requer um pequeno comentário. Peço sua tolerância enquanto o faço. É apenas através desse tipo de sacrifício por parte das pessoas, às vezes de muitas, elas mesmas totalmente inocentes..."

Odiei perturbar sua fala, pois sei, por uma longa experiência, que finalmente Wolfe estava trabalhando de verdade. Ele decidira arrancar algo daquele bando, mesmo que tivesse que segurá-los por toda a noite. Mas não havia outra coisa a fazer, pela expressão no rosto de Fritz. Um movimento no saguão chamara minha atenção, e Fritz estava lá, a quatro passos da porta do escritório, que ficara aberta, olhando para mim com os olhos arregalados. Quando viu que eu olhava para ele, sinalizou para que eu fosse até lá, e o pensamento que pulou em minha mente foi que, na presença dos convidados e com Wolfe fazen-

116

do um discurso, seria exatamente assim que Fritz agiria se a casa estivesse pegando fogo. A multidão inteira estava entre nós dois e eu circulei por trás deles para sair. Wolfe continuava a falar. Assim que cheguei ao saguão, fechei a porta atrás de mim e perguntei a Fritz:

"Que bicho te mordeu?"

"É... é..." Ele parou e mordeu os lábios. Wolfe vem tentando treinar Fritz há vinte anos para que ele não se excite. Ele tentou de novo: "Venha e eu lhe mostro".

Ele voou para a cozinha e eu o segui, achando que se tratava de alguma calamidade culinária que ele não tinha como enfrentar sozinho, mas ele foi para a porta da escada dos fundos. Os degraus levavam ao que chamávamos de porão, ainda que ficasse pouco menos de um metro abaixo do nível da rua. Fritz dormia ali, no quarto que dava para a rua. Havia uma saída para a rua através de um pequeno corredor; primeiro, uma porta pesada levava a um pequeno vestíbulo, que ficava sob a escada de entrada; depois um portão de ferro, uma grade, que dava acesso à entrada do porão, de onde saíam cinco degraus que subiam até a calçada. Foi no pequeno vestíbulo que Fritz parou e eu trombei com ele.

Ele apontou o chão. "Olhe." Ele pôs a mão no portão e o balançou de leve. "Vim ver se o portão estava trancado, como sempre faço."

Havia algo embolado sobre o piso de concreto que dava acesso ao porão, encostado ao portão, impedindo que ele fosse aberto sem empurrar o objeto. Agachei-me para olhar. A luz estava fraca, pois o poste mais próximo ficava do outro lado da escada de entrada, a trinta passos, mas pude ver o suficiente para saber do que se tratava, ainda que não tivesse certeza de quem era.

"Por que diabos você me trouxe aqui?", perguntei, empurrando Fritz de volta ao porão. "Venha comigo."

Ele estava nos meus calcanhares quando subi a escada. Na cozinha, desviei para abrir uma gaveta e pegar uma lanterna, segui para o saguão principal em direção à porta da frente, desci a escada até a calçada, e depois os cinco degraus que dão acesso ao porão. Ali, do mesmo lado do portão que o objeto, agachei-me de novo e acendi a lanterna. Fritz estava ao meu lado, inclinando-se.

"Quer..." Sua voz estava tremendo e ele teve que recomeçar. "Quer que eu segure a lanterna?"

Meio minuto depois levantei e disse: "Não saia daqui", e subi a escada de entrada. Fritz tinha fechado a porta da frente e, enquanto eu tremia para pegar a chave e enfiá-la na fechadura, endireitei-me e respirei profundamente, controlando o tremor. Passei pelo saguão, fui até a cozinha e, do telefone que havia lá, liguei para o dr. Vollmer, que morava mais abaixo na rua, a apenas um quarteirão. Foram seis toques até ele atender.

"Doutor? Archie Goodwin. Está vestido? Ótimo. Venha aqui o mais rápido que puder. Há uma mulher caída na entrada do nosso porão, junto ao portão de acesso, foi atingida na cabeça e eu acho que está morta. Os tiras vão chegar, então não a mude de posição mais do que o necessário. Imediatamente? Está bem."

Respirei outra vez, enchendo o peito, peguei o bloco e o lápis de Fritz e escrevi:

Phoebe Gunther está na entrada do nosso porão, morta. Golpeada na cabeça. Liguei para Vollmer.

Arranquei a folha e me dirigi ao escritório. Suponho que tenham se passado seis minutos, não mais, e Wolfe ainda fazia seu monólogo, com treze pares de olhos voltados para ele. Contornei pela direita, cheguei à sua mesa e passei-lhe o bilhete. Ele deu uma primeira olhada e depois outra, mais demorada, lançou mais uma para mim e falou, sem nenhuma alteração perceptível de tom ou modos.

"Senhor Cramer. Por favor. O senhor Goodwin tem

uma mensagem para o senhor e para o senhor Stebbins. Os senhores podem acompanhá-lo até o saguão?"

Cramer e Stebbins levantaram-se. Enquanto saíamos, a voz de Wolfe, atrás de nós, continuou:

"Agora, a questão que temos diante de nós é se podemos crer que, diante das circunstâncias conhecidas..."

19

O clímax aconteceu trinta minutos depois da meia-noite. Naquele momento, eu estava sozinho no meu quarto, dois andares acima, sentado em uma cadeira ao lado da janela, bebendo um copo de leite, ou pelo menos com ele na mão. Normalmente, não me enfio em uma caverna nos momentos de maior emoção ou de muita ação, mas o ocorrido parecia ter me acertado em um novo lugar e, de qualquer modo, ali estava eu, tentando ordenar minhas idéias. Ou talvez meus sentimentos. Sabia apenas que alguma coisa dentro de mim precisava de um pouco de ordem. Eu acabara de percorrer o campo de batalha e, naquele momento, a distribuição das forças era a seguinte:

Fritz estava na cozinha preparando sanduíches e café, com ajuda da sra. Boone.

Sete dos convidados espalhavam-se pela sala da frente, com dois detetives da Homicídios fazendo-lhes companhia. Não estavam contando histórias engraçadas, nem mesmo Ed Erskine e Nina Boone, sentados no mesmo sofá.

O tenente Rowcliffe e um subordinado com um bloco de anotações estavam no quarto extra, no mesmo andar que o meu, conversando com Hattie Harding, a rainha das relações públicas.

O inspetor Cramer, o sargento Stebbins e alguns outros estavam na sala de jantar, disparando perguntas contra Alger Kates.

O homem com quatro estrelas estava no escritório. Wolfe estava sentado junto à sua mesa, o comissário de polícia, na minha, e o promotor público, na poltrona de couro vermelha. Travis e Spero, do FBI, completavam o círculo. Era dali que a alta estratégia sairia, se e quando se chegasse a alguma.

Um outro detetive estava na cozinha, provavelmente para impedir que a sra. Boone pulasse a janela e Fritz pusesse arsênico nos sanduíches. Outros se espalhavam pelos corredores, no porão, por toda parte, e outros mais continuavam a chegar lá de fora, para fazer relatórios ou receber ordens de Cramer, do comissário ou do promotor.

Os jornalistas tinham conseguido cruzar a faixa policial, mas agora estavam de volta ao outro lado. Os holofotes ainda não haviam sido removidos da rua, e uma variedade de funcionários municipais ainda circulava por lá, mas a maior parte do pessoal da perícia, incluindo fotógrafos, tinha ido embora. Apesar disso, a multidão, como eu podia ver da janela ao lado da qual estava minha cadeira, era maior do que nunca. A casa ficava há apenas cinco minutos de táxi, ou quinze minutos a pé, da Times Square, e as notícias sobre um acontecimento espetacular no caso Boone já circulavam entre as platéias da Broadway. A reuniãozinha que Wolfe pedira para Cramer organizar crescera muito mais do que o combinado.

Um cano de ferro de uma polegada e meia e quarenta centímetros de comprimento tinha sido encontrado no chão que dá acesso ao porão. Phoebe Gunther fora atingida na cabeça com ele, quatro vezes. O dr. Vollmer, ao chegar, certificara-se de que ela estava morta. Ela também sofrera escoriações, uma delas na bochecha e na boca, possivelmente ao cair da escada, onde fora atingida, para a entrada do porão. Os cientistas tinham chegado nesse ponto antes de o corpo ser removido.

Fiquei sentado no quarto por vinte minutos até perceber que não havia bebido nenhum gole do leite, mas também não tinha derramado nenhuma gota do copo.

121

20

Minha intenção era voltar lá para baixo e mergulhar no tumulto novamente quando o microscópio chegasse. Alguns esperavam que o microscópio fosse resolver o assunto, e isso me pareceu muito provável.

Eu mesmo fora interrogado até o limite por Wolfe e Cramer juntos, o que, por si só, tornava esse caso único. Mas as circunstâncias faziam de mim uma peça essencial. A hipótese de trabalho era de que Phoebe teria chegado e subido a escada da porta, e de que o assassino estava com ela, ou juntara-se a ela próximo à escada, ou já na porta, e a acertara antes que ela tocasse a campainha, atordoando-a e derrubando-a na escada que dá acesso ao porão. Em seguida, ele teria descido até lá e a atingido mais três vezes, para certificar-se de que estava morta, e empurrado o corpo contra o portão, de onde não poderia ser visto da calçada, devido à pouca luminosidade. Depois, é claro, o assassino poderia ter ido para casa dormir, mas a pressuposição era de que houvesse subido a escada da entrada de novo, tocado a campainha, e eu o deixara entrar, pegando seu chapéu e casaco.

Isso me colocava a três metros deles, ou talvez menos, no momento em que acontecera, e, se por acaso eu tivesse afastado a cortina da janela naquele momento, teria visto acontecer. Eu também cumprimentara o assassino poucos segundos depois e, como admiti para Wolfe e Cramer, tinha observado com os dois olhos o rosto de cada um que chegava, para descobrir como eles estavam lidando com a pressão. Esse foi outro motivo pelo qual eu subira ao meu quarto, para lembrar dessas expressões. Não era possível que eu não conseguisse identificar o rosto, ou pelo menos os dois ou três mais prováveis, cujo dono acabara de esmagar o crânio de Phoebe com um cano de ferro um minuto antes. Bem, não consegui. Ninguém foi descuidado, muito pelo contrário, e isso havia ficado claro de uma maneira ou de outra, e daí? Wolfe suspirou para mim e Cramer resmungou como um leão frustrado, mas foi o melhor que consegui.

Naturalmente, haviam pedido que eu fizesse uma lista mostrando a ordem de chegada, e o intervalo aproximado entre cada uma. E eu a fiz com prazer. Não marquei o tempo no cronômetro, mas procurei me certificar de que minha lista fosse bem exata. Todos haviam chegado sozinhos. A idéia era que, se dois deles tivessem chegado próximos um do outro — digamos, com um intervalo de dois minutos ou menos —, o primeiro provavelmente seria inocente. Ao contrário do que chegasse em segundo, pois o assassino, ao terminar e ouvindo passos ou a aproximação de um táxi, teria se espremido contra o portão, naquele canto escuro, esperado o recém-chegado subir a escada e entrar na casa, e depois subiria imediatamente e tocaria a campainha. De qualquer modo, esses cálculos tão precisos não eram necessários, uma vez que, conforme eu me lembrava, nenhum dos intervalos fora inferior a três minutos.

Claro que a posição na lista não significava nada. Em termos de oportunidade, não havia diferença entre Hattie Harding, a primeira a chegar, e Nina Boone, a última.

Todos os convidados haviam sido interrogados pelo menos uma vez, separadamente, e era provável que isso se repetisse noite adentro, caso o microscópio não atendesse às expectativas. Como todos já tinham passado por isso vezes sem conta, por causa do assassinato de Boone, os interrogadores enfrentaram dificuldades. As perguntas deviam abordar o que ocorrera ali, naquela noite, mas o que havia para perguntar? Não havia o que falar sobre álibis. Todos tinham passado pela entrada da casa sozinhos entre nove e cinqüenta e dez e quarenta. Durante esse período, Phoebe Gunther chegara e fora assassinada. Praticamente tudo o que se podia perguntar era: "Você tocou a campainha assim que chegou? Matou Phoebe Gunther antes disso?". Se o interrogado dissesse que Phoebe Gunther não estava lá, que ele tocara a campainha e fora recebido pelo sr. Goodwin, qual seria a próxima pergunta? Naturalmente, era preciso saber se ele viera de carro ou de táxi, ou a pé, depois de descer do ônibus ou do metrô, mas onde isso nos levaria?

Um planejamento perfeito, disse a mim mesmo, sentado junto à janela do quarto. Mais perfeito que qualquer outro de que me lembrasse. Perfeito demais, aquele maldito assassino.

Eu disse que a pressuposição era de que o assassino tivesse subido a escada novamente e entrado na casa, mas talvez devesse dizer que essa era uma das pressuposições. A ANI tinha outra, gerada por Winterhoff, que fora incluída nos registros. Na maratona de interrogatórios, Winterhoff havia sido um dos últimos. Sua história tivera três ingredientes principais:

1. Ele (Winterhoff, o distinto cavalheiro) sempre usava sapatos cujas solas eram feitas de um composto quase tão silencioso quanto a borracha, e assim ele caminhava fazendo pouco ruído.

2. Ele não aprovava jogar lixo na rua, incluindo pontas de cigarro, e jamais fizera isso.

3. Ele morava na avenida East End. A esposa e as filhas estavam usando o carro e o motorista naquela noite. Ele nunca andava de táxi, se pudesse evitar, devido à atitude revolucionária dos motoristas na recente falta de táxis. Assim, ao receber o telefonema so-

licitando sua presença no escritório de Wolfe, pegara um ônibus na Segunda Avenida até a rua 35, e fizera o resto do percurso a pé.

Bem, ao aproximar-se da casa de Wolfe pelo leste, com seus sapatos silenciosos, ele havia parado a cerca de vinte e cinco metros de seu destino, pois segurava uma ponta de cigarro e vira uma lata de lixo com cinzeiro atrás das grades da entrada de um porão. Ele tinha descido a escada até a lixeira e apagado a guimba ali; ao subir, estava quase de volta à calçada quando viu um homem sair detrás de uma escada, da entrada de um porão, e correr no sentido contrário, na direção do rio. Já mais perto da casa de Wolfe, percebeu que provavelmente fora daquele acesso subterrâneo que o homem tinha saído, mas não chegara a debruçar-se no parapeito da escada para dar uma espiada lá. O melhor que poderia dizer a respeito do homem que saíra correndo era que vestia roupas escuras e que não era nem gigante nem anão.

E, por Deus, a história se confirmara. Dos cerca de mil detetives enviados para as buscas, dois tinham ido verificar a rua. Em meia hora, estavam de volta e reportaram que havia uma lata de lixo com cinzeiro em um acesso subterrâneo a exatos vinte e quatro passos a leste da entrada de Wolfe. Não só isso, mas uma ponta de cigarro estava sobre as cinzas, e seu estado e certas marcas reveladoras dentro da lixeira, a mais ou menos três centímetros da borda, indicavam a probabilidade de a guimba ter sido apagada no interior da lata. Não apenas isso, eles haviam recolhido a guimba.

Winterhoff não tinha mentido. Ele havia parado para apagar a guimba na lixeira e tinha uma boa noção de distâncias. Infelizmente, não era possível corroborar a parte do homem em disparada, pois ele desaparecera durante aquele período de duas horas.

O que Wolfe ou Cramer haviam engolido daquilo, não sei. Eu nem mesmo tinha certeza se gostava da história, mas estava abaixo do estado de normalidade desde que iluminara o rosto de Phoebe Gunther com a lanterna.

Ao ouvir a história de Rowcliffe, que interrogara Winterhoff, Cramer simplesmente grunhira, mas apenas porque, aparentemente, sua cabeça estava em outra coisa. Um dos peritos, eu nunca soube qual foi, acabara de sugerir alguma coisa sobre o microscópio. Cramer não perdeu tempo. Deu ordens para que Erskine e Dexter, que estavam sendo interrogados em algum outro lugar, retornassem imediatamente para a sala da frente, e dirigiu-se para lá, acompanhado por Purley e por mim. Ficou em pé diante da platéia e chamou a atenção de todos, o que não exigiu nenhum esforço, começando a falar:

"Por favor, ouçam atentamente, para que saibam o que estou pedindo. O pedaço de..."

Breslow interrompeu. "Isso é uma afronta! Todos nós já respondemos às perguntas! Permitimos que fôssemos revistados! Dissemos tudo o que sabemos! Nós..."

Cramer disse a um detetive, em voz alta e firme: "Vá para perto dele e, se ele não calar a boca, faça com que cale".

O detetive obedeceu. Breslow parou com a falação. Cramer prosseguiu.

"Já ouvi alegações de inocência suficientes esta noite." Ele estava azedo e agressivo, como eu nunca o tinha visto. "Por seis dias, venho tratando os senhores como se fossem bebês, porque fui obrigado, porque os senhores são pessoas importantes, mas agora é diferente. Quanto à morte de Boone, todos vocês poderiam ser inocentes, mas agora sei que alguém não é. Um dos senhores matou aquela mulher, e é um palpite razoável achar que foi a mesma pessoa que matou Boone. Eu..."

"Com licença, inspetor." Frank Thomas Erskine foi contundente, de forma alguma defensivo, mas tampouco mostrava-se ultrajado. "O senhor fez uma afirmação de que pode se arrepender. E quanto ao homem visto pelo senhor Winterhoff, correndo do acesso subterrâneo..."

"Sei, ouvi falar dele." Cramer não fazia concessões. "Por ora, mantenho minha afirmação. Acrescento a ela que o comissário de polícia acabou de confirmar minha suposição de que sou o encarregado aqui, na cena de um assassinato com os presentes detidos, e quanto mais tempo os senhores perderem com choramingos, mais tempo ficarão aqui. Sua famílias foram informadas sobre onde os senhores estão. Se alguém achar que pode me mandar para a prisão por vinte anos por eu não deixar que telefone para todos os seus amigos e advogados, tudo bem. Não vai telefonar."

Cramer olhou feio para eles, pelo menos foi o que me pareceu, e resmungou: "Entenderam a situação?".

Ninguém respondeu. Ele continuou: "Isto é o que eu vim dizer. O cano com o qual ela foi morta foi examinado em busca de impressões digitais. Não encontramos nenhuma, o que não é bom. A galvanização estava áspera, para começar, e é um pedaço de cano usado, muito velho; a galvanização está descascando, e existem manchas de tinta e de outras coisas por quase toda a superfície. Supomos que qualquer um que tenha segurado aquele cano com força suficiente para quebrar um crânio certamente ficou com vestígios nas dobras das mãos. Não estou falando de vestígios visíveis, mas de partículas pequenas demais para serem vistas, que não sairiam da mão apenas esfregando a palma nas roupas. O exame terá que ser feito com um microscópio. Não quero levá-los todos para o laboratório. Pedi que trouxessem o microscópio para cá. Estou pedindo a permissão de todos para o exame de suas mãos, e também das luvas e dos lenços.

A sra. Boone disse: "Mas, inspetor, eu lavei as mãos. Estive na cozinha ajudando a fazer os sanduíches, e obviamente lavei as mãos".

"Tanto pior", Cramer resmungou. "Podemos tentar assim mesmo. Algumas dessas partículas podem não sair ainda que as mãos tenham sido lavadas. Os senhores podem responder sim ou não para o sargento Stebbins. Eu estou ocupado."

Ele saiu do escritório e voltou para a sala de jantar. Foi nesse momento que senti que eu precisava de uma arrumação interna, fui até o escritório e disse a Wolfe que estaria no meu quarto, caso ele precisasse de mim. Fiquei lá por meia hora. Era uma da manhã quando o microscópio chegou. Os carros da polícia iam e vinham o tempo todo, e foi por acaso que, da janela, vi um homem sair de um deles carregando uma grande caixa. Engoli o resto do leite e voltei para baixo.

21

Eu poderia muito bem ter ficado lá mesmo, pois foi ali que a inspeção das mãos foi feita, no meu quarto. O homem do laboratório queria um lugar tranqüilo e ainda havia atividade em toda a casa, menos no quarto de Wolfe, no qual, segundo suas instruções, ninguém deveria entrar. Assim, os clientes, um de cada vez, tinham que subir dois andares. O equipamento, com sua luz especial ligada, foi montado sobre minha mesa. Éramos cinco no quarto: os dois peritos, o detetive que acompanhava os clientes, o cliente em questão e eu, sentado na beira da cama.

Eu permanecia ali em parte porque era o meu quarto e eu não gostava da idéia de abandoná-lo para um bando de estranhos, e em parte porque era teimoso e ainda queria entender por que não fora capaz de identificar o rosto daquele que acabara de matar Phoebe enquanto eu o cumprimentava na porta. Esse era o motivo por que eu não dava um centavo pela história de Winterhoff sobre o homem de roupas escuras disparando pela noite. Queria dar outra boa olhada neles. Eu tinha uma sensação, sobre a qual não falei com Wolfe, de que, se olhasse direto para o rosto da pessoa que matara Phoebe, eu saberia. Era uma linha totalmente nova na detecção de crimes, em especial para mim, mas era o que eu sentia. Então, sentei na beira da cama e olhei firme para os rostos enquanto os peritos examinavam as mãos.

Primeiro, Nina Boone. Pálida, cansada e nervosa.

Segundo, Don O'Neill. Ressentido, impaciente e curioso. Olhos injetados.

Terceiro, Hattie Harding. Abalada e muito inquieta. Os olhos nada tinham da competência de quatro dias antes, em seu escritório.

Quarto, Winterhoff. Distinto, suado, rígido e solícito.

Quinto, Erskine, pai. Tenso e determinado.

Sexto, Alger Kates. Amargurado e a ponto de chorar. Olhos afundados nas órbitas.

Sétimo, a sra. Boone. O mundo desabava, mas ela tentava se segurar. A mais cansada de todos.

Oitavo, Solomon Dexter. Parecia inchado, com bolsas sob os olhos. Não estava preocupado, mas muito resoluto.

Nono, Breslow. Lábios apertados de fúria e olhos como os de um porco enlouquecido. Foi o único que sustentou o olhar para mim, em vez de voltá-lo para sua própria mão, sob a luz e as lentes.

Décimo, Ed Erskine. Sarcástico, cético e sem o menor sinal de ressaca. Tão preocupado quanto um pombo no parque.

Não houve expressões de descobertas jubilosas por parte dos peritos, muito menos da minha. Eles falaram com os clientes, instruindo-os a se manter imóveis e a mudar de posição quando solicitado, trocaram rápidos comentários em voz baixa, e foi tudo. Tinham pinças, caixas e uma parafernália de outras coisas à mão, mas não usaram nada disso. Quando o último, Ed Erskine, foi conduzido para fora, perguntei-lhes:

"Algum vestígio de sabão?"

O que não tinha muito queixo respondeu: "Vamos reportar ao inspetor".

"Ah, meu Deus", eu disse invejosamente. "Deve ser maravilhoso pertencer ao Departamento de Polícia, com todos os segredos. Por que você acha que Cramer me deixou ficar aqui e assistir a tudo? Para manter minha mente vazia?"

"Sem dúvida", o outro, com queixo grande, disse aborrecido, "o inspetor o informará sobre o que descobrimos. Desça e faça o relatório, Phillips."

Eu começava a ficar inquieto; então, decidindo entregar meu quarto à própria sorte temporariamente, segui Phillips escada abaixo. Se era uma experiência esquisita para mim, com todos aqueles estranhos circulando pela casa como se fosse deles, podia imaginar o efeito disso sobre Wolfe. Phillips apressou-se em direção à sala de jantar, mas Cramer não estava entre os presentes e eu o conduzi até o escritório. Wolfe estava em sua mesa, o comissário, o promotor e os dois agentes do FBI continuavam lá, e todos olhavam para Cramer, que estava em pé, falando com eles. Ele parou ao ver Phillips.

"E então?"

"Os resultados do exame microscópico das mãos foram negativos, inspetor."

"Mas que porcaria. Mais uma descoberta fascinante. Diga a Stebbins para pegar todas as luvas e lenços dessas pessoas e mandá-los para você. As bolsas das mulheres também. Diga a ele para etiquetar tudo. E também o conteúdo dos bolsos dos sobretudos... não, envie casacos e chapéus e tudo o mais, para você verificar o que eles têm nos bolsos. E, pelo amor de Deus, não misture as coisas."

"Sim, senhor." Phillips virou-se e saiu.

Sem ver nenhuma vantagem em olhar para os rostos de luvas e lenços, fui até o comissário de polícia e o abordei:

"Se não se importa, esta é minha cadeira."

Ele me olhou surpreso, abriu a boca e a fechou de novo, e sentou-se em outro lugar. Eu me sentei no lugar que era meu. Cramer falou:

"Você pode fazer isso se tiver como escapar, mas sabe qual é a lei. Nossa jurisdição vai até os limites do local ocupado pelo morto, desde que essa seja a cena do crime, porém não o contrário. Podemos..."

"Essa não é a lei", o promotor interrompeu.

"O senhor quer dizer que não é o estatuto. Mas é o costume e é o que o tribunal espera, portanto, é a lei para mim. O senhor queria minha opinião e eu a dei. Não serei responsável pela ocupação contínua do apartamento no qual a senhorita Gunther vinha residindo, não pelos meus homens, porque não posso abrir mão deles. O inquilino do apartamento é Kates. Três bons investigadores ficaram uma hora e meia no local e não acharam nada. Eu gostaria de mantê-los lá por toda a noite, ou pelo menos até liberarmos Kates, se e quando tivermos acabado por aqui, mas qualquer ordem para uma ocupação permanente e para manter Kates fora" — ele olhou para o comissário — "terá que vir do senhor, ou" — e olhou para o promotor — "do senhor."

Travis, do FBI, acrescentou: "Eu não aconselharia isso".

"Isso", o promotor disse com firmeza, "é um problema local."

Eles prosseguiram. Comecei a chutar meu tornozelo esquerdo com o pé direito, e vice-versa. Wolfe estava recostado em sua cadeira, com os olhos fechados, e fiquei satisfeito ao observar que sua opinião sobre a alta estratégia era, aparentemente, a mesma que a minha. O comissário, o promotor e o FBI, para não falar no chefe do Departamento de Homicídios, debatendo sobre onde Alger Kates iria dormir, quando ele tivesse a oportunidade de dormir, depois que três tiras ficassem com o apartamento só para eles por tempo suficiente para serrar as pernas de todas as cadeiras e colá-las de volta. Ficou claro que era o promotor quem defendia a ocupação permanente. Decidi participar da conversa apenas para matar o tempo e estava resolvendo de que lado ia ficar quando o telefone tocou.

Era de Washington, para o agente Travis, do FBI, e ele veio até minha mesa para atender. Os outros pararam de falar e olharam para ele. Travis, por sua vez, passou a maior parte do tempo ouvindo. Ao terminar, devolveu o fone e virou-se para anunciar:

"Isso tem alguma relação com o que estivemos discutindo. Nossos homens e a polícia de Washington terminaram a busca no apartamento da senhorita Gunther em Washington — uma sala grande, banheiro e uma pequena cozinha. Em uma caixa de chapéus, no armário, encontraram nove cilindros do estenofone..."

"Maldição!", Wolfe explodiu. "Nove?" Estava tão indignado e irritado quanto se tivessem lhe servido uma costeleta de vitela com um ovo em cima. Todos olharam para ele.

"Nove", Travis disse secamente. Ele estava aborrecido, justificadamente, por ter tido sua cena roubada. "Nove cilindros do estenofone. Um funcionário do DRP os acompanhava, e agora estão no escritório do DRP ouvindo-os e fazendo a transcrição." Ele olhou friamente para Wolfe. "O que há de errado com nove?"

"Para o senhor", Wolfe disse agressivamente, "aparentemente nada. Para mim, nove é a mesma coisa que nenhum. Preciso de dez."

"Isso é mesmo uma vergonha. Peço desculpas. Eles deveriam ter encontrado dez." Após acabar com Wolfe, reportou-se aos demais: "Irão ligar novamente assim que tiverem algo útil para nós".

"Então, não vão ligar", Wolfe declarou e fechou os olhos de novo, deixando os recentes rumos da discussão para os outros. Ele certamente estava sendo desagradável, e não era difícil adivinhar por quê. A gritante insolência de se cometer um assassinato na porta de sua casa, por si só, seria suficiente, mas, além disso, a casa estava tomada de cima a baixo por hóspedes não convidados e ele não podia fazer nada a respeito. Isso era mortalmente contrário a seus princípios, hábitos e personalidade. Percebendo que ele estava em um mau momento, e achando que seria um bom plano ele se manter ao menos parcialmente informado sobre o que estava acontecendo, uma vez que estava interessado nas conseqüências, fui à cozinha buscar cerveja. Obviamente, ele estava mal-humorado demais até para lembrar de pedir cerveja, visto que não havia sinais da bebida por ali.

Fritz e cerca de uma dúzia de detetives estavam lá, tomando café. Eu disse a eles:

"Vocês estão entupindo este lugar, mas não os culpo.

Não é sempre que membros das classes inferiores têm a oportunidade de tomar café feito por Fritz Brenner."

Houve um abafado, mas quase unânime, concerto de aclamações do Bronx. Um deles disse: "Goodwin, o cavalheiro. Um, dois, três, vamos rir". Outro perguntou: "Ei, você que sabe de tudo. O que há por trás dessa história da ANI-DRP? É uma briga entre eles ou não?".

Eu estava colocando seis garrafas e seis copos em uma bandeja, com a ajuda de Fritz. "Fico feliz em explicar", eu disse generosamente. "A ANI e o DRP, de certa maneira, são exatamente como o glorioso DP, ou Departamento de Polícia. Eles têm *esprit de corps*. Repitam depois de mim — não, não se preocupem. É uma expressão francesa, a língua que os franceses falam, as pessoas que moram na França, a tradução literal é 'espírito de corpo'. Não temos um equivalente preciso em nossa língua..."

As aclamações começaram de novo, e a bandeja estava pronta, então os deixei. Fritz veio para o saguão comigo, fechou a porta da cozinha, segurou minha manga e disse em meu ouvido:

"Archie, isso é horrível. Gostaria apenas de dizer que sei como isso é horrível para você. O senhor Wolfe me disse, quando fui levar seu café-da-manhã, que você havia se apaixonado pela senhorita Gunther e que estava comendo na mão dela. Era uma garota bonita, muito bonita. Foi horrível o que aconteceu aqui."

Respondi: "Vá para o inferno", dei-lhe um safanão com o braço para soltar minha manga e avancei um passo. Depois me virei para ele e disse: "O que eu quis dizer foi que esta está sendo uma noite infernal e você vai precisar de uma semana para limpar a bagunça. Volte para lá e termine a lição de francês que eu estava dando a eles".

No escritório, as coisas estavam como antes. Distribuí a cerveja, vendi três garrafas para os estranhos, deixei três para Wolfe, conforme meus cálculos, voltei para a cozinha, peguei um sanduíche e um copo de leite e retornei para a minha mesa com eles. O conselho estratégico avançava, com Wolfe ainda indiferente, apesar da cerveja. O sanduíche me abriu o apetite e fui pegar mais dois. Muito depois de eu ter acabado com eles, o conselho continuava enchendo lingüiça.

Estavam sendo perturbados, é claro, por interrupções contínuas, tanto do telefone quanto do pessoal presente na casa. Uma das ligações foi para Travis, de Washington, e, ao desligar, sua expressão não demonstrava nenhum triunfo. Os nove cilindros tinham sido ouvidos, e não havia nada neles que melhorasse o cardápio. Continham muitas evidências de que o conteúdo fora ditado por Boone no escritório de Washington na terça-feira, mas nada que pudesse ajudar a descobrir um assassino. O DRP quis ficar com as transcrições, mas o FBI de Washington prometeu enviar uma cópia para Travis, e ele combinou que deixaria Cramer vê-las.

"Então", Travis disse agressivamente, desafiando-nos a concluir que não estávamos em situação melhor do que antes, "isso prova que a senhorita Gunther estava mentido sobre os cilindros. Ela estava com eles o tempo todo."

"Nove." Wolfe resmungou com desgosto. "Fúúú."

Foi sua única contribuição para a discussão sobre os cilindros.

Eram três e cinco da manhã quando Phillips, o perito com menor cota de queixo, entrou no escritório segurando alguns objetos. Na mão direita, um sobretudo cinza, e na esquerda, uma echarpe de seda listrada de marrom-escuro e terracota. Ficou óbvio que mesmo um perito é capaz de ter sentimentos. Sua expressão demonstrava claramente que ele havia encontrado alguma coisa.

Ele olhou para Wolfe e para mim e perguntou: "Devo fazer meu relatório aqui, inspetor?".

"Vá em frente." Cramer estava impaciente. "O que é isso?"

"Esta echarpe estava no bolso direito deste sobretudo. Estava dobrada como agora. Desdobrada uma vez, re-

135

vela cerca de duzentos e cinqüenta centímetros quadrados de sua superfície. Nesta superfície existem de quinze a vinte partículas de material que, em nossa opinião, vieram daquele pedaço de cano. Essa é nossa opinião. Os testes de laboratório..."

"Claro." Os olhos de Cramer brilhavam. "Vocês podem testar o diabo até o café-da-manhã. Estão com um microscópio lá em cima e sabem o que eu quero imediatamente. É suficiente para agirmos ou não?"

"Sim, senhor, é. Nos certificamos antes de..."

"De quem é esse sobretudo?"

"A etiqueta diz Alger Kates."

"Isso mesmo", concordei. "É o sobretudo de Kates."

22

Uma vez que se tratava de um conselho estratégico, naturalmente eles não chamaram Kates na hora. Tinham que decidir a estratégia primeiro — se deveriam cercá-lo e fazer com que se atrapalhasse, ou envolvê-lo suavemente, ou bater direto em sua cabeça. O que na verdade tinham que decidir era quem iria tratar do assunto; isso definiria o método, e eles começaram a discordar a respeito. A questão era, como sempre acontece quando se tem algo tão contundente quanto aquela echarpe no bolso: qual seria a melhor maneira de usar isso para obter uma confissão? Não tinham ido muito longe quando Travis argumentou:

"Com todas essas altas autoridades aqui presentes, e como não faço parte deste conselho oficialmente, estou em dúvida se devo fazer uma sugestão."

"Mas o que é?", o promotor perguntou, sarcástico.

"Eu ia sugerir o senhor Wolfe. Eu já o vi trabalhar e, se o que digo fizer alguma diferença, admito francamente que ele é superior a mim nisso."

"Por mim, tudo bem", Cramer disse de imediato.

Os outros dois entreolharam-se. Não gostaram do que estavam vendo, e tampouco gostaram da sugestão de Travis, mas, simultaneamente, nada disseram.

"Está bem", Cramer disse, "vamos lá. Onde você quer que o sobretudo e a echarpe fiquem, Wolfe? À vista?"

Wolfe entreabriu os olhos. "Como é o nome deste cavalheiro?"

"Ah. Phillips. Senhor Wolfe, senhor Phillips."

"Como vai o senhor? Dê o sobretudo para o senhor Goodwin. Archie, coloque-o atrás das almofadas, no sofá. Dê a echarpe para mim, por favor."

Phillips estendeu-me o sobretudo sem hesitar, mas então recuou. Olhou para Cramer. "Esta é uma prova vital. Se as partículas forem removidas e espalhadas..."

"Não sou idiota", Wolfe rebateu.

"Passe para ele", Cramer disse.

Phillips odiou fazer isso. Agia como uma mãe tendo que confiar seu recém-nascido a uma criatura suspeita. Mas acabou entregando a echarpe.

"Obrigado, senhor. Muito bem, senhor Cramer, traga-o aqui."

Cramer saiu, levando Phillips consigo. Pouco depois, estava de volta, sem Phillips e com Alger Kates. Todos olhamos para Kates enquanto ele caminhava até a cadeira indicada por Cramer, de frente para Wolfe, mas isso não o desconcertou visivelmente. Ele olhou para mim como fizera no quarto, como se fosse chorar a qualquer minuto, mas não havia sinais de que isso tivesse acontecido. Depois que se sentou, tudo o que eu podia ver era seu perfil.

"O senhor e eu nos falamos bem pouco, não é mesmo, senhor Kates?", Wolfe perguntou.

A língua de Kates apareceu para umedecer os lábios e se retraiu novamente. "O suficiente para satisfazer...", ele começou, mas sua voz fina ameaçou se transformar em um guincho, e ele parou por um segundo para recomeçar. "O suficiente para me satisfazer."

"Ora, meu caro senhor." Wolfe o reprovou gentilmente. "Não acredito que tenhamos trocado uma palavra."

Kates não se abalou. "Não mesmo?", perguntou.

"Não, senhor. O diabo disso é que não posso dizer, honestamente, que não simpatizo com sua atitude. Se eu estivesse em sua posição, inocente ou não, sentiria a mesma coisa. Não gosto de gente me enchendo de perguntas e, na verdade, não toleraria isso." Wolfe deixou que seus olhos se abrissem por mais um milímetro. "A propósito, momentaneamente estou falando em caráter oficial. Esses cavalheiros, usando sua autoridade, nomearam-me para falar com o senhor. Como sem dúvida sabe, isso não significa que seja obrigado a tolerar essa situação. Se tentasse sair dessa casa antes de ter permissão, seria preso como testemunha material e levado para algum lugar, mas o senhor não pode ser obrigado a participar de uma conversa se não estiver disposto a isso. O que diz? Podemos conversar?"

"Estou ouvindo", disse Kates.

"Sei que está. Por quê?"

"Porque, se não ouvir, vão concluir que estou com medo, e a conclusão seguinte será de que sou culpado de alguma coisa que estou tentando esconder."

"Ótimo. Então estamos nos entendendo." Wolfe soou como se estivesse grato por uma importante concessão. Com um movimento casual e sem pressa, ele tirou a echarpe de debaixo da mesa, onde a estivera segurando, e a colocou sobre o mata-borrão. Depois ergueu a cabeça para Kates, como quem tenta se decidir por onde começar. De onde eu estava sentado, vendo o perfil de Kates, não poderia dizer se ele ao menos olhou para a echarpe. Certamente não ficou pálido, nem fez nenhum movimento com as mãos, nem exibiu tremor algum nos lábios.

"Em duas ocasiões", Wolfe disse, "em que o senhor Goodwin foi até a rua 55 para falar com a senhorita Gunther, o senhor estava lá. O senhor era um amigo muito chegado a ela?"

"Não era um amigo muito próximo, não. Nos últimos seis meses, como eu vinha fazendo pesquisas confidenciais diretamente para o senhor Boone, eu a encontrava com freqüência, em situações relacionadas ao trabalho."

"Mesmo assim, ela estava hospedada em seu apartamento."

Kates olhou para Cramer. "Vocês já me perguntaram sobre isso uma dúzia de vezes."

Cramer concordou. "É assim que as coisas funcionam, filho. Esta será a décima terceira."

Kates voltou-se para Wolfe. "A atual falta de locais de hospedagem torna muito difícil, até mesmo impossível, conseguir um quarto em um hotel. A senhorita Gunther poderia ter usado sua posição e conhecimentos para conseguir um, mas isso é contra a política do DRP, e ela também não fazia coisas desse tipo. Uma cama no apartamento de um amigo estava disponível para mim, e minha esposa estava fora. Eu ofereci o apartamento à senhorita Gunther quando ela veio de avião de Washington, e ela aceitou."

"Ela já havia ficado lá antes?"

"Não."

"O senhor esteve com ela freqüentemente nesses seis meses. O que achava dela?"

"Eu a tinha em alta conta."

"O senhor a admirava?"

"Sim. Como colega."

"Ela se vestia bem?"

"Nunca reparei especialmente... não, mentira." A voz de Kates disparou em um guincho de novo e ele acionou os controles. "Se o senhor acha que essas perguntas são importantes e deseja respostas completas e verdadeiras, considerando a beleza marcante da senhorita Gunther e sua figura voluptuosa, eu achava que ela se vestia muito bem para alguém em sua posição."

Se Phoebe estivesse aqui, pensei, ia dizer que ele fala como um romance de antigamente.

"Então", Wolfe disse, "o senhor reparava no que ela vestia. Neste caso, quando foi a última vez que a viu usando esta echarpe?" Ele usou um polegar para apontá-la.

Kates inclinou-se para a frente, a fim de olhar a echarpe. "Não lembro de jamais tê-la visto vestir isso. Nunca vi." Ele voltou a recostar-se.

"Isso é estranho." Wolfe franziu as sobrancelhas. "Isso é importante, senhor Kates. Tem certeza?"

Kates inclinou-se novamente, dizendo: "Deixe-me ver", e esticou a mão para pegá-la.

A mão de Wolfe estava lá antes da dele, fechando-se sobre a echarpe. "Não", Wolfe disse, "isto será usado como prova em um julgamento por assassinato e por esse motivo não pode ser manuseado indiscriminadamente." Ele esticou o braço para Kates olhar mais de perto. Kates espiou por um momento, depois se reclinou e balançou a cabeça negativamente.

"Nunca vi isso", declarou. "Com a senhorita Gunther ou qualquer outra pessoa."

"Isso é frustrante", Wolfe disse lamentando. "No entanto, não esgota as possibilidades. O senhor pode tê-la visto antes e agora não a está reconhecendo, porque da outra vez a viu em um lugar de pouca luminosidade, como na entrada desta casa, à noite. Sugiro que considere isso, pois grudadas nesta echarpe estão diversas partículas que vieram do pedaço de cano, mostrando que ela foi usada como proteção para segurá-lo, e também porque a echarpe estava no bolso de seu sobretudo."

Kates piscou. "Sobretudo de quem?"

"O seu. Traga-o aqui, Archie." Peguei o sobretudo e fiquei em pé ao lado de Kates, segurando-o pelo colarinho, erguendo-o totalmente. Wolfe perguntou: "Este é o seu sobretudo, não é?".

Kates sentou-se e olhou para o casaco. Em seguida, levantou-se, deu as costas para Wolfe e chamou com sua voz mais alta: "Senhor Dexter! Senhor Dexter! Venha cá!".

"Pare com isso." Cramer levantou-se e o segurou pelo braço, do outro lado. "Pare de gritar! Para que quer ver Dexter?"

"Então traga-o aqui. Se quer que eu pare de gritar, traga-o aqui." A voz de Kates tremia. "Eu disse a ele que algo assim ia acontecer! Disse a Phoebe para não se envolver com Nero Wolfe! Disse a ela para não vir aqui esta noite! Eu..."

Cramer atacou. "Quando disse a ela para não vir aqui esta noite? Quando?"

Kates não respondeu. Percebeu que seu braço estava preso, olhou para baixo, para a mão de Cramer que o segurava firmemente, e disse: "Tire a mão de mim. Solte-me!". Cramer obedeceu. Kates caminhou até uma cadeira encostada na parede, sentou-se nela e cerrou a boca. Estava rompendo relações conosco.

Eu disse a Cramer: "Se quer saber, eu estava lá quando Rowcliffe o interrogou. Ele disse que estava no apartamento de seu amigo, na rua 11, onde havia se hospedado, e que a senhorita Gunther lhe telefonou para contar que acabara de ser chamada para vir aqui e querendo saber se ele também fora chamado, e ele disse que sim, mas que não viria e tentou persuadi-la a não vir também, e quando ela disse que viria, ele mudou de idéia. Sei que vocês estão ocupados, mas, se não lerem os relatórios, vão dar socos no vazio".

Virei-me para me dirigir a todos. "E, se querem minha opinião, sem custos, esta echarpe não pertence à senhorita Gunther, pois não faz o estilo dela. Ela nunca usaria uma coisas dessas. E não pertence a Kates. Olhe para ele. Terno cinza, sobretudo cinza. E um chapéu cinza também. Nunca o vi com nada que não fosse cinza, e, se ele ainda estivesse falando conosco, os senhores poderiam perguntar a ele."

Cramer foi até a porta que se conectava com a sala da frente, abriu uma fresta e chamou: "Stebbins! Venha cá".

Purley veio imediatamente. Cramer disse a ele: "Leve Kates para a sala de jantar. Traga os outros aqui, um de cada vez, e, quando terminarmos, leve-os para a sala de jantar".

Purley saiu com Kates, que não pareceu relutante em acompanhá-lo. Pouco depois, outro detetive entrou, com a sra. Boone. Não a convidaram para sentar. Cramer foi ao seu encontro no meio da sala, mostrou-lhe a echarpe, disse-lhe para dar uma boa olhada, mas que não tocasse nela, depois perguntou se já a tinha visto antes. Ela disse que não, e isso foi tudo. Ela foi conduzida para fora e

142

Frank Thomas Erskine foi trazido, e a performance repetiu-se. Houve quatro outras negativas até chegar a vez de Winterhoff.

Com ele, Cramer não precisou terminar o discurso. Mostrou a echarpe e começou: "Senhor Winterhoff, por favor, olhe...".

"Onde encontraram isto?", Winterhoff perguntou, estendendo a mão para pegá-la. "É a minha echarpe!"

"Ah." Cramer deu um passo para trás. "Era isso que tentávamos descobrir. O senhor a estava usando esta noite, ou a levava no bolso?"

"Nem uma coisa nem outra. Não estava comigo. Ela me foi roubada na semana passada."

"Onde e quando na semana passada?"

"Aqui mesmo. Quando estive aqui, na noite de sexta-feira."

"Aqui, na casa de Wolfe?"

"Sim."

"Estava usando-a aqui?"

"Sim."

"Quando deu por falta dela, quem o ajudou a procurá-la? Com quem o senhor reclamou?"

"Não reclamei... De que se trata isso tudo? Quem estava com ela? Onde a encontraram?"

"Explicarei em um minuto. Estou perguntando agora, com quem o senhor reclamou?"

"Não reclamei com ninguém. Não percebi que a havia perdido até chegar em casa. Se..."

"Não mencionou isso com ninguém?"

"Não mencionei aqui. Não sabia que ela não estava comigo. Apenas comentei com minha esposa — é claro que me lembro. Mas eu tenho que..."

"O senhor ligou para cá no dia seguinte, para perguntar sobre ela?"

"Não, não telefonei!" Winterhoff vinha se esforçando para agüentar a pressão, mas agora perdera a paciência. "Por que deveria? Tenho duas dúzias de echarpes! E insisto que..."

"Certo, insista." Cramer estava calmo, mas azedo. "Uma vez que é a sua echarpe e o senhor está perguntando sobre ela, é pertinente eu lhe dizer que existem sinais muito fortes de que ela estava em volta do cano com o qual a senhorita Gunther foi morta. Algum comentário?"

O rosto de Winterhoff estava úmido de suor, mas já estivera assim quando ele fora ao meu quarto, para o exame das mãos. Era interessante observar que o suor não o fazia parecer menos distinto, mas ele perdia um pouco da pose ao girar os olhos, como agora, ao falar com Cramer. Ocorreu-me que seu melhor amigo deveria lhe dizer para não revirar os olhos dessa maneira.

Finalmente, ele falou: "Que sinais?".

"Partículas do cano encontradas na echarpe. Muitas delas, em um lugar."

"Onde vocês a encontraram?"

"No bolso de um sobretudo."

"De quem?"

Cramer balançou a cabeça. "O senhor não está autorizado a saber. Gostaria de lhe pedir para não divulgar nada sobre isso, mas é claro que o senhor o fará." Ele virou-se para o detetive. "Leve-o para a sala de jantar e diga a Stebbins para não trazer mais ninguém."

Winterhoff tinha mais a dizer, mas foi posto para fora. Quando a porta se fechou atrás dele e do detetive, Cramer sentou-se, apoiou as palmas das mãos nos joelhos, inspirou fundo e então soltou o ar ruidosamente.

"Meu Deus do céu!", observou.

23

Houve um longo silêncio. Olhei para o relógio de parede. Mostrava dois minutos para as quatro. Olhei para o meu relógio de pulso. Mostrava um minuto para as quatro. Apesar da discrepância, parecia seguro concluir que logo seriam quatro horas. Por detrás das portas fechadas, da sala da frente e do saguão vinham leves sugestões de ruídos, o suficiente para nos lembrar que não teríamos silêncio. Era como se cada pequeno ruído dissesse: vamos lá, já é tarde, acabem com isso. A atmosfera no escritório me pareceu desencorajada e desencorajante ao mesmo tempo. Estavam faltando um pouco de animação e tutano.

"Bem", eu disse alegremente, "demos um grande passo adiante. Eliminamos o homem em disparada de Winterhoff. Estou pronto para ir a público e jurar que ele não disparou para dentro da casa."

Isso não deixou ninguém mais animado, o que mostrou a condição patética em que estávamos. Tudo o que aconteceu foi que o promotor olhou para mim como se eu o fizesse lembrar de alguém que não votara nele.

O comissário falou. "Winterhoff é um maldito mentiroso. Ele não viu homem nenhum sair correndo daquela escada. Inventou essa história."

"Pelo amor de Deus", o promotor disse ferozmente, "não estamos atrás de um mentiroso! Queremos um assassino!"

"Eu gostaria", Wolfe murmurou com mau humor, "de ir para a cama. São quatro horas e os senhores estão sem rumo."

"Ah, estamos." Cramer olhou com raiva para ele. "*Nós* estamos sem rumo. Da maneira como fala, parece que *você* não está."

"Eu? Não, senhor Cramer. Realmente, não. Mas estou cansado e com sono."

Isso poderia levar à violência, se não houvesse uma interrupção. Alguém bateu na porta, e um detetive entrou. Aproximando-se de Cramer, ele relatou:

"Conseguimos dois outros motoristas de táxi, os que trouxeram a senhora Boone e O'Neill. Achei que o senhor pudesse querer falar com eles, inspetor. Um se chama..."

Ele interrompeu o relato diante do aspecto de Cramer. "Isso", Cramer disse, "faz de você inspetor-chefe interino. Facilmente." Ele apontou para a porta. "Dê o fora e encontre outra pessoa para contar a história." O detetive, parecendo frustrado, virou-se e saiu. Cramer disse para quem quisesse ouvir: "Meu Deus. Motoristas de táxi!".

O comissário disse: "Teremos que deixá-los ir".

"Sim, senhor", Cramer concordou. "Sei que teremos. Traga-os aqui, Archie."

Então, esse era o estado de espírito do inspetor. Enquanto obedecia a seu comando, tentei lembrar alguma outra ocasião em que ele tivesse me chamado de Archie e não consegui, em todos aqueles anos que eu o conhecia. Claro que, depois de dormir um pouco e de um chuveiro, ele iria se sentir diferente em relação a esse detalhe, mas eu o deixei guardado, para, em algum momento adequado no futuro, lembrá-lo de que me chamara de Archie. Enquanto isso, Purley e eu, com muita ajuda, conduzimos todo mundo da sala da frente e da sala de jantar para o escritório.

O conselho estratégico deixara suas cadeiras e reunira-se na extremidade mais distante da mesa de Wolfe, em pé. Os convidados se sentaram. Os funcionários municipais, mais de uma dúzia, espalharam-se pela sala, aparentando ser tão alertas e inteligentes quanto permitiam os fatos do caso, sob o olhar do grande chefe, o comissário em pessoa.

Cramer, de pé diante deles, falou:

"Vamos deixar os senhores irem para casa. Mas, antes de ir, saibam que a situação é a seguinte. O exame microscópico de suas mãos não revelou nada. Mas o microscópio trouxe resultados. Em uma echarpe, que estava no bolso do sobretudo de um dos senhores, pendurado no saguão, foram encontradas partículas do cano. A echarpe foi inequivocamente usada pelo assassino para manter suas mãos sem contato com o cano. Assim..."

"No sobretudo de quem?", Breslow disparou.

Cramer balançou a cabeça. "Não vou lhes dizer de quem eram o sobretudo nem a echarpe, e acho que os proprietários deveriam fazer o mesmo, pois certamente isso chegaria aos jornais, e os senhores sabem como são os jornais..."

"Não, não vão", Alger Kates guinchou. "Isso seria adequado aos seus planos, do senhor, de Nero Wolfe e da ANI, mas vocês não vão me amordaçar! É o meu sobretudo! E eu nunca vi essa echarpe antes! Esse é o mais..."

"Já chega, Kates!", Solomon Dexter esbravejou para ele.

"Está bem." Cramer não pareceu descontente. "Então estava no sobretudo do senhor Kates e ele diz que nunca viu a echarpe antes. Isso..."

"A echarpe", Winterhoff interrompeu, com a voz mais pesada e neutra do que nunca, "pertence a mim. Foi roubada de meu sobretudo, nesta casa, na noite de sexta-feira. Não a tinha visto mais até que vocês a mostraram para mim aqui. Uma vez que permitiram a Kates fazer insinuações sobre planos da ANI..."

"Não", Cramer disse secamente, "isso não interessa. Não quero saber de insinuações. Se quiserem continuar a briga, podem alugar um salão. O que quero dizer é que, há algumas horas, eu disse que um dos senhores matou a senhorita Gunther, e o senhor Erskine me questionou. Agora não há espaço para objeções. Não existe nenhuma dúvida sobre isso. Podemos levá-los todos e fichá-los como testemunhas materiais. Mas, por serem quem são, em poucas horas todos estariam liberados depois de pagar a fiança. Então, vamos liberá-los, incluindo quem cometeu o assassinato aqui esta noite, porque não sabemos qual de vocês fez isso. Pretendemos descobrir. Até lá, podem esperar ser chamados ou buscados a qualquer hora do dia ou da noite. Não devem deixar a cidade, nem mesmo por uma hora, sem autorização. Seus movimentos podem ou não ser mantidos sob observação. Isso cabe a nós decidir, e protestos não os levarão a lugar algum."

Cramer examinou os rostos. "Carros da polícia os levarão para casa. Já podem ir, mas antes uma última palavra. Isso não vai parar. É ruim para todos os senhores, e continuará a ser ruim até o assassino ser capturado. Então, se alguém souber de alguma coisa que possa ajudar, o pior erro é esconder isso de nós. Que fique agora e nos diga. O comissário, o promotor e eu estamos bem aqui e os senhores podem falar com qualquer um de nós."

Seu convite não foi aceito, ao menos nos termos em que ele o fez. A família Erskine procurou trocar algumas palavras com o promotor, Winterhoff tinha algo a dizer ao comissário, a sra. Boone foi conversar com Travis, do FBI, a quem aparentemente ela conhecia, Breslow precisava falar com Wolfe, e Dexter confrontou Cramer com perguntas. Mas logo todos foram embora, e não pareceu que qualquer coisa útil tenha sido acrescentada à causa.

Wolfe apoiou as mãos na beira da mesa, empurrou sua cadeira e levantou-se.

Cramer, ao contrário, sentou-se. "Vá para a cama, se quiser", ele disse sombriamente, "mas preciso ter uma conversa com Goodwin." Eu já voltara a ser Goodwin. "Quero saber quem, além de Kates, teve a chance de colocar aquela echarpe no sobretudo."

"Absurdo." Wolfe estava aborrecido. "Com uma pessoa comum, isso poderia ser necessário, mas o senhor Goodwin é treinado, competente, confiável e medianamente inteligente. Se ele pudesse ajudar com isso, teria nos dito. Simplesmente pergunte a ele. Eu mesmo per-

148

gunto. Archie, você suspeita de alguém em especial que tenha colocado a echarpe no sobretudo, ou pode eliminar todos eles por falta de oportunidade?"

"Duas vezes não, senhor", respondi. "Pensei sobre isso e repassei cada um deles. Eu estava entrando e saindo entre os toques da campainha, foi assim com a maioria. O problema é que a porta da sala da frente ficou aberta, assim como a porta que liga a sala ao saguão.

Cramer resmungou. "Eu daria duas pratas para saber como você teria respondido a essa pergunta se estivesse sozinho com Wolfe e como vai responder-lhe."

"Se é assim que o senhor se sente a respeito", eu disse, "pode esquecer. Minha resistência à tortura é mais forte ao amanhecer, como agora, e de que forma o senhor vai arrancar a verdade de mim?"

"Uma soneca não iria mal", disse G. G. Spero, e ganhou a votação.

Mas, até colocarem a echarpe em uma caixa como se fosse uma peça de museu, o que por acaso ela atualmente é, e juntarem os papéis e itens diversos, já eram quase cinco horas, quando finalmente foram embora.

A casa era de novo nossa. Wolfe dirigiu-se para o elevador. Eu ainda tinha que fazer a ronda para ver se não estava faltando nada e me certificar de que não havia funcionários públicos dormindo sob os móveis. Chamei Wolfe:

"Instruções para a manhã, senhor?"

"Sim!", ele respondeu. "Deixe-me sozinho!"

24

Dali em diante, senti que estava fora da história. Com o decorrer dos acontecimentos, essa sensação não se justificou totalmente, mas era como eu me sentia.

O que Wolfe me diz e o que não diz nunca depende, até onde consigo perceber, das circunstâncias relevantes. Depende do que ele comeu na última refeição, do que terá para a próxima, do tipo de camisa que estou vestindo, se os meus sapatos estão engraxados, e assim por diante. Ele não gosta de púrpura. Uma vez, Lily Rowan me deu uma dúzia de camisas Sulka, com faixas de diversas cores e tons. Aconteceu de eu vestir a púrpura no dia em que começamos a trabalhar no caso de Chesterton-Best, o sujeito que roubou a própria casa e atirou na barriga de um convidado de fim de semana. Wolfe olhou a camisa demoradamente e não falou mais comigo. Só de birra, usei a camisa durante uma semana, e assim fiquei sem saber o que estava acontecendo, ou quem era o quê, até Wolfe ter resolvido tudo, e mesmo então tive que descobrir a maioria dos detalhes pelos jornais e através de Dora Chesterton, com quem eu iniciara um relacionamento. Dora tinha um jeito de... Não, vou deixar isso para a minha autobiografia.

O sentimento de que eu estava de fora fundamentava-se em fatos. Na manhã de terça-feira, Wolfe tomou o café-da-manhã na hora de costume — minha dedução a partir desta evidência, que Fritz subiu com a bandeja carregada às oito horas, e a trouxe de volta, vazia, quando faltavam dez para as nove. Sobre ela havia um bilhete instruindo-me para dizer a Saul Panzer e Bill Gore, quando telefonassem, que se apresentassem no escritório às onze horas e, além disso, providenciar que Del Bascom, chefe da agência de detetives Bascom, também estivesse presente. Todos estavam à sua espera quando ele desceu das estufas de orquídeas e me mandou sair. Fui enviado para o terraço, para ajudar Theodore na polinização cruzada. Quando desci de volta, na hora do almoço, Wolfe me disse que os envelopes de Bascom deviam chegar fechados até ele.

"Ahá", eu disse. "Relatórios? Grandes operações?"

"Sim." Ele fez uma careta. "Vinte homens. Um deles pode valer o pagamento."

Lá se foram mais quinhentos dólares por dia pela chaminé. Naquele ritmo, o adiantamento da ANI não ia durar muito.

"O senhor quer que eu me mude para um hotel?", perguntei. "Assim não ouvirei nada inadequado para meus ouvidos."

Ele não se incomodou em responder. Jamais se deixava aborrecer antes de uma refeição, se pudesse evitar.

Eu não poderia, é claro, ser posto para fora, não importava que veneta o atacara. Em primeiro lugar, eu estivera entre os presentes e, portanto, estava sendo solicitado. Amigos dos jornais, especialmente Lon Cohen, da *Gazette*, achavam que eu tinha que lhes contar exatamente quem seria preso, quando e onde. E, na tarde de terça-feira, o inspetor Cramer decidiu que havia trabalho a ser feito comigo e me convidou para ir à rua 20. Ele e mais três fizeram as honras da casa. O que o consumia era lógico. Com esta finalidade: a ANI era cliente de Wolfe. Assim, se eu tivesse visto alguém da ANI circulando desnecessariamente ao redor do sobretudo de Kates enquanto estava pendurado no saguão, eu teria reportado isso para Wolfe e para mais ninguém. Até ali, tudo bem. Perfeitamente razoável. Mas então Cramer decidiu achar que com

151

duas horas de perguntas, retrocessos, interposições e emboscadas, ele e seu bando poderiam arrancar alguma coisa de mim, o que foi divertido. Além disso, não havia nada para arrancar, e a situação ficou esquisita. De qualquer maneira, eles tentaram bastante.

Aparentemente, Wolfe também achou que eu poderia ter alguma utilidade. Quando desceu para o escritório, às seis horas, ocupou sua cadeira, pediu cerveja, ficou sentado por quinze minutos e depois falou:

"Archie."

Eu estava no meio de um bocejo. Depois de resolver esse assunto, respondi:

"Sim."

Ele franzia as sobrancelhas para mim. "Você já está comigo há bastante tempo."

"Sim. Como vamos resolver isso? Devo pedir demissão, ou o senhor me demite, ou simplesmente resolvemos com um acordo mútuo?"

Ele ignorou minha pergunta. "Eu percebi, talvez com mais detalhes do que você possa imaginar, seus talentos e capacidades. Você é um excelente observador, de forma alguma é um imbecil total, completamente intrépido e convencido demais para se deixar seduzir pela perfídia."

"Que bom para mim. Eu poderia pedir um aumento. O custo de vida está subin..."

"Você come e dorme aqui e, como é jovem e vaidoso, gasta muito dinheiro com suas roupas." Ele fez um gesto com um dedo. "Podemos discutir isso outra hora. O que tenho em mente é uma qualidade que não chego a compreender totalmente, mas sei que você tem. O resultado mais freqüente dela é uma disposição das mulheres jovens de passar o tempo em sua companhia."

"É a minha colônia. Da Brooks Brothers. Chama-se Lobo Solitário." Eu olhei para ele, desconfiado. "O senhor está tramando alguma coisa. Já tramou. O que é?"

"Descubra como despertar o interesse da senhorita Boone o mais rápido possível."

152

Eu o encarei. "Sabe", eu disse, com um tom de reprovação, "não imaginava que esse tipo de pensamento jamais tivesse passado sequer a um milhão de quilômetros do senhor. Despertar o interesse da senhorita Boone? Se o senhor pode pensar nisso, o senhor mesmo pode fazê-lo."

"Estou falando", ele disse friamente, "de uma operação investigativa, conquistando sua confiança."

"Dessa forma, soa ainda pior." Continuei a encará-lo. "No entanto, vamos tentar a melhor construção possível. O senhor deseja que eu extraia uma confissão dela; de que ela matou o tio e a senhorita Gunther? Não, obrigado."

"Bobagem." Você sabe perfeitamente bem o que eu quero."

"Diga-me, de qualquer modo. O que o senhor quer?"

"Desejo informações sobre esses pontos. A extensão de seus contatos pessoais ou sociais, se houver, com qualquer um ligado à ANI, especialmente com aqueles que estiveram aqui na noite passada. A mesma coisa para a senhora Boone, sua tia. E também seu grau de intimidade com a senhorita Gunther, o que achavam uma da outra e com que freqüência ela esteve com a senhorita Gunther na semana passada. Isso, para começar. Se os progressos permitirem, você pode ser mais específico. Por que não telefona para ela agora?"

"Parece legítimo", concedi, "até o ponto em que ficamos específicos, e isso pode esperar. Mas o senhor quer dizer que acha que um daqueles tipos da ANI é o homem?"

"Por que não? Por que não seria?"

"É tão óbvio."

"Ora. Nada é óbvio por si mesmo. A obviedade é subjetiva. Três perseguidores souberam que um fugitivo entrou em um trem para a Filadélfia. Para o primeiro, era óbvio que o fugitivo fora para a Filadélfia. Para o segundo perseguidor, era óbvio que ele embarcara, mas descera do trem em Newark, e fora para algum outro lugar. Para o terceiro perseguidor, que sabia que o fugitivo era muito inteligente, era óbvio que ele não descera do trem em Newark, pois isso seria muito óbvio, mas ficara lá e fora para a Filadélfia. A astúcia persegue o óbvio em uma espiral sem fim e quase nunca o alcança. O senhor sabe o telefone da senhorita Boone?"

Eu poderia suspeitar de que ele estivesse me mandando sair de casa para me manter longe de problemas, só que para ele é um aborrecimento eu ficar fora de casa, pois ele mesmo teria que atender o telefone ou mandar Fritz interromper suas outras atividades para isso ou para atender a campainha. Então acreditei em sua boa-fé, pelo menos tentei. Movi minha cadeira para ligar para o Waldorf e pedi o quarto da sra. Boone. Uma voz masculina, que não reconheci, atendeu no quarto, e depois que eu disse o meu nome e esperei por mais tempo do que seria necessário, Nina atendeu.

"Aqui é Nina Boone. É o senhor Goodwin, do escritório de Nero Wolfe? Eu entendi direito?"

"Isso. Sob o patrocínio da ANI. Obrigado por atender o telefone."

"Ora, de nada. O senhor quer... alguma coisa?"

"Certamente que sim, mas esqueci o que era. Não estou ligando para falar sobre o que eu quero, ou queria, ou facilmente poderia querer. Estou ligando por algo que outra pessoa quer, porque pediram que eu ligasse, só que, na minha opinião, essa pessoa é maluca. A senhorita entende a posição em que me encontro. Não posso ligar e dizer: aqui é Archie Goodwin e acabei de sacar dez dólares da poupança e gostaria de gastá-los em um jantar para dois em um restaurante brasileiro da rua 52. Qual a diferença se é isso o que eu quero fazer ou não, uma vez que não posso? Eu estou interrompendo algo importante?"

"Não... Eu tenho um minuto. O que é que a outra pessoa quer?"

"Chegarei lá. Então, tudo o que eu posso dizer é: aqui é Archie Goodwin, espionando para a ANI, e eu gostaria de gastar algum dinheiro deles para lhe pagar um jantar em um restaurante brasileiro da rua 52, deixando claro que é estritamente a negócios e que não sou confiável. Para que a senhorita tenha uma idéia de como posso ser traiçoeiro, algumas pessoas olham debaixo da cama à noite, mas eu olho para a própria cama, para ter certeza de que já não estou lá, esperando por mim. Já passou o minuto?"

"O senhor parece realmente perigoso. É isso que o outro sujeito queria que o senhor fizesse, convencer-me a ir jantar com o senhor?"

"A parte do jantar foi idéia minha. Surgiu quando ouvi sua voz novamente. Quanto ao outro sujeito... a senhorita entende que, trabalhando nesse tipo de coisa na qual estou metido, com todo tipo de gente, não só Nero Wolfe — que é... bem, ele não pode fazer nada, ele é o que ele é —, mas também a polícia, o FBI, a turma do promotor, todo tipo de gente. O que a senhorita diria se eu dissesse que um deles pediu para eu ligar e perguntar onde está Ed Erskine?"

"Ed Erskine?" Ela estava estupefata. "Perguntar onde está Ed Erskine?"

"Isso mesmo."

"Eu diria que ele está fora de si."

"Eu também. Então isso está resolvido. Agora, antes que desliguemos, para não deixar pontas soltas, poderia ser melhor a senhorita responder à minha pergunta pessoal, sobre o jantar. Como a senhorita geralmente diz não? Diretamente? Ou em ziguezague para evitar ferir o sentimento das pessoas?"

"Ah, sou direta."

"Está bem, deixe eu me segurar. Mande."

"Não posso sair esta noite, não importa se o senhor é traiçoeiro. Vou jantar com minha tia, no quarto dela."

"Então uma ceia mais tarde. Ou café-da-manhã. Almoço. Que tal almoçarmos amanhã, à uma hora?"

Houve uma pausa. "Que tipo de lugar é esse restaurante brasileiro?"

"Um lugar direito, inusitado e com boa comida."

155

"Mas... Sempre que saio na rua..."

"Eu sei. É assim que as coisas são. Saia pela porta da rua 49. Estarei lá, no meio-fio, em um sedã Wethersill azul-escuro. Estarei bem ali, a partir de dez para a uma. Pode confiar que eu estarei lá, mas, lembre-se, não baixe a guarda."

"Talvez eu me atrase um pouco."

"Eu já esperava por isso. A senhorita me parece perfeitamente normal. E, por favor, não tente me dizer, daqui a cinco ou dez anos, que eu disse que a senhorita está na média. Eu não disse média, disse normal. Nos vemos amanhã."

Enquanto colocava o fone no gancho, tive a impressão de que um brilho de satisfação poderia ser visto em meus olhos, portanto não me virei de imediato para encarar Wolfe, mas encontrei papéis em minha mesa que precisavam de minha atenção. Após um momento, ele murmurou:

"Esta noite teria sido melhor."

Contei até dez. Então, ainda sem me virar, disse claramente: "Meu caro senhor, tente convencê-la a encontrá-lo a qualquer hora, até mesmo na Tiffany's, para ver como são as coisas".

Ele deu uma risadinha. Pouco depois, deu mais uma. Achei aquilo irritante e subi para o quarto, onde me ocupei até a hora do jantar, arrumando as coisas. Fritz e Charley não tinham conseguido chegar até lá, devido ao estado do resto da casa, e, ainda que os peritos do microscópio tivessem sido organizados e respeitáveis, achei que um exame do inventário não faria mal.

Quase no final do jantar, na hora da salada e do queijo, surgiu uma pequena controvérsia. Eu quis tomar café ali, na sala de jantar, e depois ir direto para a cama, e Wolfe, ainda que admitisse que também precisava dormir, quis tomar café no escritório, como sempre. Ele foi arbitrário sobre isso e, apenas como uma lição prática, permaneci sentado. Ele foi para o escritório e eu fiquei na sala de jantar. Depois que acabei, fui até a cozinha e disse a Fritz:

"Desculpe por tê-lo feito servir café em dois lugares, mas ele precisa aprender a fazer concessões. Você ouviu eu me oferecer para chegar a um meio-termo e tomar café no saguão."

"Não foi problema algum", Fritz disse gentilmente. "Eu entendo, Archie. Entendo por que você está instável. A campainha está tocando."

Fiquei tentado a deixar que a maldita tocasse. Eu precisava dormir. E Wolfe também, e tudo o que eu tinha que fazer era desligar o interruptor da cozinha para que a campainha parasse de tocar. Mas não desliguei. Disse a Fritz: "A justiça. O bem comum. O dever. Que porcaria". E fui abrir a porta.

25

O sujeito parado diante de mim disse: "Boa noite. Eu gostaria de falar com o senhor Wolfe". Eu nunca o havia visto. Tinha cerca de cinqüenta anos, estatura média, lábios finos e retos e o tipo de olhar de quem joga pôquer até as últimas conseqüências. No primeiro décimo de segundo, achei que fosse um dos homens de Bascom, mas depois vi que suas roupas não indicavam isso. Eram discretas e conservadoras, e haviam passado por pelo menos três provas. Disse a ele:

"Vou ver se ele está. Como é seu nome, por favor?"

"John Smith."

"Ah. Sobre o que o senhor quer falar com ele, senhor Jones?"

"Negócios particulares e urgentes."

"O senhor poderia ser mais específico?"

"Para ele, posso, sim."

"Ótimo. Sente-se e leia uma revista."

Fechei a porta diante dele, ostensivamente, fui até o escritório e disse a Wolfe:

"O senhor John Smith, que deve ter saído de um livro, parece um banqueiro que alegremente lhe emprestaria dez centavos em um pote cheio de diamantes. Eu o deixei na escada, mas não se preocupe quanto a ele se sentir insultado, pois ele não tem sentimentos. Por favor, não me peça para descobrir o que ele quer, pois isso pode levar horas."

Wolfe rosnou. "Qual é a sua opinião?"

"Nenhuma. Não estou autorizado a saber em que pé estamos. O impulso natural é chutá-lo escada abaixo. Vou dizer-lhe isso, ele não é um garoto de recados."

"Deixe-o entrar."

Obedeci. Apesar de suas qualidades desagradáveis e de nos impedir de ir deitar, indiquei-lhe a poltrona de couro vermelho, pois assim ele ficaria de frente para nós dois. Ele não era do tipo que se recostava. Sentou-se ereto, os dedos entrecruzados no colo, e disse a Wolfe:

"Dei o nome de John Smith porque meu nome não tem importância. Sou apenas um garoto de recados."

Já começou me contradizendo. Então prosseguiu:

"Trata-se de um assunto confidencial. Preciso falar com o senhor em particular."

Wolfe balançou a cabeça. "O senhor Goodwin é meu assistente de confiança. Seus ouvidos são meus. Prossiga."

"Não." O que o tom de Smith sugeria resolveu a questão. "Preciso estar a sós com o senhor."

"Ora." Wolfe apontou para um retrato do monumento a Washington, na parede, quatro metros e meio à sua esquerda. "Está vendo aquele quadro? Na verdade, é um painel perfurado. Se o senhor Goodwin for mandado para fora da sala, ele irá para uma alcova dando a volta pelo saguão, em frente à porta da cozinha, abrirá o painel daquele lado, invisível para nós, e ficará nos observando e ouvindo. A objeção para isso é que ele estaria em pé. Ele pode perfeitamente continuar sentado aqui."

Sem piscar um olho, Smith levantou-se. "Então, o senhor e eu iremos para o saguão."

"Não, não iremos. Archie, o senhor Smith quer seu chapéu e casaco."

Eu me levantei e comecei a andar. Quando estava na metade do aposento, Smith sentou-se novamente. Dei a volta, retornei para minha base e fiz o mesmo.

"Bem, senhor?", Wolfe perguntou.

"Nós temos alguém", Smith disse, no que parecia ser o único tom que ele usava, "para os assassinatos de Boone e Gunther."

"Nós? Alguém?"

Smith soltou os dedos, levantou uma mão para coçar o lado do nariz, abaixou a mão e entrecruzou os dedos novamente. "É claro", ele disse, "que a morte é sempre uma tragédia. Causa dor e sofrimento e, muitas vezes, dificuldades. Não se pode evitar isso. Mas, no caso dessas duas pessoas, já causou danos generalizados para milhares de pessoas inocentes e criou uma situação que beira uma grande injustiça. Como o senhor sabe, como todos sabemos, existem elementos neste país que buscam minar as verdadeiras bases de nossa sociedade. A morte está a serviço deles — e os serve bem. A espinha dorsal de nosso sistema livre e democrático — formado pelos nossos cidadãos de maior espírito público, destacados homens de negócios que mantêm as coisas funcionando para nós — está em grande e real perigo. A fonte deste perigo foi um evento — agora dois — que pode ter sido resultado de simples acaso, ou de malícia profunda e calculada. Do ponto de vista do bem-estar comum, esses dois eventos não foram importantes por si só. Mas terrivelmente..."

"Perdão." Wolfe fez que não com o dedo. "Eu mesmo costumava fazer discursos. A maneira como eu apresentaria as coisas: o senhor está falando da reação nacional contra a Agência Nacional da Indústria devido aos assassinatos. Isso está correto?"

"Sim. Estou enfatizando o caráter trivial dos eventos em si e o enorme dano..."

"Por favor. O senhor já esclareceu este ponto. Passe para o próximo. Mas, primeiro, diga-me, o senhor representa a ANI?"

"Não. Na verdade, represento os patriarcas que fundaram este país. Represento os melhores e mais fundamentais interesses do povo americano. Eu..."

"Está bem. Seu próximo ponto?"

Smith descruzou os dedos de novo. Dessa vez, a coceira era no queixo. Depois disso, ele continuou: "A situação presente é intolerável. Está diretamente nas mãos dos mais perigosos e subversivos grupos e doutrinas. Nenhum preço seria alto demais para dar fim a isso e acabar com essa história o mais rapidamente possível. O homem que realizasse esse serviço mereceria o reconhecimento do país. Ele conquistaria a gratidão dos cidadãos, especialmente daqueles que estão sofrendo por esse ódio injusto".

"Em outras palavras", Wolfe sugeriu, "ele deveria receber algum pagamento."

"Ele receberia um pagamento."

"Então é uma pena que eu já tenha sido contratado. Eu gosto de ser pago."

"Não haveria conflito. Os objetivos são os mesmos."

Wolfe franziu as sobrancelhas. "Sabe, senhor Smith", ele disse com admiração, "gostei da maneira como o senhor começou. O senhor disse tudo, menos alguns detalhes, em sua primeira e curta frase. Quem é o senhor e de onde veio?"

"Isso", Smith declarou, "é estúpido. O senhor não é estúpido. O senhor pode descobrir quem eu sou, é claro, se quiser se dar ao trabalho e ao tempo. Mas existem sete homens e mulheres respeitáveis — muito respeitáveis — com quem eu jogarei bridge esta noite. Após um jantar. O que ocupará toda a noite, das sete horas em diante."

"Isso deve resolver adequadamente. Oito contra dois."

"Sim, deve mesmo", Smith concordou. Ele descruzou os dedos uma vez mais, mas não para se coçar. Tirou do bolso lateral do casaco um pacote caprichado de papel branco e fechado com fita adesiva. Era grande o suficiente para ficar apertado no bolso e ele precisou usar as duas mãos. "Como o senhor disse", ele observou, "existem certos detalhes. A quantia envolvida são trezentos mil dólares. Tenho um terço deles aqui."

Dei uma olhada e concluí que não podia ser tudo em notas de cem. Devia haver algumas de quinhentos e outras de mil.

Uma das sobrancelhas de Wolfe subiu. "Uma vez que o senhor vai jogar bridge esta noite, e uma vez que veio até aqui presumindo que sou um patife, isso não é um tanto imprudente? O senhor Goodwin, como eu lhe disse, é meu assistente de confiança. Que tal se ele tirasse isso de suas mãos, pusesse no cofre e levasse o senhor até a calçada?"

Pela primeira vez a expressão de Smith se modificou, mas a pequena ruga que apareceu em sua testa não parecia ser de apreensão. "Talvez", ele disse, e não houve alteração em sua voz, "o senhor seja estúpido no final das contas, mas eu duvido. Conhecemos seus serviços e seu caráter. Não há a menor pressuposição de que o senhor seja um patife. O senhor está recebendo a oportunidade de realizar um trabalho..."

"Não", Wolfe disse, categórico. "Já fomos contratados."

"Muito bem. Mas esta é a verdade. Se perguntar por que está sendo pago com uma soma tão grande para realizá-lo, eis as razões. Primeiro, todos sabem que o senhor recebe honorários exorbitantes por tudo o que faz. Segundo, do ponto de vista das pessoas que estão lhe pagando, o rápido acúmulo de opiniões negativas por parte do público, totalmente imerecido, está custando, ou custará, direta ou indiretamente, muitos milhões. Trezentos mil dólares não são nada. Em terceiro lugar, o senhor terá despesas, que podem ser grandes. Quarto, estamos cientes das dificuldades envolvidas e eu lhe digo francamente que não conhecemos mais ninguém, a não ser o senhor, que acreditamos, razoavelmente, ter condições de superá-las. Não há nenhuma pressuposição de que o senhor seja um patife. Essa observação foi totalmente desprovida de sentido."

"Então talvez eu tenha entendido mal sua frase inicial." Os olhos de Wolfe o encaravam diretamente. "O senhor disse que tinha alguém para os assassinatos de Boone e Gunther?"

"Sim." Os olhos de Smith o encaravam de volta.

"Quem vocês têm?"

"A palavra 'ter' é um pouco imprecisa. Talvez fosse melhor dizer que temos alguém como sugestão."

"Quem?"

"Solomon Dexter ou Alger Kates. Nós preferimos Dexter, mas Kates também serve. Estaríamos em condições de ajudar com alguns aspectos das provas. Depois que o senhor fizer seus planos, verificarei com o senhor esses aspectos. Os outros duzentos mil, a propósito, não são contingentes à condenação. O senhor possivelmente não teria como garantir isso. Um segundo terço seria pago pelo indiciamento e a última parte no primeiro dia do julgamento. O efeito do indiciamento e do julgamento seria suficiente, se não totalmente satisfatório."

"O senhor é advogado, senhor Smith?"

"Sim."

"Não pagaria mais por Dexter do que por Kates? Deveria. Ele é o diretor interino do Departamento de Regulamentação de Preços. Seria mais valioso para os senhores."

"Não. Nós chegamos a um valor alto, até exorbitante, para excluir negociações." Smith bateu no pacote com o dedo. "Trata-se de um recorde, provavelmente."

"Pelo amor de Deus, não." Wolfe estava levemente indignado, como se presumissem que sua escolaridade encerrara-se na sexta série. "Que tal o escândalo dos campos de petróleo de Teapot Dome, de 1921? Eu poderia enumerar oito, dez ou uma dúzia de casos. Aliates, da Lídia, recebeu o peso de dez panteras em ouro. Richelieu pagou a D'Effiat cem mil libras francesas de uma vez — o equivalente hoje a, no mínimo, dois milhões de dólares. Não, senhor Smith, não se regozije por estar quebrando um recorde. Considerando o que está propondo, o senhor é um sovina."

Smith não se impressionou. "Em dinheiro", ele disse. "Para o senhor, o equivalente, se pago em cheque, seria cerca de dois milhões."

"Está certo", Wolfe concordou, sendo razoável. "Naturalmente, isso me ocorreu. Não quero dizer que o senhor esteja sendo avarento." Ele suspirou. "Não aprecio barganhas mais do que o senhor. Mas posso muito bem dizer que existe uma objeção insuperável."

163

Smith piscou. Eu o peguei na hora. "E o que é?"

"A escolhas dos alvos. Para começar, são por demais óbvias, mas o principal obstáculo seria o motivo. É preciso um bom motivo para cometer assassinato, e um muito grande para cometer dois. Com o senhor Dexter ou com o senhor Kates, temo que isso seja impossível, e devo dizer, em definitivo, que eu não tentaria isso. O senhor concluiu, com generosidade, que não sou um imbecil, mas eu seria se tentasse fazer com que os senhores Dexter ou Kates fossem indiciados e julgados, para não falar em condenados." Wolfe pareceu e soou inflexível. "Não, senhor. Mas o senhor poderia encontrar alguém que ao menos tentaria. Que tal o senhor Bascom, da agência de detetives Bascom? Ele é um bom homem."

"Eu lhe disse", Smith continuou, "que o senhor teria ajuda para obter provas."

"Não. A ausência de um motivo adequado tornaria o caso impossível, apesar das provas, que teriam que ser circunstanciais. Além disso, considerando a provável fonte de quaisquer provas que os senhores pudessem produzir, e uma vez que seriam direcionadas contra um homem do DRP, seriam suspeitas de qualquer maneira. O senhor compreende."

"Não necessariamente."

"Ah, sim. Inevitavelmente."

"Não." A expressão de Smith era a mesma de antes, ainda que ele tivesse tomado uma decisão importante: mostrar uma carta do baralho. Ele abriu a carta sem vacilar. "Vou lhe dar um exemplo. Se o motorista de táxi que trouxe Dexter até aqui testemunhasse que o viu escondendo um pedaço de cano de ferro sob seu sobretudo, com uma echarpe ao redor dele, essa não seria uma prova suspeita."

"Talvez, não", Wolfe concedeu. "O senhor tem o motorista de táxi?"

"Não. Estou simplesmente dando um exemplo. Como poderíamos ir atrás do motorista, ou de qualquer outra pessoa, antes de chegarmos a um acordo sobre o... sobre um nome?"

"Vocês não poderiam, é claro. O senhor tem outros exemplos?"

Smith balançou a cabeça negativamente. Esse era um gesto que o tornava parecido com Wolfe. Ele não via sentido em usar cem ergs, quando cinqüenta seriam suficientes. Quando Wolfe balançava a cabeça, a média de Wolfe de deslocamento era de três milímetros para a direita e a mesma distância para a esquerda, e, se fossem tiradas as medidas de Smith, o resultado seria praticamente o mesmo. No entanto, Wolfe era ainda mais econômico em se tratando de energia física. Ele pesava duas vezes mais do que Smith, portanto, seu gasto por quilo de matéria, que é a única maneira justa de medir, era bem menor.

"O senhor está se adiantando um pouco", Smith afirmou. "Eu disse que iríamos conferir os aspectos das provas depois que senhor fizesse os planos. O senhor fará planos apenas depois de aceitar a oferta. Devo entender que a aceitou?"

"Não deve. Não como descrito. Eu passo."

Smith recebeu a resposta como um cavalheiro. Ele não disse nada. Depois de alguns longos segundos calado, ele engoliu, e esse foi seu primeiro sinal de fraqueza. Evidentemente, estava desistindo de suas cartas e partindo para outra mão. Depois de outro período de silêncio, engoliu novamente, não havia dúvida sobre isso.

"Existe uma outra possibilidade", ele disse, "que não seria passível das objeções que o senhor fez. Don O'Neill."

"M-m-m-m", Wolfe observou.

"Ele também veio de táxi. O motivo é claro e, na verdade, já estabelecido, uma vez que já foi aceito, de maneira errônea e mal-intencionada, por todo o país. Ele não atenderia à finalidade tão bem quanto Dexter ou Kates, mas transferiria o ressentimento público de uma instituição ou grupo para um indivíduo; e isso mudaria o cenário completamente."

"M-m-m-m."

"Além disso, as provas não seriam suspeitas por sua origem."

"M-m-m-m."

"E assim o escopo das provas seria substancialmente ampliado. Por exemplo, seria possível introduzir o testemunho de uma ou mais pessoas que viram, no seu saguão, O'Neill enfiar a echarpe no bolso do sobretudo de Kates. Entendo que Goodwin, seu assistente de confiança, estava lá durante..."

"Não", Wolfe disse secamente.

"Ele não quer dizer que eu não estava lá", garanti para Smith, com um sorriso amistoso. "Apenas que já fomos muito claros sobre isso. O senhor deveria ter vindo antes. Eu ficaria feliz em discutir os termos. Quando O'Neill tentou me comprar era domingo, e eu não aceito ser subornado aos domingos..."

Seus olhos lançaram-se contra mim e me atravessaram. "O que O'Neill queria que o senhor fizesse?"

Balancei a cabeça negando. Provavelmente, usei mil ergs. "Isso não seria justo. O senhor gostaria que eu dissesse a ele o que deseja que eu faça?"

Ele sentiu-se fortemente tentado a insistir, não havia dúvida sobre sua sede de conhecimento, mas sua crença na economia energética, combinada com a opinião que tinha a meu respeito, ganhou o dia. Ele desistiu sem tentar novamente e voltou-se para Wolfe.

"Mesmo que Goodwin não possa fazê-lo", ele disse, "existe ainda uma boa chance de obtermos algum testemunho para esse fim."

"Não do senhor Breslow", Wolfe declarou. "Ele seria um fracasso como testemunha. O senhor Winterhoff se sairia bastante bem. O senhor Erskine, pai, seria admirável. O jovem senhor Erskine... não sei, tenho minhas dúvidas. A senhorita Harding seria a melhor entre todos. O senhor conseguiria que ela testemunhasse?"

"O senhor está indo rápido demais novamente."

"De forma alguma. Rápido? São detalhes da maior importância."

"Eu sei. Depois de o senhor assumir o compromisso. O senhor está aceitando minha sugestão sobre O'Neill?"

"Bem." Wolfe reclinou-se, abriu os olhos em uma fenda um pouco maior e colocou as pontas dos dedos no ápice de sua massa central. "Vou lhe dizer uma coisa, senhor Smith. A melhor maneira de colocar as coisas, eu acho, é na forma de uma ou mais mensagens, para o senhor Erskine. Diga ao senhor Erskine..."

"Não represento o senhor Erskine! Não mencionei nomes."

"Não? Achei que o ouvi mencionar o senhor O'Neill, o senhor Dexter e o senhor Kates. No entanto, a dificuldade é que a polícia ou o FBI podem encontrar aquele décimo cilindro a qualquer momento, e muito provavelmente isso faria de nós um bando de idiotas."

"Não se tivermos..."

"Por favor. O senhor já falou. Deixe-me falar. Na hipótese de que o senhor venha a encontrar o senhor Erskine, diga a ele que agradeço sua sugestão sobre a extensão dos honorários que posso pedir sem chocá-lo. Lembrarei disso quando preparar a conta. Diga a ele que agradeço seu esforço de fazer o pagamento de forma a mantê-lo fora de minha declaração de imposto de renda, mas esse tipo de trapaça não me atrai. É uma questão de gosto, e acontece que isso não me agrada. Diga a ele que estou totalmente ciente de que cada minuto conta; sei que a morte da senhorita Gunther aumentou o ressentimento do público a um nível de fúria sem precedentes; eu li o editorial de hoje do *Wall Street Journal*; ouvi Raymond Swing no rádio hoje à tarde; sei o que está acontecendo."

Wolfe abriu os olhos um pouco mais. "Especialmente, diga a ele o seguinte: se essa enganação idiota continuar, terão que pagar o diabo e eu não poderei fazer nada, mas enviarei minha fatura da mesma forma e receberei o pagamento. Agora estou convencido de que ele é um assassino ou um simplório, ou possivelmente as duas coisas. Graças a Deus, ele não é meu cliente. E quanto ao senhor... não, não vou me dar ao trabalho. Como o senhor disse, é apenas um garoto de recados, e suponho que um advogado respeitado, da mais alta estirpe. Sendo assim, é um representante juramentado da lei. Fúúú! Archie, o senhor Smith está de saída."

Ele de fato deixara a cadeira e estava em pé. Mas ainda não estava de saída. Falou, precisamente no mesmo tom que usara na porta ao anunciar que desejava falar com o senhor Wolfe:

"Gostaria de saber se posso contar que esse assunto será tratado como confidencial. Apenas gostaria de saber o que esperar."

"O senhor também é um simplório", Wolfe rebateu. "Qual é a diferença de eu responder sim ou não — para o senhor? Eu nem mesmo sei o seu nome. Não posso fazer como bem entender?"

"O senhor acha...", Smith começou, mas se deteve. Provavelmente a frase, conforme imaginada, poderia trair um sinal de emoção, como raiva profunda, por exemplo, e isso não era permitido, sob nenhuma circunstância. Então, não acho que seja um exagero dizer que ele ficou sem palavras. Ele deixou isso claro ao descer a escada da entrada, sem ao menos me dar boa-noite.

Quando voltei para o escritório, Wolfe já tinha tocado a campainha para pedir cerveja. Soube disso por dedução, quando Fritz entrou quase imediatamente com a bandeja. Eu bloqueei o caminho e disse:

"O senhor Wolfe mudou de idéia. Leve isso de volta. Já passa das dez horas, ele teve apenas duas horas de sono na noite passada e está indo para a cama. Assim como você e eu."

Wolfe não disse nada nem fez nenhum sinal, e Fritz deu meia-volta com a bandeja.

"Isso me faz lembrar", observei, "de um velho quadro. Havia uma reprodução dele em nossa sala de jantar em Ohio, as pessoas no trenó jogando o bebê para os lobos que as perseguiam. Isso pode não se aplicar estritamente a Dexter ou Kates, mas certamente é o caso de O'Neill. *Esprit de corps* uma vírgula. Meu Deus, ele foi o presidente do comitê organizador do jantar. Eu tinha medo daquele quadro. Uma maneira de olhar para ele era achar uma crueldade atirarem o bebê, mas, por outro lado, se não fizessem isso, os lobos iam pegar tudo, bebê, cavalos e todo mundo. É claro que o próprio homem poderia ter pulado, ou a mulher. Lembro que decidi que, se fosse eu, daria um beijo na mulher e no bebê, diria adeus e pularia. Eu tinha oito anos naquele tempo, era menor de idade, e não acho que manteria o compromisso hoje em dia. A propósito, o que o senhor acha daquele bando de canalhas?"

"Estão em pânico." Wolfe levantou-se, ajeitou o colete e colocou-se em movimento, em direção à porta. "Estão desesperados. Boa noite, Archie." Do limiar da porta ele proclamou, sem se virar: "E, no que me diz respeito, também estou".

26

No dia seguinte, quarta-feira, chegaram os envelopes de Bascom. Foram quatro no correio da manhã, três na entrega das treze horas (como fui informado mais tarde, para fins contábeis, já que eu não estava lá naquele momento) e, no final da tarde, chegaram mais nove por um mensageiro. Naquela hora, eu não tinha a menor idéia sobre que linha o batalhão de Bascom vinha seguindo, nem sabia o que Saul Panzer e Bill Gore estavam fazendo, uma vez que seus relatórios telefônicos eram recebidos por Wolfe, com instruções para que eu desligasse. Os envelopes de Bascom foram entregues a Wolfe fechados, conforme ordenado.

Eu estava sendo encarregado apenas de tarefas corriqueiras, como, por exemplo, um telefonema para a Stenophone Company, para pedir que nos entregassem um aparelho que pudesse ser alugado por dia — equipado com alto-falante, como o que o gerente nos trouxera no domingo e viera buscar na segunda-feira. Eles não gostaram muito da idéia, e tive que ser persuasivo para obter uma promessa de entrega imediata. Segui as instruções e a promessa foi cumprida, ainda que não fizesse sentido para mim, pois não havia nada para ouvir. O aparelho chegou uma hora depois e eu o empurrei para um canto.

A única outra atividade na manhã de quarta-feira da qual participei foi uma ligação para Frank Thomas Erskine. Mandaram que eu ligasse, e eu obedeci, informando a Erskine que as despesas estavam subindo vertiginosamente e que queríamos um outro cheque de vinte mil, a ser enviado assim que possível. Ele tratou o assunto como um simples detalhe de rotina e solicitou um encontro com Wolfe às onze horas, que foi marcado.

O mais interessante disso foi que, quando chegaram — Breslow, Winterhoff, Hattie Harding e os dois Erskine —, pontualmente às onze, traziam Don O'Neill com eles! Era uma clara indicação de que não pretendiam continuar de onde John Smith havia parado, uma vez que a idéia principal de Smith fora enquadrar O'Neill por dois assassinatos, a não ser que estivessem preparados para melhorar a história com a oferta de uma confissão assinada por O'Neill em três vias, uma para os nossos arquivos, e eu achava que conhecia O'Neill muito bem para esperar por alguma coisa assim, uma vez que ele tinha tentado me chutar.

Erskine trouxe o cheque consigo. Ficaram por mais de uma hora, e foi difícil descobrir por que haviam se dado ao trabalho de vir, a menos que fosse para nos mostrar, em carne e osso, a confusão em que se encontravam. Nenhum comentário mencionou remotamente o garoto de recados John Smith, de ninguém, incluindo Wolfe. Meia hora se passou enquanto tentavam obter algum tipo de relatório de andamento de Wolfe, o que significava que foi perda de tempo, e eles ficaram a maior parte da outra meia hora tentando forçá-lo a apresentar algum prognóstico. Vinte e quatro horas? Quarenta e oito? Três dias? Pelo amor de Deus, quando? Erskine declarou categoricamente que cada dia de atraso adicional representava prejuízos inenarráveis para os mais elevados interesses da República e do povo americano.

"O senhor está partindo meu coração, papi", o jovem Erskine disse sarcasticamente.

"Cale a boca", o pai gritou.

Eles se arranharam e puxaram os cabelos um do outro bem na nossa frente. A pressão estava sendo grande demais para eles, e a ANI não era mais uma frente unida. Eu me sentei e olhei para eles, lembrando da oferta feita

171

por Smith para que alguém testemunhasse sobre a echarpe encontrada no bolso do sobretudo de Kates, e cheguei à conclusão de que ela poderia ter partido de qualquer um deles, e ter sido dirigida contra qualquer outro, à exceção de Erskine contra Erskine, e que mesmo isso não era inconcebível. A única contribuição construtiva que fizeram foi informar que no dia seguinte, uma quinta-feira, mais de duzentos jornais matinais e vespertinos, em mil cidades grandes e pequenas, trariam um anúncio de página inteira oferecendo recompensa de cem mil dólares para qualquer um que fornecesse informações que levassem à prisão e ao julgamento do assassino de Cheney Boone ou de Phoebe Gunther, ou de ambos.

"Isso deve provocar uma reação saudável, o senhor não acha?", Erskine perguntou em tom queixoso e desesperançado.

Perdi a resposta de Wolfe e o resto da conversa, porque estava de saída naquele momento, em direção ao quarto para passar um pente no cabelo e talvez lavar as mãos. Eu mal teria tempo de pegar o carro e estacionar na entrada do Waldorf da rua 49, às dez para a uma, e, já que uma vez a cada um milhão de anos uma garota está adiantada em vez de atrasada, não quis me arriscar.

172

27

Nina Boone apareceu catorze minutos depois da uma, o que era normal e portanto não implicava nenhum comentário, em uma direção ou outra. Fui ao seu encontro quando ela apareceu, levei-a até o carro, um pouco à esquerda da entrada, e abri a porta. Ela entrou. Eu me virei para olhar em volta, e, como esperava, havia um sujeito espiando à esquerda e à direita. Não era conhecido e eu não sabia o seu nome, mas já o tinha visto por aí. Fui até ele e disse:

"Sou Archie Goodwin, o faz-tudo de Nero Wolfe. Se você a estivesse seguindo, teria visto quando ela entrou no meu carro, ali. Não posso pedir que você vá com a gente, porque estou trabalhando, mas existem algumas alternativas. Vou esperar até que você pegue um táxi, e aposto cinco pratas que você vai se perder em menos de dez minutos; ou eu molho sua mão para que perca a senhorita de vista aqui mesmo. Vinte centavos. Quinze agora e os outros cinco quando eu vir uma cópia de seu relatório. Se..."

"Disseram-me", ele falou, "que só existem duas maneiras de lidar com você. Uma é lhe dar um tiro, o que é público demais. A outra... me dê os quinze centavos."

"Está bem." Pesquei três moedas e passei-as para ele. "É por conta da ANI. Na verdade, não me importo. Estamos indo para o Ribeiro's, o restaurante brasileiro na rua 52."

Voltei e entrei no carro, ao lado de minha vítima, liguei o motor e partimos.

Uma mesa de canto no Ribeiro's é um bom lugar para se conversar. A comida não é nada de mais para quem é alimentado por Fritz Brenner três vezes ao dia, mas desce bem, o local não tem música e você pode sacudir um garfo em qualquer direção sem acertar ninguém, a não ser sua própria companhia.

"Não acredito", Nina disse depois que fizemos o pedido, "que ninguém me reconheceu. De qualquer modo, ninguém está olhando para mim. Acho que todas as pessoas pouco conhecidas acham que seria maravilhoso ser uma celebridade, com todo mundo olhando e apontando para você nos restaurantes e em qualquer lugar. Sei porque eu fazia isso. Agora, simplesmente não agüento mais. Dá vontade de gritar com elas. Claro que talvez não me sentisse assim se minha foto estivesse nos jornais por eu ser uma estrela de cinema ou por ter feito algo importante — sabe, algo notável."

Então, pensei, ela queria alguém além da tia Luella para conversar. Muito bem, deixe-a falar.

"Mesmo assim", eu disse, "a senhorita deve ter recebido sua cota de olhares antes de tudo isso acontecer. A senhorita realmente não passa despercebida."

"Não?" Ela não tentou sorrir. "Como o senhor sabe? Do jeito que estou agora."

Eu a inspecionei. "Não é o melhor momento para julgar", admiti. "Seus olhos estão inchados e a senhorita tem cerrado tanto os dentes que seu queixo está saliente. Mas ainda há bastante coisa para ser avaliada. A curva da maçã do rosto é muito bonita, e as têmporas e a testa são superiores à média. O cabelo, é claro, não foi afetado em nada. Ao vê-la de costas, caminhando pela calçada, um em cada três homens apressaria o passo para vê-la de lado, ou de frente."

"Oh? E os outros dois?"

"Meu Deus", protestei, "o que a senhorita queria? Um em três é excelente. Eu estava exagerando, simplesmente pelo fato de que gosto do seu cabelo e poderia até chegar a ponto de dar uma corridinha."

"Então da próxima vez sentarei de costas para o senhor." Ela pôs a mão no colo para dar espaço ao garçom. "Eu queria lhe fazer uma pergunta, e o senhor tem que responder. Quem foi que lhe mandou perguntar onde estava Ed Erskine?"

"Ainda não. Minha regra com uma garota é passar os primeiros quinze minutos discutindo sua aparência. Sempre há uma chance de eu dizer algo que lhe agrade, e aí é só seguir o vento. Além disso, não seria de bom gosto dar início aos trabalhos com a senhorita enquanto ainda estamos comendo. Espera-se que eu lhe arranque tudo, então é isso que terei que fazer, mas não deveria começar até o café, e, a essa altura, já a terei deixado num estado de espírito tal que a senhorita me permitirá até copiar o seu número da Previdência Social."

"Eu detestaria perder isso." Ela tentou sorrir. "Seria interessante vê-lo em ação. Mas prometi à minha tia que estaria de volta ao hotel às duas e meia — e, a propósito, prometi que o levaria comigo. O senhor virá?"

Minhas sobrancelhas ergueram-se. "Falar com a senhora Boone?"

"Sim."

"Ela quer falar comigo?"

"Sim. Talvez apenas por quinze minutos, para falar sobre a aparência dela. Ela não me disse."

"Com garotas acima dos cinqüenta, cinco minutos são suficientes."

"Ela não tem mais de cinqüenta. Tem quarenta e três."

"Cinco ainda são suficientes. Mas, se temos apenas até as duas e meia, receio que teremos que começar imediatamente a tentar romper sua resistência. Como se sente? Notou alguma inclinação para amolecer ou relaxar, ou encostar a cabeça em meu ombro?"

"Nem um pouco." Seu tom era carregado de convicção. "O único impulso que tive foi de puxar o seu cabelo."

"Então, será uma surpresa", eu disse lamentando, "se você relaxar o suficiente a ponto de me dizer quanto calça. No entanto, veremos, assim que ele acabar de servir. Você não terminou seu drinque."

Ela bebeu o que restava. O garçom trouxe um prato de camarões fumegantes para cada um, cozidos com queijo e cobertos com um molho picante, e tigelas individuais de salada que ele acabara de temperar. Nina separou um camarão com o garfo, deduziu que estava muito quente para comê-lo inteiro, cortou-o ao meio e levou a porção à boca. Ela não estava no estado de ânimo apropriado para provar comida, mas experimentou e imediatamente colocou a outra metade do camarão no garfo.

"Gostei disso", ela disse. "Vá em frente e arranque coisas de mim."

Terminei de mastigar meu segundo camarão e o engoli. "Minha técnica é um pouco incomum", eu disse. "Por exemplo, não só vocês estão sendo seguidos, todos os dez, para sabermos o que andam fazendo, mas também o passado de vocês está sendo vasculhado em todos os detalhes, até os furos do queijo. Que tal o queijo?"

"Gostei. Adorei."

"Ótimo. Viremos aqui muitas vezes. Provavelmente, existe uma centena de homens — não, mais do que isso, esqueci da importância deste caso — investigando o passado de vocês, para descobrir, por exemplo, se a senhora Boone estava tendo encontros secretos com Frank Thomas Erskine no calçadão de Atlantic City, ou se a senhorita e Breslow estão puxando o freio até que ele consiga que a mulher dele aceite o divórcio. Isso leva tempo e custa dinheiro, e minha técnica é diferente. Prefiro perguntar e resolver a questão. A senhorita está?"

"Estou? O quê?"

"Puxando o freio."

"Não. Estou puxando o queijo, com os camarões."

Engoli mais um. "Veja só", expliquei, "estão todos atolados, incluindo Nero Wolfe. Não estão complicando as coisas ainda mais apenas por esporte. A melhor maneira de sair dessa situação, que deixaria quase todo mundo feliz, incluindo os próprios investigadores, seria a mais simples, ou seja, que uma das seis pessoas da ANI tivesse matado Cheney Boone por motivos óbvios, e depois matado Phoebe Gunther por alguma razão relacionada. Mas o problema é que, se foi isso, como descobrir qual dos seis o fez, para não falar em provas? Aparentemente, não temos nem mesmo uma chance em um bilhão. A polícia de Nova York e o FBI já vêm trabalhando nisso há mais de uma semana, dando tudo o que têm, e onde estão? Seguindo *a senhorita!*"

"Bem." Ela juntou o queijo e o molho com o garfo. "O senhor está me pagando um almoço."

"Certamente, e estou lhe dizendo por quê, além dos motivos relacionados com seu cabelo e outros detalhes pessoais. Estamos todos no fundo do poço, a não ser que um novo ângulo seja descoberto. Eu a procurei porque existe uma possibilidade de que saiba alguma coisa sobre este ângulo, sem se dar conta disso. Naturalmente, estou partindo do princípio que a senhorita queira ver o assassino descoberto e punido. Caso contrário..."

"Eu quero. É claro que quero."

"Então, suponha que tentemos a abordagem direta e veja que tal lhe parece. A senhorita conhecia algum desses tipos da ANI pessoalmente?"

"Não."

"Nenhum dos seis?"

"Não."

"E quanto a outras pessoas da ANI em geral? Havia cerca de mil e quinhentas naquele jantar."

"Isso parece totalmente idiota."

"Então vamos terminar de uma vez. Conhecia?"

"Talvez uns poucos — ou melhor, seus filhos e filhas. Eu me formei na Smith no ano passado, e lá se conhece muita gente. Mas, se voltássemos a cada minuto daquela noite, a cada palavra de cada conversa, não encontraríamos nada remotamente parecido com um ângulo."

"A senhorita não acha que me seria de alguma utilidade pesquisar?"

"Não." Ela olhou para o relógio de pulso. "De qualquer modo, não temos tempo."

"Está bem. Podemos voltar depois. E quanto à sua tia? Aqueles encontros clandestinos com Erskine. Ela tinha encontros?"

Nina fez um ruído que, nas atuais circunstâncias, substituía razoavelmente uma gargalhada. "Pergunte a ela. Pode ser que seja sobre isso que ela queira falar com o senhor. Se o passado de todos está sendo investigado como o senhor diz, penso que já deve estar confirmado que a tia Luella era total e exclusivamente devotada ao meu tio, e a tudo o que ele fazia e representava."

Balancei a cabeça negativamente. "A senhorita não entendeu. Este é exatamente o ponto. Como ilustração: e se Boone descobriu alguma coisa em Washington, na tarde daquela terça-feira, sobre algo que Winterhoff fez, ou algo que o levou a tomar uma decisão que afetasse a linha de negócios de Winterhoff, e se ele mencionou isso para a esposa quando a encontrou no quarto do hotel (comentário que a senhorita também pode ter escutado, uma vez que também estava lá), e se a senhora Boone conhecesse Winterhoff, não de encontros secretos, mas apenas o conhecesse, e se mais tarde, na sala da recepção, ela estivesse falando com Winterhoff durante o terceiro drinque e, sem ter a intenção, lhe desse uma idéia do que estava acontecendo? É isso que quero dizer com novo ângulo. Eu poderia inventar mais mil histórias assim, mas precisamos de uma que realmente tenha acontecido. Então, estou perguntando sobre o círculo de relacionamentos de sua tia. Isso é ser malicioso?"

Ela estivera fazendo progressos contínuos com os camarões, que já haviam esfriado o suficiente para permitir isso. "Não", ela admitiu, "mas é melhor perguntar a ela. Tudo o que posso fazer é falar a meu respeito."

"Certamente. A senhorita é virtuosa e nobre. Isso é visível em seus traços. Assim anunciam os anjos. 'A' em comportamento."

"O que o senhor quer?", ela questionou. "Que eu lhe diga que vi minha tia esgueirar-se em um canto com Winterhoff, ou com qualquer um daqueles macacos, e ficar de cochichos com ele? Bem, não vi. E se tivesse visto..." Interrompeu-se.

"Se tivesse visto, iria me dizer?"

"Não. Apesar do fato de que, na minha opinião, minha tia é uma chata."

"A senhorita não gosta dela?"

"Não. Eu não gosto dela, discordo dela e a vejo como uma relíquia grotesca. Isso acompanha todo o meu passado, mas é algo estritamente pessoal."

"A senhorita não chega a ponto de aceitar a sugestão de Breslow, de que a senhora Boone matou o marido por ciúmes de Phoebe Gunther, e depois, na casa de Wolfe, completou o serviço?"

"Não, alguém acredita nisso?"

"Eu não saberia dizer." Tendo acabado com o último camarão, passei para a salada. "Eu, não. Mas parece ser uma idéia razoável que a senhora Boone tivesse ciúmes de Phoebe Gunther."

"Certamente que tinha. Existem milhares de garotas e mulheres que trabalham no DRP, e ela tinha ciúmes de todas."

"Sim. Principalmente considerando-se o nariz dela, é claro. Mas Phoebe Gunther não era apenas uma dos milhares. Ela não era especial?"

"De fato, era." Nina lançou-me um olhar rápido, que não consegui interpretar. "Ela era extremamente especial."

"Ela faria alguma coisa tão banal como engravidar?"

"Ah, Deus do céu." Nina puxou a salada. "O senhor cata todas as migalhas, não é mesmo?"

"Faria?"

"Não. E minha tia tinha tão poucos motivos para sentir ciúmes dela quanto de qualquer outra. Sua idéia de que meu tio escondia um lobo dentro dele era simplesmente idiota."

"A senhorita conhecia bem Phoebe Gunther?"

"Eu a conhecia muito bem. Não intimamente."

"Gostava dela?"

"Eu... Sim, acho que gostava dela. Certamente eu a admirava. Claro que a invejava. Eu queria o seu emprego, mas não era tão idiota a ponto de achar que poderia ocupar o cargo. Sou muito jovem, para começar, mas isso é só um lado da questão; ela não era muito mais velha do que eu. Ela fez trabalho de campo durante um ano ou mais e conseguiu os melhores registros de toda a organização, e logo veio para o escritório central e, em pouco tempo, estava por dentro de tudo. Normalmente, quando uma organização como essa nomeia um novo diretor, ele faz várias mudanças, mas quando meu tio foi indicado não houve mudanças para Phoebe, exceto por um aumento de salário. Se ela fosse homem e dez anos mais velha, teria sido nomeada diretora quando meu tio... morreu."

"Que idade ela tinha?"

"Vinte e sete."

"A senhorita já a conhecia antes de começar a trabalhar no DRP?"

"Não, mas fomos apresentadas no meu primeiro dia lá, pois meu tio pediu que ela ficasse de olho em mim."

"Ela fez isso?"

"De certa maneira, sim, quando ela tinha tempo. Ela era muito importante e ocupada. Sofria da febre do DRP."

"É mesmo?" Parei uma garfada de salada a caminho da boca. "Intensa?"

"Um dos casos mais graves já registrados."

"Quais eram os sintomas principais?"

"Isso varia conforme o caráter e o temperamento. Sua forma mais simples é uma crença sólida de que tudo o que o DRP faz está certo. Existem todos os tipos de complicações, desde um profundo e constante ódio pela ANI a um anseio messiânico pela educação dos jovens, dependendo se a pessoa é, primordialmente, um benfeitor ou um combatente."

"Você sofre disso?"

"Certamente, mas não na forma aguda. Para mim, foi mais uma questão pessoal. Eu gostava muito do meu tio." Seu queixo ameaçou sair do controle por um momento, ela parou para resolver esse assunto e depois explicou: "Nunca tive um pai, nunca o conheci, e amava o tio Cheney. Não sei muita coisa sobre tudo isso, mas eu amava o meu tio".

"De quais complicações Phoebe sofria?"

"Todas." O queixo estava novamente bem. "Mas ela já nasceu guerreira. Não sei se os inimigos do DRP, os cabeças da ANI, por exemplo, realmente sabiam o que acontecia lá dentro, mas, se a espionagem deles fosse minimamente boa, saberiam quem era Phoebe. Ela era mesmo mais perigosa para eles do que o meu tio. Eu ouvi meu tio dizer isso. Uma mudança política poderia derrubá-lo, mas, enquanto ela estivesse lá, não faria muita diferença."

"Isso é uma grande ajuda, não é mesmo?", reclamei. "Cria exatamente o mesmo motivo, para as mesmas pessoas, tanto para ela quanto para ele. Se a senhorita quiser chamar isso de novo ângulo..."

"Eu não chamo de nada. O senhor perguntou."

"Perguntei mesmo. Que tal uma sobremesa?"

"Acho que não."

"Seria melhor. A senhorita vai ter que me ajudar com sua tia talvez pela tarde inteira, e isso vai exigir energia extra, já que não gosta dela. Uma boa pedida aqui é o pudim de nozes com canela."

Ela admitiu que era uma boa idéia e eu fiz o pedido ao garçom. Enquanto ele tirava a mesa e esperávamos pelo pudim e pelo café, continuamos com o assunto Phoebe Gunther, sem que surgissem novas revelações, surpresas ou qualquer outra coisa. Lancei o detalhe do décimo cilindro perdido, e Nina desconsiderou a sugestão de que Phoebe pudesse ter encoberto ligações com alguém da ANI e descartado o cilindro por conter alguma coisa a esse respeito. Concordei com ela e perguntei sobre a possibilidade de o cilindro implicar Solomon Dexter ou Alger Kates. O que havia de errado com isso?

Com a colher na mão pronta para provar o pudim, ela negou com a cabeça, com convicção. Disse que isso era delírio. Supor que Dexter poderia ter feito alguma coisa para ferir Boone, e assim ao DRP também, era absurdo. "Além disso, ele estava em Washington. Só chegou a Nova York mais tarde naquela noite, quando foi enviado. Quanto ao senhor Kates, pelo amor de Deus, olhe só para ele! É apenas uma máquina de calcular!"

"Ele não é confiável. É sinistro."

Ela engasgou. "Alger Kates sinistro?"

"De qualquer modo, misterioso. Na casa de Wolfe naquela noite, Erskine o acusou de matar seu tio porque queria se casar com a senhorita e seu tio se opunha, e Kates deu a entender que gostaria de desposá-la — ele e mais duzentos apaixonados do DRP —, e depois, nessa mesma noite, eu soube que ele já tinha uma esposa, que se encontra na Flórida no momento. Uma máquina de calcular casada não cobiça outra donzela adorável."

"Ora. Ele simplesmente estava sendo galante ou gentil."

"Uma máquina de calcular não é galante. Outra coisa: de onde vem a bufunfa para mandar a esposa para a Flórida, com os preços atuais, e mantê-la lá até o final de março?"

"Realmente." Nina parou de comer o pudim. "Não importa quanto Nero Wolfe cobre da ANI, você decerto está se esforçando para merecer o que ganha! Pelo visto adoraria absolvê-los completamente — e parece não se importar com a maneira de fazê-lo! Talvez a senhora Kates tenha ganhado algum dinheiro no bingo da igreja. É preciso verificar isso!"

Dei um sorriso forçado para ela. "Quando seu rosto fica corado desse jeito, sinto vontade de recusar qualquer participação do dinheiro da ANI em meu salário. Um dia vou lhe contar como está enganada em suspeitar que estejamos tentando enquadrar um de seus heróis, como Dexter ou Kates." Lancei um olhar para o meu pulso. "A senhorita tem tempo apenas para terminar o cigarro e o café. O que foi, Carlos?"

"Telefone, senhor Goodwin. A cabine do meio."

Pensei em pedir a ele que dissesse que eu já havia saído, pois tive uma suspeita natural de que a ligação fosse da criatura que eu subornara com três moedas simplesmente querendo saber quanto tempo mais íamos ficar lá. Mas pensei melhor e mudei de idéia, uma vez que havia outra pessoa que sabia onde eu estava.

A realidade mostrou que era a outra pessoa.

"Goodwin falando."

"Archie, venha para cá imediatamente."

"Para quê?"

"Sem demora!"

"Mas ouça. Estamos de saída, para ir falar com a senhora Boone. Eu a convenci a falar comigo. Vou fazer com que ela..."

"Eu disse para vir para cá."

Não havia o que discutir. Ele falava como se tivesse diante de si seis tigres abanando os rabos, prontos para o bote. Voltei para a mesa e disse a Nina que nossa tarde estava arruinada.

183

28

Após deixar Nina na entrada do Waldorf, com meu cãozinho subornado em um táxi atrás de nós, e tendo enfrentado os sinais e o tráfego congestionado da cidade até a rua 35 Oeste, fiquei aliviado ao ver, quando cheguei ao meu destino e freei para estacionar junto ao meio-fio, que a casa não tinha pegado fogo. Havia apenas dois itens estranhos visíveis: um carro da polícia estacionado bem em frente e um homem na entrada. Ele estava sentado no último degrau, encurvado, com um olhar soturno e obstinado.

Esse eu conhecia pelo nome, um tal de Quayle. Estava em pé no momento em que subi a escada e aproximou-se de mim, pretendendo ser cordial.

"Olá, Goodwin! Isso é que é sorte. Será que ninguém aqui abre a porta quando você não está? Vou aproveitar para entrar com você."

"Um prazer inesperado", eu disse a ele e, usando minha chave, girei a maçaneta e empurrei. A porta abriu duas polegadas e parou. A corrente da tranca interna havia sido posta, como acontecia freqüentemente na minha ausência. Meus dedos foram até a campainha e eu executei meu toque pessoal. Um minuto depois, ouvi os passos de Fritz pelo saguão e ele falou comigo pela abertura:

"Archie, ele é um policial. O senhor Wolfe não quer..."

"Claro que não quer. Solte a corrente. Depois fique de olho em nós. Este oficial tão dedicado ao dever pode perder o equilíbrio e cair da escada, e posso precisar que você testemunhe que não o empurrei. Ele deve ter duas vezes a minha idade."

"Seu filho-da-mãe espertinho", Quayle disse tristemente, e sentou-se no degrau de novo.

Entrei, atravessei o saguão até o escritório e vi Wolfe sozinho, sentado atrás da mesa, rígido como uma vareta de limpar espingarda, os lábios contraídos em uma fina linha reta, os olhos arregalados e as mãos sobre o tampo diante dele, os dedos curvados, prontos para agarrar um pescoço.

Seus olhos lançaram-se contra mim. "Por que diabos você demorou tanto?"

"Espere um minuto", eu o tranqüilizei. "Ciente de que o senhor estava tendo um ataque, eu vim o mais rápido que pude considerando o tráfego. É algum incômodo?"

"É insuportável. Quem é o inspetor Ash?"

"Ash? O senhor lembra dele. Ele era capitão, subordinado a Cramer de 1938 a 1943. Agora está encarregado dos homicídios no Queens. Um sujeito alto, de cara ossuda, olhos de plástico, totalmente incorruptível e sem senso de humor. Por quê? O que ele fez?"

"O carro está em boas condições?"

"Certamente. Por quê?"

"Quero que você me leve à Central de Polícia."

"Meu Deus." Então era algo mais do que sério, era drástico. Sair de casa, pegar o carro, correr os riscos do mundo exterior, visitar um policial; e, além disso tudo, o que não tinha precedentes, praticamente deixar de lado as orquídeas no encontro regular das quatro horas. Caí em uma cadeira, sem fala, e olhei para ele, embasbacado.

"Por sorte", Wolfe disse, "quando aquele homem chegou, a porta estava com a tranca. Ele disse a Fritz que viera me buscar para falar com o inspetor Ash. Quando Fritz deu a ele a resposta adequada, ele mostrou um mandado contra mim, como testemunha material, relativo ao assassinato da senhorita Gunther. Ele enfiou o mandado pela abertura da porta, Fritz empurrou de volta, fechou a porta e, pela janela de vidro, o viu caminhar até a esquina, provavelmente para telefonar, uma vez que deixou o carro em frente à minha casa."

"Só isso — deixar o carro em frente à sua casa — mostra o tipo de homem que ele é", observei. "O carro nem é dele. Pertence ao município."

Wolfe nem sequer me ouviu. "Eu liguei para o gabinete do inspetor Cramer e disseram-me que ele não estava disponível. Finalmente, consegui alguém que podia falar em nome do inspetor Ash. Essa pessoa me disse que o homem que eles enviaram para cá havia relatado o que acontecera pelo telefone e que, a não ser que eu o deixasse entrar, aceitasse o mandado e fosse com ele, um mandado de busca seria imediatamente enviado. Então, com grande dificuldade, consegui falar com o comissário. Ele não tem fibra. Tentou ser evasivo. Fez o que chamou de concessão, dizendo que eu poderia ir ao gabinete dele, em vez de ir ao do inspetor Ash. Eu disse que apenas com o uso de força física eu poderia ser transportado em qualquer veículo que não fosse dirigido por você, mas ele disse que aguardariam até as três e meia, não mais. Um ultimato com limite de tempo. Ele também disse que o senhor Cramer fora afastado do caso Boone-Gunther e liberado do comando, substituído pelo inspetor Ash. Essa é a situação. É inaceitável."

Eu o encarava, incrédulo. "Cramer foi chutado?"

"Foi o que disse o senhor sei-lá-o-nome."

"Quem, Hombert? O comissário?"

"Sim. Maldição, eu preciso repetir a coisa toda para você?"

"Pelo amor de Deus, não. Tente relaxar. Veja só. Pegaram o Cramer." Olhei para o relógio. "São três e cinco, e aquele ultimato provavelmente tem margens estreitas. Espere um minuto e tente pensar em algo agradável."

Fui até a porta da frente, afastei a cortina, para olhar através do vidro, e vi que Quayle conseguira um colega. O par estava sentado na escada, com as costas viradas para mim. Abri a porta e perguntei afavelmente:

"Qual é o programa agora?"

Quayle virou-se. "Temos um outro papel. Que mostraremos quando chegar a hora. O tipo de lei que abre todas as portas, das mais poderosas às mais humildes."

"Para mostrar quando? Às três e meia?"

"Vá empilhar coquinho na ladeira."

"Ah, conte a ele", grunhiu o colega. "O que você espera obter? Fama?"

"Ele é espertinho", Quayle disse com petulância. Virou-se de novo para mim. "Às três e meia, ligaremos de novo para confirmar a ordem."

"Isso é mais adequado", eu disse, em tom de aprovação. "E o que vai acontecer se eu surgir com um grande objeto, parecido com Nero Wolfe, levá-lo até meu carro e sair? Vocês sacam o primeiro papel e interferem?"

"Não. Nós seguimos vocês direto para a Centre Street. Se você tentar desviar em direção a Yonkers, aí será diferente."

"Está bem. Aceito sua palavra de honra. Se esquecerem o que disseram e tentarem pegá-lo, vou reclamar com o Conselho de Saúde. Ele está doente."

"O que ele tem?"

"*Sitzenlust*. Crônico. O contrário de *wanderlust*. Vocês não querem pôr uma vida humana em risco, não é?"

"Sim."

Satisfeito, fechei a porta, voltei para o escritório e disse a Wolfe: "Tudo certo. Apesar de termos batedores, estou pronto para ir até a Centre Street ou disparar até o Canadá, o que o senhor quiser. O senhor pode me dizer quando estivermos no carro".

Ele começou a se levantar, os lábios mais contraídos do que nunca.

29

"O senhor não é advogado", declarou o inspetor Ash em tom de insulto, ainda que a afirmação certamente não fosse um insulto em si mesma. "Nada do que foi dito ou escrito ao senhor por qualquer um, o que quer que seja, tem status de comunicação privilegiada."

Não era uma convenção, como eu esperava. Além de Wolfe e eu, os únicos presentes eram Ash, o comissário Hombert e o promotor Skinner, o que deixava o espaçoso e bem mobiliado gabinete de Hombert, situado na esquina do prédio, parecer praticamente vazio, mesmo considerando que Wolfe valia por três. Pelo menos ele não estava sendo submetido a sofrimentos físicos, pois haviam encontrado uma cadeira grande o suficiente para acomodar sua amplitude sem apertos excessivos.

Mas ele não fazia concessões. "Essa observação", ele disse a Ash em seu tom mais desagradável, "é infantil. Suponha que alguém tenha me dito algo que não quero que o senhor saiba. Eu admitiria o fato e me recusaria a contar baseado no fato de que se tratava de informação privilegiada? Fúúú! Suponha que o senhor continuasse atrás de mim. Eu simplesmente desfiaria um rosário de mentiras, e daí?"

Ash estava rindo. Seus olhos de plástico tinham o efeito de refletir toda a luz que chegava até eles pelas quatro grandes janelas, como se suas superfícies não pudessem absorver a luz, nem liberá-la.

"O seu problema, Wolfe", ele disse secamente, "é que

o senhor foi mimado pelo meu predecessor, o inspetor Cramer. Ele não sabia como controlá-lo. O senhor o confundia. Comigo no comando, o senhor verá uma grande diferença. Daqui a um mês ou um ano, o senhor poderá ou não continuar a ter uma licença. Depende de como se comportar." Ele tamborilou no peito com o indicador. "O senhor me conhece. Talvez se lembre até onde chegou no caso Boeddiker, no Queens."

"Eu nunca iniciei a investigação. Desisti. E o modo abominável como o senhor a conduziu não gerou provas suficientes para que o promotor condenasse um assassino, cuja culpa era clara. Senhor Ash, o senhor é um imbecil e um bárbaro."

"Então o senhor vai tentar se meter comigo." Ash ainda estava rindo. "Talvez eu não lhe dê nem mesmo um mês. Não vejo por que..."

"Isso é suficiente", Hombert interrompeu.

"Sim, senhor", Ash disse respeitosamente. "Eu apenas quis..."

"Não me interessa o que o senhor apenas quis. Estamos em meio a uma baita encrenca, e é só isso que me interessa. Se deseja controlar Wolfe neste caso, vá até onde bem entender, mas deixe o resto para depois. A idéia de que Wolfe estava escondendo alguma coisa e de que já era tempo de apertá-lo foi sua. Vá em frente, estou aqui para isso."

"Sim, senhor." Ash deixara de sorrir para parecer zangado. "Sei apenas que, em todos os casos de que ouvi falar, em que Wolfe meteu o bedelho e farejou dinheiro, ele sempre conseguiu pegar alguma coisa que ninguém mais tinha, e sempre segurou isso até achar conveniente soltar."

"O senhor está perfeitamente correto, inspetor", disse o promotor Skinner secamente. "O senhor pode acrescentar que, quando ele solta o que tem, o resultado é normalmente desastroso para algum infrator."

"É mesmo?", Ash perguntou. "E esse é o motivo para ele dar as cartas nas investigações do Departamento de Polícia e do seu gabinete?"

"Eu gostaria de perguntar", Wolfe interveio, "se fui arrastado até aqui para ouvir uma discussão sobre minha própria carreira e caráter. Essa tagarelice é frívola."

Ash começava a se abalar. Ele o olhou fixamente. "O senhor foi arrastado até aqui", disse em tom cortante, "para nos dizer o que sabe, e tudo o que sabe, sobre esses crimes. O senhor diz que sou um imbecil. Eu não digo que o senhor seja um, longe disso, esta é minha opinião a seu respeito em uma frase curta. Eu não me surpreenderia se o senhor soubesse de alguma coisa que nos desse uma idéia clara sobre quem matou Cheney Boone e a mulher, Gunther."

"Claro que eu sei. E o senhor também."

Eles fizeram movimentos e ruídos. Sorri para todos, despreocupadamente, para transmitir a impressão de que não havia nada sobre o que se animar, pois tinha certeza de que Wolfe estava exagerando além do que seria racional apenas para lhes dar o troco, e isso poderia ter conseqüências indesejáveis. Sua natureza romântica muitas vezes o levava a cometer excessos como esse, e, quando começava, era difícil fazê-lo parar, e fazê-lo parar era uma de minhas funções. Antes que as exclamações e sacudidas de cabeça deles terminassem, me meti na conversa.

"Ele não quer dizer", expliquei apressadamente, "que temos um assassino lá no carro. Existem alguns detalhes aos quais se deve prestar atenção."

Os movimentos de Hombert e Skinner limitaram-se a reações musculares mínimas, mas Ash levantou-se da cadeira e caminhou com imponência até ficar a meio metro de Wolfe, onde parou e o encarou de cima. Ficou com as mãos nas costas, o que era eficaz de certa maneira, mas teria sido melhor se lembrasse que, na clássica posição de Napoleão, os braços eram cruzados.

"Ou é isso que o senhor quer dizer", ele falou ameaçadoramente, "ou não é. Se for um blefe, terá que engoli-lo. Se não for, pela primeira vez na sua vida vai ter que falar." Sua cabeça ossuda virou-se para Hombert. "Deixe-me levá-lo, senhor. Aqui em seu gabinete pode ser constrangedor."

"Imbecil", Wolfe resmungou. "Um completo imbecil." Ele pôs em ação as alavancas e levantou-se. "Aceitei com relutância a necessidade de uma longa e infrutífera discussão de um problema especialmente difícil, mas isto é farsesco. Leve-me para casa, Archie."

"Não, o senhor não vai", Ash disse, ainda mais ameaçador. Ele segurou firme no braço de Wolfe. "O senhor está preso, meu caro. Desta vez, o senhor..."

Eu sabia que Wolfe podia mover-se sem demora quando era preciso, e, conhecendo sua atitude em relação a qualquer um que o tocasse, preparei-me para entrar em ação ao ver Ash segurar seu braço, mas a velocidade e a precisão com que ele estapeou Ash do lado do maxilar foi uma verdadeira surpresa, não só para mim, como para o próprio inspetor. Ash nem mesmo viu o que estava vindo até atingi-lo, um forte tapa com a mão espalmada, com um efeito sonoro satisfatório. Simultaneamente, os olhos de Ash brilharam e seu punho esquerdo se mexeu, e eu me lancei para a frente. A emergência era rápida demais para tentar qualquer coisa original, então eu simplesmente me posicionei entre os dois e a esquerda de Ash bateu no meu ombro direito, antes que ele tivesse qualquer chance de reclamar. Com grande presença de espírito, nem mesmo dobrei um cotovelo, apenas fiquei ali, como uma barreira, mas Wolfe, que constantemente afirma detestar confusões, disse entredentes:

"Acerte-o, Archie. Derrube-o."

Nesse momento, Hombert já se aproximara e Skinner vinha vindo. Percebendo que votavam contra o derramamento de sangue, e não estando interessado em ser engaiolado por agredir um inspetor, eu recuei. Wolfe olhou para mim e disse, ainda entredentes:

"Eu estou preso. Você, não. Telefone para o senhor Parker para providenciar o pagamento da fiança imed..."

"Goodwin vai ficar exatamente aqui." O olhar de Ash

realmente destilava maldade. Eu nunca tivera impulsos de lhe enviar um cartão de feliz aniversário, mas fiquei surpreso ao ver como ele era cruel. "Ou melhor, os dois virão comigo..."

"Agora, ouça." Skinner abanava as mãos abertas, como um advogado de defesa acalmando a multidão. "Isso é ridículo. Todos queremos..."

"Eu estou preso?"

"Ora, esqueça isso! Tecnicamente, suponho..."

"Então, eu estou. Podem ir todos para o inferno." Wolfe voltou para a cadeira grande e sentou-se. "O senhor Goodwin telefonará para o nosso advogado. Se me quiserem fora daqui, chamem alguém para me carregar. Se quiserem que eu discuta alguma coisa com os senhores, se quiserem ouvir uma palavra de mim, cancelem aqueles mandados e livrem-se do senhor Ash. Ele me enerva."

"Vou levá-lo", Ash reclamou. "Ele agrediu um oficial."

Skinner e Hombert entreolharam-se. Depois olharam para Wolfe, em seguida para mim e depois um para o outro de novo. Skinner fez que não com a cabeça enfaticamente. Hombert olhou para Wolfe uma vez mais e virou-se para Ash.

"Inspetor", ele disse, "acho melhor o senhor deixar esse assunto com o promotor e comigo. O senhor não esteve à frente desse caso por tempo suficiente para... ahn... digerir a situação, e, ainda que eu tenha consentido com sua proposta de trazer Wolfe até aqui, duvido que o senhor esteja suficientemente a par de... ahn... todos os aspectos envolvidos. Eu descrevi para o senhor as fontes das pressões mais fortes para afastar o inspetor Cramer do caso, o que significou removê-lo também do comando, e, assim, vale considerar que o cliente de Wolfe é a Associação Nacional da Indústria. Queiramos ou não considerar, somos obrigados. Acho melhor o senhor retornar para o seu gabinete, estudar os relatórios um pouco mais profundamente e continuar com as operações. Ao todo, neste momento, existem por volta de quatrocentos homens trabalhando no caso. É trabalho mais do que suficiente para um único homem."

O maxilar de Ash ainda estava funcionando e seus olhos ainda faiscavam. "A decisão é sua, senhor", ele disse com esforço. "Como eu lhe falei, e como o senhor já sabia, Wolfe vem escondendo coisas relativas a assassinatos há anos. Se o senhor deseja que ele se safe chamando um de seus subordinados de imbecil e agredindo-o fisicamente, em seu gabinete..."

"No momento, não estou ligando a mínima para quem vai se safar com o quê." Hombert estava um pouco exasperado. "A única coisa que me importa é resolver este caso e, se isso não acontecer logo, talvez eu não tenha mais nenhum subordinado. Volte para o seu trabalho e me telefone se surgir algo novo."

"Sim, senhor." Ash foi até Wolfe, que estava sentado, e aproximou-se até que os pés dos dois se tocassem. "Um dia", ele prometeu, "vou ajudá-lo a perder um pouco de peso." E caminhou para fora da sala.

Voltei para minha cadeira. Skinner já havia retornado para a dele. Hombert ficou olhando para a porta que se fechara atrás do inspetor, correu os dedos pelo cabelo, abanou a cabeça devagar algumas vezes, foi para sua própria cadeira, atrás da mesa, sentou-se e tirou o telefone do gancho. Em seguida, estava falando:

"Bailey? Quero que você cancele aquele mandado contra Nero Wolfe como testemunha material. Imediatamente. Não, basta cancelá-lo. Envie para mim..."

"E o mandado de busca", acrescentei.

"E também o mandado de busca para a casa de Nero Wolfe. Não, cancele também. Envie os papéis para mim."

Ele desligou e voltou-se para Wolfe. "Muito bem, você se safou. Agora, o que você sabe?"

Wolfe suspirou profundamente. Um olhar casual sobre sua figura volumosa poderia dar a impressão de que ele voltara à placidez, mas, para os meus olhos experientes, vendo que ele tamborilava no braço da cadeira com o dedo médio, era evidente que a turbulência ainda era intensa.

"Primeiro", ele resmungou, "eu gostaria de ser informado sobre algo. Por que o senhor Cramer foi destituído e desmoralizado?"

"Ele não foi."

"Absurdo. Como queira chamar isso, por quê?"

"Oficialmente, para uma mudança de cena. Extra-oficialmente, porque ele perdeu a cabeça, considerando quem são as pessoas envolvidas, e assumiu um fardo maior do que o departamento pode carregar. Quer o senhor goste ou não, existe uma coisa chamada noção de grandeza. Não se pode tratar algumas pessoas como um bando de rufiões do cais do porto."

"Quem os pressionou?"

"A pressão veio de todos os lados. "Nunca vi nada assim. Não vou mencionar nomes. De qualquer modo, esse não foi o único motivo. Cramer estava se perdendo. Pela primeira vez, desde que o conheço, ele ficou confuso. Em uma reunião ontem de manhã, sequer conseguia discutir o problema com inteligência. Ele estava com a idéia fixa em um único aspecto, um pequeno detalhe, e era apenas nisso que conseguia pensar ou falar, aquele cilindro perdido, o décimo cilindro, que poderia ou não estar na valise de couro que Boone deu para a senhorita Gunther pouco antes de ser assassinado."

"O senhor Cramer estava concentrado nisso?"

"Sim. Ele pôs cinqüenta homens atrás disso e queria mais cinqüenta."

"E essa foi uma das razões para afastá-lo?"

"Sim. Na verdade, a razão principal."

Wolfe rosnou. "Hum! Então o senhor também é um imbecil. Não sabia que o senhor Cramer tinha capacidade para perceber isso. Isso duplica minha admiração e respeito por ele. Encontrar aquele cilindro, se não for nossa única chance, é, sem dúvida, a melhor de todas. Se nunca for encontrado, as chances são grandes de que jamais peguemos o assassino."

Uma fungada alta de desgosto veio de Skinner. "Aí está o senhor, Wolfe! Eu suspeitava que eram só fogos de artifício. O senhor disse que já tinha chegado ao assassino."

"Eu não disse nada parecido."

"Disse que sabia quem era."

"Não." Wolfe foi truculento. Tendo sido provocado a ponto de partir para a agressão, ele não tinha como se acalmar novamente. "Eu disse que sabia de algo que me dava uma idéia clara sobre a identidade do assassino, e disse que os senhores também sabiam. Os senhores sabem muitas coisas que eu não sei. Não tentem fingir que os intimidei ao expulsar o senhor Ash e me liberar da custódia dando a impressão que estou pronto para dar o nome do culpado e fornecer a prova. Não estou."

Hombert e Skinner entreolharam-se. O silêncio instalou-se.

"Seu canalha dissimulado", Skinner disse, mas sem muita energia.

"Na verdade, então", Hombert disse com ressentimento, "o senhor está dizendo que não tem nada a nos dizer, nada a nos oferecer, que não pode nos ajudar de forma alguma."

"Estou ajudando de todas as maneiras que posso. Estou pagando vinte dólares por dia para um homem explorar a possibilidade de a senhorita Gunther ter quebrado aquele cilindro em mil pedaços e tê-lo jogado no lixo, em seu apartamento de Washington. Isso é chegar a extremos, pois duvido que ela o tenha destruído. Acho que ela pretendia usá-lo algum dia."

Hombert mexeu-se com impaciência na cadeira, como se a idéia de ir atrás de uma porcaria de cilindro, possivelmente quebrado, só o irritasse. "Suponha", ele disse, "que o senhor nos diga qual é esta coisa que sabemos que lhe dá uma idéia clara de quem seja o assassino, incluindo quem lhe contou. Extra-oficialmente."

"Não é apenas uma coisa."

"Não me interessa se é uma dúzia de coisas. Tentarei lembrar de todas elas. O que são?"

Wolfe balançou a cabeça. "Não, senhor."

"Por que não?"

"Devido ao tratamento idiota que dispensaram ao senhor Cramer. Se essa coisa fizesse sentido para o senhor, e eu acredito que faria, o senhor transmitiria a informação ao senhor Ash, e sabe Deus como ele agiria. Ele poderia até, por pura sorte, fazer algo que resultasse na solução do caso, e eu teria estado muito perto de ter evitado esse desenlace." O dedo médio de Wolfe começou a batucar novamente. "Ajudar o senhor Ash a triunfar? Deus me livre!" Ele franziu as sobrancelhas para Hombert. "Além disso, eu já lhes dei o melhor conselho que podia. Encontrem aquele cilindro. Coloquem cem homens atrás dele, mil. Encontrem-no!"

"Não estamos negligenciando o maldito cilindro. Que tal isso: o senhor acha que a senhorita Gunther sabia quem matou Boone?"

"Claro que sabia."

Skinner interveio. "Naturalmente, o senhor gostaria disso", disse com pessimismo, "uma vez que eliminaria seus clientes. Se a senhorita Gunther soubesse quem era, e fosse um homem da ANI, ela o teria entregado para nós em uma bandeja. Então, se ela sabia, seria e é um dos outros quatro — Dexter ou Kates, ou uma das Boone."

"De forma alguma", Wolfe o contradisse.

"Maldição, mas é claro que sim!"

"Não." Wolfe suspirou. "O senhor está perdendo o principal. O que tem sido o fato mais notável deste caso, de uma semana para cá? Qual a sua característica peculiar? Isso: o público, as pessoas em geral, imediatamente levaram o caso a julgamento, como sempre, sem nem mesmo esperar por uma prisão e, em vez da usual e prolongada discordância e dissensão relativa a diversos suspeitos, chegaram a um veredicto imediato. Quase que por unanimidade condenaram — este é o fato peculiar — não um indivíduo, mas uma organização. O veredicto foi que a Associação Nacional da Indústria assassinou Cheney Boone. Agora, e se o senhor fosse a senhorita Gunther e soubesse quem matou Boone? Não importa como soubesse, essa é outra questão; o ponto é que ela sabia. Eu acho que ela sabia. Suponhamos que ela soubesse que fora o jovem senhor Erskine. Ela o teria exposto? Não. Ela era dedicada aos interesses de sua própria organização, o DRP. Ela viu a maré de ressentimento e indignação contra a ANI aumentando continuamente, em força e intensidade. Ela viu que, se mantida por tempo suficiente, poderia resultar no total descrédito da ANI, de suas propostas, políticas e objetivos. Ela era bastante inteligente para calcular que se um indivíduo, não importa quem, fosse preso pelo assassinato com uma boa prova, a maior parte do ressentimento contra a ANI seria desviada da organização.

Wolfe suspirou novamente. "O que ela deveria fazer? Se ela possuísse uma prova que apontasse para o senhor Erskine, ou para qualquer outra pessoa, ela a esconderia; mas não a destruiria, pois não ia querer que o assassino conseguisse escapar da punição. Ela a guardaria onde não fosse encontrada, mas onde ela pudesse recuperá-la e usá-la quando chegasse a hora, quando a ANI já tivesse sofrido danos suficientes. Nem é mesmo necessário supor que a lealdade ao DRP fosse seu motivo predominante. Suponha que se tratasse de uma devoção pessoal ao senhor Boone e de um desejo de vingá-lo. A melhor vingança possível, a vingança perfeita, seria usar sua morte e a maneira como ela ocorreu para comprometer e destruir a organização que o tinha odiado e tentado desmoralizá-lo. Na minha opinião, a senhorita Gunther seria capaz disso. Era uma jovem extraordinária. Mas cometeu o erro de permitir que o assassino soubesse que ela sabia quem era ele — como isso aconteceu, é outra questão —, e pagou por isso."

Wolfe levantou a mão e a deixou cair. "No entanto,

observem uma coisa. Sua própria morte atende a essa finalidade também. Nos últimos dois dias, a onda de ódio contra a ANI aumentou tremendamente. É um sentimento que está se aprofundando nas pessoas, e logo será impossível eliminá-lo. Ela era uma mulher extraordinária. Não, senhor Skinner, o fato de a senhorita Gunther saber a identidade do assassino não eliminaria meus clientes. Além disso, meu cliente não é um homem, ou alguns homens. Meus cheques vêm da Associação Nacional da Indústria, que, por não ter alma, não poderia de forma alguma cometer um assassinato."

Wolfe ergueu um olho para Hombert. "Falando em cheques, o senhor viu o anúncio da ANI oferecendo uma recompensa de cem mil dólares. O senhor deve dizer aos seus homens que quem quer que encontre o cilindro perdido receberá essa recompensa."

"É mesmo?" Hombert foi cético. "O senhor está tão mal quanto Cramer. O que lhe dá tanta certeza sobre aquele cilindro? Está com ele no bolso?"

"Não. Ah, se eu estivesse!"

"O que lhe dá tanta certeza sobre ele?"

"Bem. Posso dizer em uma frase."

"Temos todo o tempo de que precisar."

"O senhor Cramer não explicou ao senhor?"

"Esqueça Cramer. Ele está fora disso."

"O que não é nada favorável à sua boa reputação, senhor." Wolfe rearranjou seus pontos de pressão e ângulos, movendo a massa para chegar ao centro de gravidade correto para o máximo de conforto. Uma cadeira estranha sempre lhe apresentava um problema de engenharia complexo. "O senhor realmente quer que eu prossiga com isso?"

"Sim."

"Senhor Skinner?"

"Sim."

"Muito bem, continuarei." Wolfe fechou os olhos. "Ficou claro, desde o começo, que a senhorita Gunther estava mentindo sobre a valise de couro. O senhor Cramer sabia disso, é claro. Quatro pessoas afirmaram que a viram saindo da sala da recepção com a valise, pessoas que não poderiam saber, na época, que seu conteúdo tivesse alguma relação com o assassinato — a não ser que estivessem todas envolvidas em uma conspiração assassina, o que é um contra-senso. Além disso, a senhora Boone esteve a ponto de acusar a senhorita Gunther de falsidade, e a senhora Boone estava na mesma mesa que ela, no salão. Então a senhorita Gunther estava mentindo, como o senhor pode ver."

"Continue", Skinner murmurou.

"É o que pretendo. Por que a senhorita Gunther mentiu sobre a valise e fingiu que ela tinha desaparecido? Obviamente, porque não queria que o texto dos cilindros, de um deles ou de mais de um, fosse conhecido. Por que não queria? Não só porque ele continha informações ou intenções confidenciais do DRP. Esse texto, como ela bem sabia, poderia ser confiado seguramente aos ouvidos do FBI, mas ela audaciosa e lepidamente o escondeu. Fez isso porque algo nele apontava de forma definitiva e inequívoca para o assassino do senhor Boone. Ela..."

"Não", Hombert objetou. "Isso está fora de questão. Ela mentiu sobre a valise antes mesmo de poder saber disso. Ela nos disse na manhã de quarta-feira, na manhã seguinte à morte de Boone, que havia deixado a valise no parapeito da janela da sala de recepção, antes de ter a oportunidade de ouvir o que os cilindros continham. Então ela não poderia saber disso.

"Poderia, sim."

"Ela poderia saber o que havia naqueles cilindros sem ter acesso a um aparelho estenofone?"

"Certamente. Pelo menos em um deles. O senhor Boone disse o que havia nele quando deu a ela a valise de couro na tarde de terça-feira, no quarto em que logo depois ele seria morto. Ela também mentiu sobre isso; viu-se obrigada, naturalmente. Ela mentiu sobre isso para mim, da forma mais convincente, no meu escritório, na noite de sexta-feira. Eu deveria tê-la advertido de que sua ousadia estava beirando a imprudência, mas não disse nada. Eu teria desperdiçado meu fôlego. Cautela quanto ao risco pessoal não estava em sua constituição — como os acontecimentos provaram. Se estivesse, ela não teria permitido que um homem que ela sabia ser capaz de cometer um assassinato se aproximasse dela sozinha, na escada de entrada da minha casa."

Wolfe balançou a cabeça de um lado para outro, os olhos ainda fechados. "Ela era realmente extraordinária. Seria interessante saber onde ela escondeu a valise com os cilindros até a tarde de quinta-feira. Teria sido muito arriscado esconder no apartamento do senhor Kates, que poderia ser revistado pela polícia a qualquer momento. Possivelmente ela a guardou no depósito de bagagem da Grand Central, ainda que isso lhe pudesse parecer um pouco banal. De qualquer modo, ela a levava consigo, na mala, quando foi para Washington na tarde de quinta-feira, com o senhor Dexter e com sua permissão."

"Permissão de Cramer", Hombert resmungou.

Wolfe ignorou. "Eu gostaria de enfatizar", ele disse com a voz um pouco mais alta, "que nada disso é conjectura, a não ser por detalhes sem importância de cronologia e método. Em Washington, a senhorita Gunther foi para o escritório, ouviu os cilindros e descobriu qual deles continha a mensagem sobre a qual o senhor Boone lhe havia falado. Sem dúvida, ela queria saber exatamente o que dizia, mas também queria simplificar o problema. Não é fácil esconder um objeto do tamanho daquela valise de um exército de especialistas em buscas. Ela quis reduzir o problema para um único cilindro. Outra coisa: ela concebeu um plano. Levou os nove cilindros eliminados para o apartamento de Washington e os escondeu casualmente em uma caixa de chapéu na prateleira do armário. Também pegou dez outros cilindros usados previamente, que estavam no escritório, colocou-os na valise de couro, trouxe-a consigo na volta para Nova York e a guardou no depósito de bagagem da Grand Central.

200

"Essa foi a preparação para o plano, e provavelmente ela teria seguido adiante com ele no dia seguinte, usando a polícia para o engodo, não fosse pelo convite que fiz a todos para uma conversa em meu escritório. Ela decidiu esperar pelos acontecimentos. Por que ela ignorou meu convite, não sei, e não vou forçar nenhum palpite. Naquela mesma noite, sexta-feira, o senhor Goodwin foi atrás dela e a levou ao meu escritório. Ela provocara uma profunda impressão sobre ele, e afetou-me ao se revelar uma pessoa de qualidade incomum. Evidentemente, sua opinião a nosso respeito era menos favorável. Ela chegou à conclusão de que éramos mais vulneráveis ao embuste do que a polícia; e, no dia seguinte, sábado, depois de ter enviado o tíquete de bagagem para o senhor O'Neill e feito a ligação para ele, dando o nome de Dorothy Unger, ela enviou-me um telegrama, assinado com o nome do senhor Breslow, transmitindo a idéia de que os movimentos de O'Neill poderiam render alguma coisa. Nós corroboramos a opinião dela a nosso respeito. O senhor Goodwin estava no endereço de O'Neill bem cedo na manhã de domingo, como a senhorita Gunther esperava que ele estivesse. Quando O'Neill apareceu, foi seguido, e os senhores sabem o que aconteceu."

"Não entendo", Skinner interrompeu, "por que O'Neill foi um otário tão fácil naquele telefonema de Dorothy Unger. Será que o maldito idiota não suspeitou de uma armadilha? Ou ele é mesmo um palerma ou coisa parecida?"

Wolfe balançou a cabeça negativamente. "Agora o senhor está pedindo mais do que eu tenho. O senhor O'Neill é um cabeça-dura e um presunçoso, o que pode explicar alguma coisa; e sabemos que ele se sentiu irresistivelmente tentado a saber o que havia naqueles cilindros, ou por ter matado o senhor Boone ou por algum outro motivo ainda por descobrir. Presumivelmente, a senhorita Gunther sabia o que poderia ser esperado dele. De qualquer modo, seu plano foi relativamente bem-sucedido. Ele nos deixou a todos nessa via lateral por um ou dois dias, atrapalhou ainda mais a questão dos cilindros e da valise, e resultou em mais um envolvimento de um homem da ANI, sem, no entanto, o efeito indesejável — indesejável para a senhorita Gunther — de expô-lo como o assassino. Ela estava poupando isso — a divulgação da identidade do assassino e as provas que tinha — para o momento que melhor atendesse a seu objetivo.

"O senhor tem provas de tudo isso", Skinner disse sarcasticamente. "Por que não ligou para ela ou a chamou em seu escritório para lhe dar uma lição sobre suas obrigações de cidadã?"

"Isso era impraticável. Ela estava morta."

"Ah? Então o senhor só soube disso tudo depois de ela ter sido morta?"

"Claro que não. Como poderia? Alguma coisa, sim, não importa quanto. Mas quando chegou a notícia de Washington, de que haviam encontrado no apartamento da senhorita Gunther, superficialmente escondidos, nove dos cilindros que o senhor Boone havia usado no ditado na tarde de sua morte, e não dez, a história se completou. Não havia outra explicação aceitável. Todas as questões tornaram-se reles e inúteis, a não ser uma: onde está o décimo cilindro?"

"Por onde quer que o senhor comece uma frase", Hombert reclamou, mal-humorado, "sempre acaba nesse maldito cilindro!"

Wolfe abriu os olhos o suficiente para espiar Hombert. "O senhor tente fazer uma frase que faça sentido e deixe o cilindro de fora."

Skinner perguntou: "E se ela o jogou no rio?".

"Não jogou."

"Por que não?"

"Eu já lhe disse. Porque ela pretendia usá-lo, quando chegasse a hora, para que o assassino fosse punido."

"E se o senhor estiver cometendo seu primeiro e único erro e ela jogou o cilindro no rio?"

"Drague o rio. Todos os rios a que ela pudesse chegar."

"Não seja irônico. Responda à minha pergunta."

Wolfe deu de ombros ostensivamente. "Nesse caso, estaríamos acabados. Nunca o encontraríamos."

"Eu acho", Hombert disse enfaticamente, "que se pode pensar que o senhor gostaria de nos convencer a acreditar em um monte de besteiras. Não digo que seja um mentiroso descarado."

"Não digo que não sou, senhor Hombert. Todos nós corremos esses riscos quando trocamos palavras com outras pessoas. Então posso muito bem ir para casa..."

"Espere um minuto", Skinner retrucou. "O senhor quer dizer que, como investigador especializado, recomenda abandonar todas as linhas de investigação a não ser a busca por esse cilindro?"

"Eu não pensaria isso." Wolfe franziu as sobrancelhas, refletindo. "Especialmente, não com mil ou mais homens à disposição. É claro que não sei o que já foi e o que ainda não foi feito, mas sei que tais coisas andam e duvido que tenham deixado muitos elementos passarem em um caso dessa importância, conhecendo o senhor Cramer como conheço. Por exemplo, aquele pedaço de cano de ferro; suponho que todos os esforços possíveis foram feitos para descobrir de onde ele veio. A questão das chegadas em minha casa, na noite de segunda-feira, claro que foi explorada com todos os recursos e engenhosidade. Os moradores de todos os prédios em meu quarteirão, dos dois lados da rua, naturalmente foram entrevistados sobre a chance remota, improvável naquela pacata vizinhança, de que alguém tenha visto ou ouvido alguma coisa. A questão da oportunidade por si, a noite do jantar no Waldorf, deve ter mantido uma dúzia de homens ocupados por uma semana, e talvez os senhores ainda estejam trabalhando nisso. Consultas sobre relacionamentos, tanto às claras quanto ocultos, a verificação e reverificação do álibi do senhor Dexter — esses e outros mil detalhes receberam, inquestionavelmente e de forma competente, a devida atenção."

Wolfe sacudiu um dedo. "E onde estão os senhores?

Tão mergulhados em um pântano de futilidade e estupefação que recorrem a truques circenses como enterrar o senhor Cramer e substituí-lo por um bufão como o senhor Ash, e emitir um mandado de prisão contra mim! Por muito tempo, familiarizei-me com as habilidades e realizações da polícia de Nova York, e nunca esperei ver o dia em que o inspetor responsável pelo Esquadrão de Homicídios tentaria resolver um caso complexo de assassinato arrastando-me para uma cela, atacando minha pessoa, colocando-me algemas e ameaçando-me fisicamente!"

"Isso é um pouco de exagero. Isto aqui não é uma cela, e eu não..."

"É o que ele pretendia", Wolfe sorriu assertivamente. "E teria feito. Muito bem. Os senhores pediram meu conselho. Eu manteria, dentro do razoável, todas as linhas de investigação que já foram iniciadas, e iniciaria qualquer outra que apresentasse alguma possibilidade, pois, não importa o que o cilindro diga aos senhores — se e quando o encontrarem —, certamente precisarão de qualquer indício de suporte e corroboração. Mas a principal chance, a única esperança real, é o cilindro. Sugiro que tentem o seguinte. Ambos encontraram-se com a senhorita Gunther? Ótimo. Sentem-se, fechem os olhos e imaginem que é a tarde de quinta-feira. Os senhores são a senhorita Gunther, sentada no escritório da sede do DRP, em Washington. Os senhores já decidiram o que fazer com a valise de couro e os nove cilindros eliminados; esqueçam isso. O cilindro está em suas mãos, a questão é o que fazer com ele. Os senhores estariam atrás do seguinte: protegê-lo contra riscos físicos, mantê-lo facilmente acessível, caso viessem a precisar dele de repente, e ter certeza de que, independentemente de quantas ou quais pessoas estivessem à procura dele, não importava com quanta persistência ou engenhosidade, ninguém o encontraria." Wolfe olhou de um para o outro. "Este é o seu probleminha, senhorita Gunther. Nada tão simples — como, por exemplo, escondê-lo no escritório do DRP — deve sequer ser considerado. Algo muito além disso, realmente refinado, é o que se deve conceber. Seu próprio apartamento seria simplesmente ridículo; os senhores demonstraram estar bem cientes disso ao dispor dos outros nove cilindros como fizeram. Talvez o apartamento de um amigo confiável? Trata-se de assassinato, algo da maior gravidade e de extrema importância; os senhores confiariam tanto assim em algum outro ser humano? Estão prontos para partir, ir primeiro para o seu apartamento e depois pegar um avião para Nova York. Sabem que provavelmente ficarão em Nova York por alguns dias. Levariam o cilindro com os senhores ou o deixariam em Washington? Em caso afirmativo, onde? Onde? Onde?"

Wolfe girou a mão no ar. "Esta é a sua pergunta, cavalheiros. Respondam-na como a senhorita Gunther acabou por responder, e suas preocupações chegarão ao fim." Ele se levantou. "Estou gastando mil dólares por dia tentando descobrir como a senhorita Gunther a respondeu." Ele estava multiplicando o valor por dois, e não era o seu dinheiro que estava sendo gasto, mas, pelo menos, não era uma mentira deslavada. "Vamos, Archie. Quero ir para casa."

Eles não queriam deixá-lo ir mesmo assim, o que foi a melhor demonstração até então da lamentável condição em que se encontravam. Com certeza estavam frustrados, perdidos e sem absolutamente nada nas mãos. Wolfe os consolou com magnanimidade, compondo algumas outras sentenças bem construídas, ricamente guarnecidas de sujeitos, predicados e orações subordinadas, que não significavam porcaria nenhuma, e depois marchou para fora da sala, eu atrás. Ele adiara a saída, segundo percebi, até que um funcionário viesse deixar alguns papéis na mesa de Hombert, o que aconteceu exatamente quando Wolfe dizia ao comissário e ao promotor que fechassem os olhos e fingissem ser a senhorita Gunther.

Na volta para casa, ele sentou-se no banco de trás, como sempre fazia, agarrando-se firmemente, devido à

205

sua teoria de que quando — não se e quando, apenas quando — o carro resolvesse sair de lado e esmagar algum objeto imóvel, as chances no banco de trás, ainda que remotas, eram um pouco melhores do que no banco da frente. No caminho para a Centre Street eu havia, mediante sua solicitação, feito um resumo de minha sessão com Nina Boone, e agora, ao voltar para casa, completei as lacunas. Eu não podia dizer se aquilo continha alguma migalha que ele considerasse nutritiva, pois estava de costas para ele e seu rosto não estava na linha de visão do meu espelho, e também porque as emoções que o acometiam por estar em um veículo em movimento eram por demais esmagadoras para permitir reações de menor importância.

Assim que Fritz nos deixou entrar no saguão e eu me dediquei aos chapéus e casacos, Wolfe aparentou estar quase bem-humorado. Ele havia enfrentado as feras e estava de volta em casa, seguro, e eram apenas seis da tarde, hora da cerveja. Mas Fritz estragou tudo de uma vez dizendo-nos que tínhamos uma visita aguardando no escritório. Wolfe fechou a cara e murmurou ferozmente:

"Quem é?"

"A senhora Cheney Boone."

"Pelo amor de Deus. Aquela velhota histérica?"

O que era absolutamente injusto. A senhora Boone estivera na casa apenas duas vezes, em nenhuma delas se poderia chamar as circunstâncias de tranqüilas, e eu não vira o mais leve sinal de histeria.

30

Eu tinha feito um estudo longo e minucioso sobre a atitude de Wolfe em relação às mulheres. O elemento principal de uma mulher que parecia irritá-lo era o fato de ela ser mulher; o longo histórico não revelava nenhuma exceção; mas, desse ponto em diante, a documentação era irregular. Se a mulher, por ser mulher, o incomodava, era de se supor que a maioria dos detalhes femininos seriam o pior para ele, mas vezes sem fim percebi que ele providenciava para que a cadeira de uma mulher fosse colocada de forma que sua mesa não obstruísse a visão das pernas dela, e a resposta para isso não poderia ser que seu interesse era profissional e que ele decifrava o caráter baseando-se nas pernas, pois, quanto mais velhas e robustas fossem as mulheres, menos interessado ficava no lugar onde se sentariam. Trata-se de uma questão muito complexa, e um dia dedicarei um capítulo inteiro a ela. Outro pequeno detalhe: ele é muito mais suscetível aos narizes das mulheres do que aos dos homens. Jamais fui capaz de identificar que extremos ou variações heterodoxas em narizes masculinos tivessem qualquer efeito sobre ele, como ocorria com os das mulheres. Acima de tudo, ele não gostava de narizes achatados, ou, na verdade, de qualquer curva para o interior ao longo da ponte.

A sra. Boone tinha um nariz achatado, e ele era pequeno demais em relação ao entorno. Notei que Wolfe o olhava enquanto se recostava na cadeira. Então, ele disse em tom rabugento e hostil, beirando a grosseria:

"Tenho apenas dez minutos, senhora."

Totalmente à parte do nariz, a aparência dela era terrível. Ela havia tentado alguma coisa com o estojo de maquiagem, mas pelo visto sem nenhuma preocupação com o resultado, e, de todo modo, teria sido trabalho para um artista. Ela estava completamente arrasada e seu rosto deixara de tentar fingir algo diferente.

"Naturalmente", ela disse, em uma voz que se sustentava bem melhor do que o rosto, "o senhor está se perguntando por que estou aqui."

"Naturalmente", Wolfe concordou.

"Refiro-me ao porquê de ter vindo falar com o senhor, uma vez que está do outro lado. É porque telefonei para o meu primo nesta manhã e ele me falou do senhor."

"Eu não estou", Wolfe disse secamente, "do outro lado, ou de qualquer lado. Estou encarregado de capturar o assassino. Conheço seu primo?"

Ela assentiu. "General Carpenter. Esse era meu nome de solteira. É meu primo em primeiro grau. Está no hospital, recuperando-se de uma cirurgia, caso contrário teria vindo me ajudar quando meu marido foi morto. Ele me disse para não acreditar em nada do que o senhor disser, mas para fazer qualquer coisa que o senhor aconselhar. Disse que o senhor segue seu próprio conjunto de regras e que, se está trabalhando em um caso de assassinato, o único que pode realmente contar com o senhor é o assassino. Uma vez que o senhor conhece meu primo, sabe o que ele quer dizer. Estou acostumada com ele."

Ela parou, olhou para mim e de novo para Wolfe, passou seu lenço sobre o lábio inferior e nos cantos da boca, o que não melhorou as coisas em nada. Quando sua mão voltou para o colo, ela segurava o lenço como se tivesse medo de que alguém fosse arrancá-lo dela.

"Então?", Wolfe a encorajou.

"Então vim falar com o senhor em busca de conselho. Ou talvez eu devesse dizer que vim decidir se desejo pedir-lhe conselhos. Preciso da orientação de alguém, e não sei..." Ela olhou de novo para mim, voltou-se para Wolfe, e fez um gesto com a mão que não estava guardando o lenço. "Preciso dizer por que prefiro não procurar o FBI ou a polícia?"

"A senhora não é obrigada a me dizer nada. E já está falando há três ou quatro minutos."

"Eu sei. Meu primo advertiu-me de que o senhor seria terrivelmente rude... Então eu poderia ser direta e dizer que acho que sou responsável pela morte de Phoebe Gunther."

"Este é um pensamento perturbador", Wolfe resmungou. "Como chegou a ele?"

"É o que quero lhe dizer, e suponho que realmente vou dizer ou não teria vindo aqui, mas, enquanto fiquei sentada aqui esperando, levantei-me uma dúzia de vezes e voltei a sentar. Não sei o que fazer e na noite passada achei que ia ficar louca. Sempre dependi de meu marido para tomar decisões importantes. Não quero falar com a polícia nem com o FBI, porque posso ter cometido algum tipo de crime, não sei. Mas parece ser tolice dizer ao senhor como meu marido se sentia em relação à ANI e, é claro, também me sinto da mesma maneira em relação a eles, e o senhor está trabalhando para eles, então está do lado deles. Suponho que deva ir a um advogado, e eu conheço vários advogados, mas acho que não há nenhum para quem eu possa dizer isso. Todos parecem falar sobre tudo, e eu nunca entendo o que estão dizendo."

Isso deve ter amaciado Wolfe. Ele ficou um pouco mais receptivo, dando-se ao trabalho de repetir que não estava de nenhum lado. "Para mim", ele declarou, "isso não é uma rixa particular, o que quer que seja para os outros. Qual foi o crime que a senhora cometeu?"

"Não sei se foi um crime."

"O que a senhora fez?"

"Eu não fiz nada. Esse é o problema. O que aconteceu foi que a senhorita Gunther me disse o que estava fazendo e eu prometi a ela que não contaria a ninguém, e acho que..."

Ela parou. Em seguida, continuou: "Isso não é verdade, não tenho apenas um sentimento. Tenho certeza".

"Certeza do quê?"

"Tenho certeza de que, se eu tivesse avisado a polícia sobre o que ela me contou, ela não teria sido morta. Mas eu não contei, porque ela me explicou que o que estava fazendo era para ajudar o DRP e atingir a ANI, e que isso era o que meu marido teria gostado mais do que qualquer outra coisa." A viúva olhava para o rosto de Wolfe como se tentasse vê-lo por dentro. "E ela estava perfeitamente certa. Eu ainda estou decidindo se vou lhe contar. Apesar do que o senhor disse, existe o lado do meu marido e o outro lado, e o senhor trabalha para a ANI. Depois que falei com meu primo, resolvi vir aqui para ver o que achava do senhor."

"E o que achou?"

"Não sei." Ela balançou a mão vagamente. "Eu realmente não sei."

Wolfe franziu as sobrancelhas para ela silenciosamente, depois suspirou fundo e virou-se para mim.

"Archie."

"Sim, senhor?"

"Seu caderno. Anote uma carta. A ser enviada esta noite, para ser entregue pela manhã. Para a Associação Nacional da Indústria, em atenção ao senhor Frank Thomas Erskine.

Cavalheiros,

O curso dos acontecimentos fez com que me sinta obrigado a informá-los de que para mim será impossível continuar a agir em seu nome em relação à investigação dos assassinatos do senhor Cheney Boone e da senhorita Phoebe Gunther. Sendo assim, anexo aqui meu cheque de trinta mil dólares, devolvendo o adiantamento que me foi feito e encerrando minha associação com os senhores neste assunto. Atenciosamente."

* * *

Anotei as últimas palavras e olhei para ele. "Devo preparar o cheque?"

"Certamente. Você não poderá anexá-lo se ele não estiver pronto." Os olhos de Wolfe moveram-se para a visitante. "Então, senhora Boone, isso deve ter algum efeito sobre sua relutância. Mesmo aceitando seu ponto de vista, de que eu estava do outro lado, agora não estou mais. O que a senhorita Gunther disse que estava fazendo?"

A viúva olhava para ele, pasma. "Trinta mil dólares?", ela perguntou incrédula.

"Sim." Wolfe forçou um sorriso. "Uma soma significativa."

"Mas isso é tudo que a ANI estava pagando ao senhor? Apenas *trinta mil*? Eu achava que seria vinte vezes mais do que isso! Eles têm centenas de milhões — bilhões!"

"Isso era apenas o adiantamento", Wolfe disse, impaciente. O sorriso forçado se fora. "De qualquer modo, agora sou neutro. O que a senhorita Gunther disse para a senhora?"

"Mas agora... o senhor não vai receber mais nada!" A sra. Boone estava totalmente desconcertada. "Meu primo contou-me que, durante a guerra, o senhor trabalhou duro para o governo, sem cobrar nada, mas que cobrava preços exorbitantes de particulares. Devo lhe dizer — caso o senhor não saiba — que não tenho como lhe pagar nada exorbitante. Eu poderia...", ela hesitou, "eu poderia lhe dar um cheque de cem dólares."

"Não quero um cheque." Wolfe estava exasperado. "Se não posso ter um cliente neste caso sem ser acusado de tomar partido em uma vendeta de sangue, não quero um cliente. Mas que droga! O que a senhorita Gunther disse para a senhora?"

A sra. Boone olhou para mim, e eu tive a sensação desconfortável de que ela estava buscando algum tipo de semelhança com o marido morto, com ele ausente e, portanto, indisponível para as decisões difíceis. Achei que talvez ajudasse se eu assentisse, para tranqüilizá-la, e o fiz. Se isso rompeu o nó ou não, não sei, mas alguma coisa aconteceu e ela se abriu com Wolfe:

"Ela sabia quem matou meu marido. Meu marido disse alguma coisa a ela naquele dia, quando lhe deu a valise de couro, e por isso ela sabia, e ele também ditou algo em um daqueles cilindros que falava sobre o assunto, então o cilindro era uma prova, e ela o tinha. Ela o estava guardando e pretendia entregá-lo à polícia, mas estava esperando até que as conversas, rumores e a opinião pública tivessem provocado o maior dano possível à ANI. Ela me falou sobre isso porque eu fui lhe dizer que sabia da mentira sobre a valise de couro, que eu sabia que estava com ela na mesa do salão de jantar, e que eu não ficaria mais calada sobre isso. Ela me disse o que estava fazendo para que eu não falasse com a polícia sobre a valise."

"Quando foi isso? Em que dia?"

Ela pensou por um minuto, aprofundando a ruga da testa, e depois balançou a cabeça, em dúvida. "Os dias", ela disse, "os dias estão todos misturados."

"Claro que estão, senhora Boone. Foi na noite de sexta-feira, quando a senhora esteve aqui com os outros na primeira vez, quando quase falou sobre isso e mudou de idéia. Foi antes ou depois disso?"

"Foi depois. Foi no dia seguinte."

"Então foi no sábado. Outra coisa que vai ajudá-la a se situar: na manhã de sábado, a senhora recebeu um envelope pelo correio, contendo sua foto de casamento e os documentos do carro. A senhora se lembra disso? Foi no mesmo dia?"

Ela assentiu com certeza. "Sim, claro que foi. Porque eu falei com ela sobre isso, e ela me disse que escrevera uma carta para ele — para o homem que matou meu marido —, ela sabia que meu marido sempre levava a foto do casamento na carteira que estava sumida... ele a carregou por mais de vinte anos... vinte e três anos..."

212

A voz da viúva perdeu-se. Ela engoliu em seco, ficou em silêncio sem tentar prosseguir, e engoliu de novo. Se ela perdesse o controle completamente e começasse a produzir ruídos e lágrimas, não se sabe o que Wolfe faria. Ele poderia até tentar agir como um ser humano, o que teria provocado uma tensão horrível sobre todos nós. Então eu disse a ela rispidamente:

"Está bem, senhora Boone, acalme-se. Quando estiver pronta, diga: para que ela escreveu uma carta ao assassino? Para dizer a ele que devolvesse a foto do casamento?"

Ela assentiu e encontrou um pouco de voz para balbuciar: "Sim".

"De fato", Wolfe disse para ajudá-la.

A viúva assentiu novamente. "Ela me disse que sabia que eu queria aquela foto, e escreveu a ele para dizer que sabia quem ele era e que ele devia mandá-la para mim."

"O que mais ela escreveu?"

"Eu não sei. Isso foi tudo o que ela me disse."

"Mas ela lhe disse quem ele era?"

"Não, ela não me disse." A sra. Boone interrompeu-se novamente, ainda tentando recuperar a voz. "Ela disse que não ia me contar porque seria esperar demais que eu não demonstrasse que sabia. Disse que eu não precisava me preocupar com a punição dele, não havia dúvidas sobre isso, e, além do mais, seria perigoso para mim se eu soubesse. É aí que devo ter errado... é por isso que acho que sou responsável pela morte dela. Se seria perigoso para mim, era perigoso para ela, especialmente depois que ela escreveu aquela carta. Eu deveria tê-la obrigado a falar com a polícia, e, se ela não aceitasse, eu deveria ter quebrado minha promessa e contado para a polícia eu mesma. Então ela não teria sido morta. De qualquer modo, ela disse que achava que estava agindo contra a lei, retendo informações e ocultando provas, então fiquei com isso na cabeça também, que eu a estava ajudando a ir contra a lei."

"A senhora não precisa mais se preocupar, ao menos

com isso", Wolfe garantiu a ela. "Falo de transgredir a lei. Não há problemas quanto a isso. Ou deixará de haver, assim que a senhora disser a mim, e eu contar para a polícia, onde a senhorita Gunther escondeu o cilindro."

"Mas eu não posso. Isso é outra coisa. Eu não sei. Ela não me disse."

Os olhos de Wolfe arregalaram-se. "Bobagem!", ele disse rudemente. "É claro que lhe contou."

"Não, não contou. Esse é um dos motivos por que vim falar com o senhor. Ela disse que eu não precisava me preocupar com a punição do homem que matou meu marido. Mas se aquela é a única prova..."

Os olhos de Wolfe fecharam-se novamente. Houve um longo silêncio. A sra. Boone olhou para mim, talvez em busca de uma semelhança, mas, o que quer que ela estivesse procurando, não deu nenhuma indicação de ter encontrado. Por fim, ela se dirigiu a Wolfe de novo:

"Então o senhor entende por que preciso de conselhos..."

As pálpebras dele moveram-se o suficiente para abrir duas fendas. No lugar dele, eu teria pelo menos agradecido toda a corroboração das suspeitas, mas, aparentemente ele estava por demais desolado pelo fracasso em descobrir onde estava o cilindro.

"Lamento, senhora", ele disse, sem nenhum tremor perceptível de pesar ou nada parecido, "que eu não possa ajudá-la. Não há nada que eu possa fazer. Tudo o que lhe posso dar é o que a senhora veio buscar, conselho, e a senhora é bem-vinda por isso. O senhor Goodwin a levará de carro para o hotel. Ao chegar lá, ligue para a polícia imediatamente e diga que tem informações para eles. Quando eles chegarem, conte-lhes tudo o que me disse e responda às perguntas enquanto agüentar. Não precisa ter medo de ser considerada culpada ou fora-da-lei. Concordo que, se a senhora houvesse quebrado sua promessa, provavelmente a senhorita Gunther não teria sido morta, mas foi ela quem lhe pediu que prometesse, então a responsabilidade é dela. Além disso, ela pode suportar isso. É impressionante o fardo de responsabilidade que os mortos podem agüentar. Tire isso de sua cabeça também, se puder." Ele estava em pé. "Boa noite, senhora."

Então de fato levei uma Boone de nosso escritório para casa, ainda que não fosse Nina. Uma vez que, aparentemente, ela nos dera tudo o que tinha e, assim, não apresentava nenhum outro interesse imediato, nem sequer me preocupei em descobrir se alguém a estava seguindo e concentrei-me nas obrigações de chofer. Ela não parecia interessada em conversar, o que simplificava as coisas. Eu a deixei em segurança na entrada do Waldorf e dirigi-me de volta para o centro. Além da atenção na direção, o que era automático, eu não tinha motivo para tentar me concentrar no trabalho, uma vez que haviam me deixado na geladeira e, portanto, eu não tinha trabalho, então deixei-me levar para Phoebe Gunther. Relembrei as horas em que estive com ela, o jeito como ela falava e se comportava, tendo em vista o meu conhecimento atual do que ela vinha fazendo, e concluí que ela estivera corretíssima. Eu tinha uma tendência para ir atrás de falhas, especialmente quando mulheres jovens estavam envolvidas, mas, nessa ocasião, não havia começado a lista quando cheguei em casa.

Wolfe estava bebendo cerveja, como observei ao entrar pela porta do escritório simplesmente para lhe dizer:

"Estarei lá em cima. Eu sempre gosto de lavar as mãos depois de encontrar certos tipos de policiais — refiro-me ao inspetor Ash —, e eu..."

"Venha cá. A carta e o cheque. É melhor prepará-los."

Eu olhei para ele, abobado. "O quê? Para a ANI?"

"Sim."

"Meu Deus, o senhor quer dizer que realmente vai enviá-la?"

"Certamente. Eu não disse àquela mulher que eu a faria? Não foi com esse acordo que ela me contou aquilo tudo?"

Sentei-me à mesa e lancei-lhe um olhar penetrante. "Isso", eu disse sombriamente, "não é ser excêntrico. Isso é simples demência. E a Operação Folha de Pagamento? E de onde o senhor tirou esses escrúpulos súbitos? E, de qualquer forma, ela não lhe disse a única coisa que o senhor desejava saber." Abruptamente, tornei-me respeitoso. "Lamento reportar, senhor, que o talão de cheques foi extraviado."

Ele resmungou. "Faça o cheque e datilografe a carta. Imediatamente." Ele apontou para uma pilha de envelopes em sua mesa. "Depois o senhor pode examinar esses relatórios do escritório do senhor Bascom. Eles acabaram de chegar por um mensageiro."

"Mas sem cliente... Devo ligar para Bascom e dizer a ele que pare?"

"Claro que não."

Fui até o cofre pegar o talão de cheques. Enquanto preenchia o canhoto, observei: "Estatísticas mostram que quarenta e dois vírgula três por cento de todos os gênios enlouquecem cedo ou tarde".

Ele não fez comentários. Simplesmente bebeu a cerveja e permaneceu sentado. Agora que eu recebera permissão para saber o que os homens de Bascom estavam fazendo, ele nem mesmo ajudaria a abrir os envelopes. O que quer que fosse, devia ser bom, pois ele evidentemente pretendia continuar pagando por isso do próprio bolso. Golpeei as teclas da máquina de escrever em um estado de estupefação. Quando pus o cheque e a carta diante dele para que assinasse, disse em tom queixoso:

"Perdoe-me por mencionar isso, mas as cem pratas da senhora Boone ajudariam. Parecem ser mais para o nosso porte. Ela disse que teria como pagar."

Ele usou o mata-borrão. "É melhor levar isso até o correio. Desconfio que a coleta noturna daquela caixa não seja feita algumas vezes."

Então, assumi o cargo de chofer mais uma vez. Era uma caminhada de apenas dez minutos de ida e volta do correio da Nona Avenida, mas eu não estava com espírito para caminhadas. Gosto de caminhar apenas quando posso ver algum futuro pela frente. Ao voltar, estacionei o carro na garagem, uma vez que a noite, obviamente, seria totalmente vazia.

Wolfe ainda estava no escritório, aparentando perfeita normalidade. Ele olhou para mim, depois para o relógio e novamente para mim.

"Sente-se por um momento, Archie. Você terá bastante tempo para se lavar antes do jantar. O doutor Vollmer virá aqui mais tarde, e você precisa de algumas instruções."

Pelo menos sua mente ainda funcionava o suficiente para convocar um médico.

31

O dr. Vollmer deveria chegar às dez horas. Às nove e cinqüenta, o palco estava montado, no quarto de Wolfe. Eu, na cadeira dele, junto ao abajur, com uma revista. Wolfe, na cama. Wolfe na cama era sempre uma visão notável, mesmo acostumado a ela como eu estava. A começar pelo pé da cama — amarelado com amplas faixas marrons —, depois a coberta de seda preta, em seguida a amplidão do casaco amarelo do pijama, e por último a carne do rosto. Na minha opinião, Wolfe estava bem consciente de que preto e amarelo era uma combinação berrante, e ele a usava, deliberadamente, para provar que, não importava quanto a situação fosse espalhafatosa, ele podia dominá-la. Muitas vezes pensei que gostaria de vê-lo experimentar rosa e verde. O resto do quarto — tapetes, móveis e cortinas — era normal, grande e confortável, sem constrangimentos para o visitante.

O dr. Vollmer, recebido no primeiro andar por Fritz e conhecendo a casa, subiu um lance de escada sozinho e entrou no quarto, deixando a porta aberta. Carregava sua maleta. Tinha um rosto redondo e orelhas redondas, e há dois ou três anos desistira de qualquer tentativa de ficar em pé com a barriga para dentro e o peito para fora. Eu lhe disse olá e apertei sua mão, depois ele foi para o lado da cama com uma saudação amigável e a mão estendida.

Wolfe torceu o pescoço para olhar para a mão estendida, grunhiu com desdém e resmungou: "Não, obrigado. Qual é o preço máximo? Não quero nenhum".

Junto ao pé da cama, eu disse apressadamente: "Eu deveria ter explicado...", mas Wolfe interrompeu, esbravejando para Vollmer: "Você quer pagar dois dólares por meio quilo de manteiga? Cinqüenta centavos por cadarços de sapato? Um dólar por uma garrafa de cerveja? Vinte dólares por uma orquídea, uma *Laeliocattleya* ordinária e murcha? Ora, maldição, responda!". Então ele parou de esbravejar e começou a resmungar.

Vollmer sentou-se na beira de uma cadeira, colocou a maleta no chão e piscou várias vezes para Wolfe e para mim.

Eu disse: "Não sei se é o nervosismo ou o quê".

Wolfe disse: "O senhor me acusa de trazê-lo aqui sob falsos pretextos. Acusa-me de querer seu dinheiro emprestado. Só porque eu lhe pedi cinco dólares emprestados até o começo da próxima guerra, o senhor me acusa!". Ele sacudiu um dedo de advertência na direção do rosto redondo e atônito de Vollmer. "Deixe que lhe diga uma coisa, o senhor será o próximo! Admito que estou acabado; finalmente me levaram a esse extremo. Eles acabaram comigo; quebraram-me; ainda estão atrás de mim." Sua voz elevou-se em um trovão novamente. "E você, seu idiota incomparável, acha que vai escapar! Archie contou-me que o senhor está se disfarçando de médico. Bah! Eles vão tirar suas roupas. Vão examinar cada centímetro de sua pele, como fizeram comigo! Vão encontrar a marca!" Ele deixou a cabeça pender de volta para o travesseiro, fechou os olhos e voltou a resmungar.

Vollmer olhou para mim com um brilho nos olhos e inquiriu: "Quem escreveu o roteiro para ele?".

Conseguindo, de algum jeito, controlar os músculos em torno da minha boca, balancei a cabeça em desespero. "Ele está assim há várias horas, desde que eu o trouxe de volta para casa."

"Ah, ele saiu de casa?"

"Sim. De três e quinze até as seis horas. Levado preso."

Vollmer virou-se para Wolfe. "Bem", ele disse, categórico, "a primeira coisa é providenciar algumas enfermeiras. Onde está o telefone? Isso ou levá-lo para o hospital."

"Esse é o caminho", concordei. "É urgente. Precisamos agir."

Os olhos de Wolfe abriram-se. "Enfermeiras?", perguntou com desdém. "Fúúú. O senhor não é médico? Não reconhece um colapso nervoso quando vê um?"

"Sim", Vollmer disse enfaticamente.

"Qual é o problema, então?"

"Não parece ser... ahn, típico."

"Uma observação errônea", Wolfe retrucou. "Ou um defeito em sua preparação. Especificamente, trata-se de um complexo de perseguição."

"Quem o está perseguindo?"

Wolfe fechou os olhos. "Estou sentindo-os chegar novamente. Diga a ele, Archie."

Encontrei o olhar de Vollmer. "Olhe, doutor, a situação é séria. Como o senhor sabe, ele estava investigando os assassinatos Boone-Gunther para a ANI. O alto-comando não gostou da maneira como o inspetor Cramer estava lidando com o assunto e o chutou, colocando um babuíno em seu lugar, chamado Ash."

"Eu sei. Saiu na edição vespertina."

"Sim. Nos jornais de amanhã de manhã, o senhor saberá que Nero Wolfe devolveu o adiantamento da ANI e demitiu-se."

"Pelo amor de Deus, por quê?"

"Estou lhe dizendo. Pela atitude pessoal de Ash contra Wolfe, ele preferiria cortar os pulsos dele a cortar a garganta, para a agonia ser mais prolongada. Hoje ele conseguiu um mandado contra Wolfe, como testemunha material, que o obrigou a ir para a Centre Street. Eu o levei. Hombert deu fim ao mandado, por vários motivos, mas o principal é que Wolfe trabalhava para a ANI e, se a ANI se ofender ainda mais do que já está, provavelmente demitirá o prefeito e o resto do mundo e vai declarar a monarquia em Nova York. Mas não antes de Wolfe chegar em casa e romper relações com a ANI. Eles receberão sua carta, com o cheque anexado, no correio da manhã. E então as portas do inferno se abrirão. O que a ANI vai fazer não sabemos, e acho que para nós não importa, ou melhor, para Wolfe não importa. Mas sabemos muito bem o que os tiras farão. Primeiro, como Wolfe não dorme mais com a ANI, esse motivo de ternura não conta mais. Segundo, eles sabem que Wolfe jamais teve um cliente que fosse um assassino, e sabem o trabalho que dá arrancar algum dinheiro dele, que dirá trinta mil pacotes ou mais, e assim deduzirão que um dos rapazes da ANI é o culpado, e que Wolfe sabe disso e sabe quem é."

"Quem é?"

Balancei a cabeça negativamente. "Eu não sei, e como Wolfe é agora um lunático delirante, não dá para perguntar a ele. Com essa situação, é moleza adivinhar o futuro. O camburão vai aparecer na porta da frente atrás dele, com os papéis certos, a qualquer hora depois das dez, possivelmente antes. É uma vergonha decepcioná-los, mas tudo o que posso fazer é encontrá-los com outro tipo de papel, assinado por um médico respeitado, atestando que, na atual condição de Wolfe, seria perigoso tirá-lo da cama ou permitir que qualquer um conversasse com ele."

Balancei a mão. "É assim que as coisas estão. Há cinco anos, Wolfe lhe fez um pequeno favor quando aquele escroque — como se chamava?, Griffin — tentou pegar o senhor em um processo por negligência médica, e o senhor disse que, se Wolfe necessitasse de alguma coisa, tudo o que precisava fazer era pedir. Eu lhe avisei que poderia se arrepender um dia. Meu amigo, esse dia chegou."

Vollmer coçava o queixo. Ele não parecia relutante, apenas pensativo. Olhou para Wolfe sem dizer nada, depois se voltou para mim.

"Naturalmente, sinto comichões para fazer várias perguntas. Isso é absolutamente fascinante. Suponho que as perguntas não seriam respondidas."

"Receio que não. Não por mim, de qualquer modo,

porque não sei as respostas. O senhor pode tentar com o paciente."

"Por quanto tempo este atestado terá que valer?"

"Não faço idéia. Que porcaria, estou dizendo ao senhor que sou um ignorante."

"Se ele está tão mal a ponto de eu proibir as visitas, devo insistir em falar com ele duas vezes ao dia. E, para fazer a coisa direito, as enfermeiras são necessárias."

"Não", eu disse com firmeza. "Eu admito que seriam, mas isso o deixaria com febre. Nada de enfermeiras. Quanto ao senhor, ligue tantas vezes quantas quiser. Eu posso me sentir solitário. E escreva um atestado tão drástico quanto o mandado deles. Diga que ele morreria se qualquer pessoa com o nome iniciado por A até mesmo olhasse para ele."

"Será escrito de forma a atender a sua finalidade. Vou trazê-lo em cerca de dez minutos." Vollmer levantou-se com sua maleta. "Naquela época, no entanto, eu disse que faria qualquer coisa que *Wolfe* pedisse." Ele olhou para Wolfe. "Seria gratificante apenas ouvi-lo pedir alguma coisa. Que tal?"

Wolfe resmungou. "Eles vêm em hordas", disse claramente, mas com uma voz fingida. "Em carruagens com lanças nas rodas, brandindo aquelas bandeiras insolentes de inflação! Cinco dólares por meio quilo de carne-seca! Dez dólares por um frango! Sessenta centavos..."

"É melhor eu ir andando", Vollmer disse, e saiu.

32

Não me senti solitário durante os dois dias e meio — quinta, sexta e parte do sábado — de validade do atestado. Jornalistas, tiras, FBI e ANI — todos apreciavam o fato de eu proteger o forte em circunstâncias tão difíceis e fizeram tudo o que podiam para manter minha mente ocupada, para que eu não me aborrecesse. Se normalmente meu salário fosse duas vezes maior, o que é uma estimativa conservadora, durante aquelas sessenta e poucas horas ainda teria que ser dez vezes mais do que isso, no mínimo.

Durante todo o cerco, Wolfe ficou quieto no quarto, com a porta trancada, uma das chaves no meu bolso e outra no de Fritz. Manter-se por tanto tempo longe do escritório, da sala de jantar e da cozinha era muito difícil, claro, mas o verdadeiro sacrifício, o que mais lhe doía, era não fazer suas duas viagens diárias para as estufas. Tive que forçá-lo a isso, explicando que, se um destacamento chegasse de repente com um mandado de busca, eu poderia não conseguir botá-lo de volta na cama a tempo. Além disso, Theodore dormia fora e, mesmo não sendo um traidor, poderia inadvertidamente deixar escapar que seu patrão, afligido pela loucura, ficava normal entre as orquídeas. Pelo mesmo motivo, proibi que Theodore fosse até o quarto consultá-lo. Eu disse a Wolfe, na quinta-feira ou na sexta, não lembro bem:

"O senhor está fazendo uma encenação. Tudo bem. Aplausos. Uma vez que isso o tira de circulação, a responsabilidade passa a ser estritamente minha e eu crio as regras. Já estou suficientemente em desvantagem por não ter a menor idéia do que o senhor está tramando. Temos que..."

"Absurdo", ele resmungou. "Você sabe de tudo. Pus vinte homens no encalço daquele cilindro. Nada pode ser feito sem aquele cilindro. Ele precisa ser encontrado e será. Eu simplesmente prefiro esperar aqui, no meu quarto, a esperar na prisão."

"Loucura." Eu estava aborrecido porque acabara de passar outra meia hora acalorada com mais uma delegação da ANI, no escritório. "Por que o senhor precisou romper com a ANI antes de ir para a cama esperar? Presumindo que um deles é o assassino e que o senhor sabe de tudo, e que é o que todos estão achando, mas o senhor ainda terá que me provar, o senhor não precisaria ter devolvido o dinheiro só para não trabalhar para um assassino, pois o senhor mesmo disse que seu cliente não era um homem, mas a própria ANI. Por que, em nome de Deus, o senhor lhes devolveu a gaita? E se este cilindro não for apenas uma desculpa, se realmente for a chave para revelar tudo, como o senhor diz, e nunca for encontrado? O que o senhor vai fazer? Ficar na cama pelo resto da vida, com o doutor Vollmer renovando o atestado mensalmente?"

"Ele vai ser encontrado", disse Wolfe suavemente. "Não foi destruído, existe, e por isso será encontrado."

Olhei para ele desconfiado, dei de ombros e me mandei. Quando ele fica gentil, é absolutamente inútil. Voltei para o escritório, sentei-me e olhei com raiva para o estenofone, encostado em um canto. Meu principal motivo para aceitar que Wolfe realmente falava a sério sobre o cilindro era o fato de ele estar pagando um dólar por dia pelo aluguel daquele aparelho.

Não o único motivo, no entanto. Bill Gore e vinte homens de Bascom realmente estavam em busca do cilindro, não havia dúvidas a esse respeito. Fui instruído a ler os relatórios antes de entregá-los a Wolfe, e eles eram um capítulo à parte na história das buscas. Bill Gore e um outro sujeito estavam trabalhando com todos os amigos de Phoebe Gunther, e até conhecidos de Washington, e dois outros faziam a mesma coisa em Nova York. Três sobrevoavam o país, indo a lugares onde ela conhecia alguém, devido à teoria de que pudesse ter enviado o cilindro pelo correio, ainda que fosse uma teoria ordinária, pois, como Wolfe dissera, ela queria tê-lo à mão facilmente, caso precisasse de repente. A concepção de Wolfe de um grande dia não ficara muito longe, afinal de contas. Um deles descobriu que ela estivera em um salão de beleza na tarde de sexta-feira, em Nova York, e revirou-o de cima a baixo. Três começaram a trabalhar nos setores de bagagem de todos os cantos, mas descobriram que a polícia e o FBI já vinham cuidando disso, munidos de autoridade, e trocaram de campo. Estavam tentando descobrir, ou adivinhar, todas as rotas que ela fizera a pé e passavam os dias pelas calçadas, com olhos abertos para alguma coisa, qualquer coisa — uma floreira empoeirada — onde ela pudesse ter encontrado um esconderijo. Os demais tentavam outras coisas diversas e diferentes. Na manhã de sexta-feira, para afastar a mente dos meus problemas, tentei imaginar algum local que eles estivessem deixando de lado. Matutei por uma hora, sem resultado. Certamente estavam cobrindo o território.

Inquestionavelmente, havia vinte e um homens dispendiosos na caça ao cilindro, mas o que estava entalado em minha garganta era Saul Panzer. Não importava qual fosse a programação, o preço de Saul encostava nas estrelas, e ele não estava de forma alguma entre os outros vinte e um. Até onde me deixaram ir, ele não estava mostrando nenhum interesse pelo cilindro. Telefonava a cada duas horas, sabe-se lá de onde, e eu obedecia às instruções para conectá-lo à extensão do lado da cama de Wolfe e sair da linha. Além disso, ele fez duas aparições pessoais — uma na hora do café-da-manhã de quinta-feira e outra no final da tarde de sexta — passando quinze minutos a sós com Wolfe em cada uma, e depois foi embora. Naquela época, eu estava tão completamente obcecado pelo cilindro que fiquei tentado a suspeitar de que Saul estivesse montando uma fábrica em um porão do Brooklyn para produzirmos um.

À medida que o cerco continuava, meus embates com Wolfe aumentaram em freqüência e alcance. Um deles, na tarde de quinta-feira, teve a ver com o inspetor Cramer. Wolfe me chamou pelo interfone e disse que gostaria de conversar com Cramer por telefone, pedindo que eu o localizasse. Recusei terminantemente. Meu ponto era que, não importava quanto Cramer estivesse amargurado, ou quão intensamente ele desejasse borrifar um concentrado de DDT em Ash, ele ainda era um tira e, portanto, não poderíamos confirar-lhe nenhum indício, como, por exemplo, a voz de Wolfe parecendo normal e coerente, que pudesse lançar dúvidas sobre o atestado do dr. Vollmer. Finalmente, Wolfe concordou em me liberar para ir atrás das perambulações e disponibilidade de Cramer, o que se mostrou fácil. Lon Cohen me disse que Cramer estava de licença por duas semanas, devido a um achaque de mau humor, e, quando disquei para a casa dele, ele mesmo atendeu. Manteve a conversa breve e objetiva; depois que desliguei, chamei Wolfe pelo interfone e disse:

"Cramer tirou uma licença e está em casa lambendo as feridas, possivelmente de cama. Não me disse. De qualquer modo, podemos falar com ele a qualquer momento, mas ele não está afável. Pensei em mandar o doutor Vollmer lhe fazer uma visita."

"Ótimo. Venha cá. Estou com problemas com essa janela novamente."

"Diabos, fique na cama e longe das janelas!"

Um aspecto da encenação era que eu não podia impedir a entrada de nenhum solicitante legítimo, para dar a impressão de que nosso domicílio não era inóspito, longe disso, mas apenas atingido pela adversidade. Mesmo

226

que jornalistas e diversos outros candidatos me mantivessem ativos, os piores eram os enviados da ANI e os tiras. Perto das dez horas da quinta-feira, Frank Thomas Erskine telefonou. Queria falar com Wolfe, mas é claro que não conseguiu. Fiz o melhor que pude para deixar a situação clara, mas foi o mesmo que tentar explicar para um homem morto de sede que a água se destinava à lavanderia. Menos de uma hora mais tarde, eles chegaram, todos os seis — os dois Erskine, Winterhoff, Breslow, O'Neill e Hattie Harding. Fui educado, levei-os para o escritório, ofereci-lhes assentos e informei que uma conversa com Wolfe estava absolutamente fora da agenda.

A julgar por suas atitudes e pelo tom de voz, devem ter achado que eu não era um ser da mesma raça, mas uma barata. Em alguns momentos, ficou um pouco difícil lidar com eles, pois estavam cheios de idéias e palavras para expressá-las, e nenhum deles agiu como presidente do conselho, para manter o terreno limpo e evitar atropelos. Seus principais pontos eram, primeiro, que o fato de Wolfe devolver o dinheiro era um ato de traição; segundo, que, se fizera isso por estar doente, deveria ter dito na carta; terceiro, que ele devia anunciar imediatamente, e de forma pública, que estava doente, para interromper o rumor disseminado e crescente de que rompera com a ANI por ter chegado a provas conclusivas de que a associação havia cometido assassinato; quarto, que, se ele tivesse provas de que a culpa era de alguém da ANI, eles queriam saber quem era e qual era a prova, e em cinco minutos; quinto, que não acreditavam nessa doença; sexto, quem era o médico; sétimo, se ele estava doente, quando ficaria bom; oitavo, se eu tinha idéia de que nas duas noites e três dias que se passaram desde o segundo assassinato, de Phoebe Gunther, os danos à ANI haviam se tornado incalculáveis e irreversíveis; nono, cinqüenta ou sessenta advogados eram da opinião de que o fato de Wolfe abandonar o caso sem aviso aumentaria amplamente os danos e, por isso, ele poderia ser objeto de uma ação judicial;

décimo, décimo primeiro, décimo segundo e assim por diante.

Ao longo dos anos, eu tinha visto muita gente abalada, desesperada e exasperada naquele escritório, mas esse agregado de espécimes não ficava em segundo lugar para ninguém. Tanto quanto eu podia perceber, a calamidade comum os unira novamente e o perigo de uma revoada indiscriminada de acusações internas fora contido. Em determinado momento, o desejo unânime de enfrentar Wolfe chegou a tal ponto que Breslow, O'Neill e o jovem Erskine se dirigiram para a escada e começaram a subir, mas, quando gritei para eles, acima da comoção, que a porta estava fechada e que se a forçassem Wolfe poderia atirar neles, hesitaram, deram meia-volta e retornaram para aproveitar um pouco mais da minha companhia.

Cometi um erro. Como um simplório, disse-lhes que ficaria de olho em Wolfe, à espera de algum intervalo de lucidez, e, se isso acontecesse e o médico autorizasse, eu avisaria Erskine e ele poderia selar o cavalo e vir a galope para uma entrevista. Eu deveria ter previsto que com isso eles não só manteriam o telefone tocando dia e noite para perguntar sobre algum sinal de lucidez, mas que também apareceriam em turnos, pessoalmente, sozinhos, em pares ou em trios, para sentar no escritório e esperar por alguma coisa. Foi o que puseram em prática. Na sexta feira, alguns ficaram por lá metade do dia, recomeçando o turno na manhã de sábado. No que se referia ao maldito dinheiro deles, trabalhei o equivalente a trinta mil dólares em entretenimento.

Depois de sua primeira visita, na manhã de quinta-feira, subi e reportei tudo para Wolfe, acrescentando que não tinha visto motivo para informá-los de que ele estava mantendo os cães na pista do cilindro à própria custa. Wolfe apenas resmungou:

"Isso não importa. Saberão quando chegar a hora."

"Sim. O nome científico para a doença que o acometeu é otimismo maligno agudo."

Quanto aos tiras, Wolfe instruiu-me a tentar evitar

uma avalanche, informando-os antecipadamente e sem demora; assim, telefonei para o gabinete do comissário às oito e meia da manhã de quinta-feira, antes que qualquer mensagem pelo correio pudesse ser aberta no escritório da ANI. Hombert ainda não tinha chegado, nem a secretária, mas descrevi a situação para um funcionário e pedi que a passasse adiante. Uma hora mais tarde, o próprio Hombert ligou, e a conversa foi praticamente idêntica ao que eu teria escrito antes de ela acontecer. Ele disse que sentia muito pelo colapso de Wolfe devido à pressão, e que o oficial de polícia que em breve seria enviado para falar com ele seria orientado a se comportar com diplomacia e respeito. Quando expliquei que as ordens médicas eram para que ninguém falasse com ele, nem mesmo um vendedor de seguros, Hombert engrossou e quis o nome completo e o endereço de Vollmer, o que forneci obedientemente. Ele quis saber se eu informara a imprensa de que Wolfe estava fora do caso, eu disse que não, e ele respondeu que seu gabinete cuidaria disso, para ter certeza de que receberiam a notícia corretamente. Então ele disse que a decisão de Wolfe de largar seu cliente não deixava dúvidas de que ele sabia a identidade do assassino e, provavelmente, tinha nas mãos alguma prova contra ele; e, como eu era o assistente de confiança de Wolfe, era de se supor que eu compartilhasse esse conhecimento e a prova, e é claro que eu estava ciente dos riscos pessoais nos quais incorria por não passar tais informações imediatamente para a polícia. Não creio que o tenha deixado satisfeito quanto a esse aspecto. De qualquer modo, eu estava dizendo a verdade e, como não sou muito bom em contar a verdade, não poderia esperar que ele realmente acreditasse em mim.

Em menos de meia hora, o tenente Rowcliffe e um sargento detetive apareceram, e eu os levei até o escritório. Rowcliffe leu o atestado do dr. Vollmer atentamente, três vezes, e eu me ofereci para datilografar uma cópia para ele levar consigo e estudá-lo mais detidamente. Ele estava se segurando, uma vez que raios e trovões seriam puro desperdício. Tentou insistir em que não faria mal algum ele entrar na ponta dos pés no quarto de Wolfe para dar um olhar compassivo em um concidadão prostrado, na verdade um colega de profissão, mas expliquei-lhe que, por mais que a idéia me atraísse, eu não ousaria porque o dr. Vollmer jamais me perdoaria. Ele disse que entendia minha posição perfeitamente, mas que tal se eu fosse inteligente e abrisse a torneira? Falei que não havia mais uma gota d'água a ser dita. Rowcliffe esteve tão perto de acreditar em mim quanto Hombert, mas não havia nada que pudesse fazer, a não ser me levar para o distrito e usar um pedaço de mangueira para me fazer falar, e ele, que me conhecia tanto quanto não gostava de mim, achou que isso não seria viável.

Quando eles saíram, Rowcliffe entrou no carro da polícia e partiu, e o sargento começou a caminhar para cima e para baixo da calçada, em frente à casa. Isso era sensato. Não havia motivos para alugar uma janela do outro lado da rua, ou qualquer outro subterfúgio semelhante, uma vez que eles sabiam que sabíamos que sempre haveria um olho fixo em nossa porta. Daquele dia em diante, contamos com uma sentinela permanente, até o final.

Nunca entendi por que não tentaram romper o cerco antes, ou com mais vigor, mas desconfio que foi por atritos entre o inspetor Ash e o alto-comando. Mais tarde, quando tudo terminou, tentei descobrir com Purley Stebbins o que havia acontecido, mas ele nunca se mostrou muito disposto a colaborar com mais do que um par de rosnados, provavelmente porque o regime de Ash fosse algo que ele preferisse eliminar da memória. O dr. Vollmer teve que agüentar mais do que eu. Ele me manteve informado, durante suas visitas ao paciente. Na primeira delas, na manhã de quinta-feira, eu o acompanhei ao quarto, mas, quando Wolfe começou a se divertir apontando um dedo vacilante para a parede e declarando que grandes vermes negros, cobertos de cifrões, arrastavam-se

230

do telhado, nós dois saímos de lá. Depois disso, Vollmer nunca mais chegou perto do paciente, simplesmente ficava no escritório, animando-se comigo por tempo suficiente para agradar ao vigia da calçada. A polícia o infernizava, mas ele conseguia se livrar. Na manhã de quinta-feira, Rowcliffe o chamou logo depois de ele sair, e, naquela mesma tarde, um médico da polícia foi ao seu consultório para obter informações sobre Wolfe em caráter profissional. Na manhã de sexta-feira, o próprio Ash apareceu, e vinte minutos em sua companhia deixaram Vollmer mais entusiasmado do que nunca com o favor que estava prestando a Wolfe. No final da tarde de sexta-feira, outro médico da polícia apareceu, para complicar as coisas para Vollmer. Quando Vollmer veio fazer sua visita noturna, pela primeira vez não estava totalmente convencido sobre o rumo dos acontecimentos.

Ao meio-dia de sábado, o golpe chegou em cheio — o que eu estava esperando desde que a charada começara e para o qual Vollmer estava de sobreaviso. Chegou por telefone, uma ligação de Rowcliffe, vinte minutos depois do meio-dia. Eu estava sozinho no escritório quando o telefone tocou, e estava ainda mais só ao desligar. Subi a escada de dois em dois degraus, destranquei a porta de Wolfe e anunciei:

"Muito bem, Pagliaccio, a sorte está do nosso lado, finalmente. O senhor tem horário marcado para o grande encontro. Um eminente neurologista, de nome Green, contratado pela cidade de Nova York e equipado com um mandado judicial, chegará às 17h45 para uma audiência com o senhor." Eu o fuzilei com o olhar e disse: "E agora? Se tentar resistir, eu me demito às 17h44".

"Então." Wolfe fechou o livro, marcando a página com o dedo. "Era isso que temíamos." Ele colocou o livro aberto sobre a coberta negra. "Por que tinha que ser hoje? Por que diabos você combinou um horário?"

"Porque fui obrigado! Quem o senhor acha que eu sou? Josué? Eles queriam vir imediatamente, e eu fiz o melhor que pude. Disse-lhes que seu médico deveria estar presente e que isso só seria possível depois do jantar, às nove horas. Eles falaram que tinha que ser antes das seis horas e que não aceitariam negativas. Droga, eu consegui cinco horas a mais e tive que lutar por elas!"

"Pare de gritar comigo." Sua cabeça voltou para o travesseiro. "Volte lá para baixo. Tenho que pensar."

Não cedi. "O senhor realmente quer dizer que não pensou no que fazer? Quando eu o avisei que isso aconteceria a qualquer minuto desde a manhã de quinta-feira?"

"Archie, dê o fora daqui. Como posso me concentrar com você em pé aí, vociferando?"

"Muito bem. Estarei no escritório. Pode me chamar quando tiver resolvido o que fazer."

Saí, tranquei a porta e desci. No escritório, o telefone estava tocando. Era apenas Winterhoff, inquirindo sobre a saúde do meu empregador.

33

Procuro, à medida que avanço, não deixar nada essencial fora deste registro e, uma vez que sou eu quem o está fazendo, considero meu próprio estado de espírito, em várias estágios, como algo essencial. Mas, durante aquelas duas horas de sábado, de meio-dia e meia às duas e meia, meu estado mental realmente não se mostrou adequado para registros com fins de leitura familiar. Tenho uma vaga recordação de ter almoçado duas vezes, ainda que Fritz, gentilmente, insista em dizer que não se lembra disso. Ele diz que o almoço de Wolfe foi completamente normal, tanto quanto ele sabe — bandeja cheia levada para cima à uma hora e trazida vazia para baixo uma hora depois —, e que nada fora da normalidade o afetou, a não ser uma preocupação demasiada de Wolfe em elogiar a omelete.

O que me fez usar o suprimento de blasfêmias para um mês inteiro em míseras duas horas não foi o fato de que tudo o que eu podia antever era uma rendição ignominiosa. Isso seria duro de engolir, mas de forma alguma fatal. O inferno foi que, no meu entender, estávamos sendo bombardeados para fora de uma posição que apenas um maníaco teria ocupado desde o princípio. Eu tinha o direito de supor, agora que lia os relatórios de Bill Gore e dos homens de Bascom, que sabia exatamente o que estava acontecendo em cada setor, menos no ocupado por Saul Panzer, e era impossível imaginar o que Saul pudesse estar fazendo que justificasse, para não dizer exigisse, o truque espetacular e inquietante ao qual Wolfe se entregara. Quando Saul telefonou às duas horas, tive o impulso de enfrentá-lo e fazer com que se abrisse, mas eu sabia que isso não funcionaria e o transferi para o quarto de Wolfe. Em qualquer lista de tentações a que resisti, esta fica em primeiro lugar. Eu tremia da cabeça aos pés com o desejo de ouvir. Mas uma parte do acordo entre Wolfe e eu é que jamais violo instruções, a não ser em circunstâncias desconhecidas para ele em que isso seja exigido, a partir de interpretações segundo meu melhor julgamento, e eu não podia tentar me enganar dizendo a mim mesmo que essa era uma delas. De acordo com as instruções, Saul Panzer estava fora dos meus limites até novo aviso, e eu pus o fone no gancho e caminhei de um lado para outro, com as mãos nos bolsos.

Houve outros telefonemas, não importam quais, e aí violei uma outra instrução, segundo a qual eu deveria atender a todos que solicitassem. Mas as circunstâncias certamente justificaram isso. Eu estava na cozinha, ajudando Fritz a afiar facas, suponho que pelo princípio de que, em momentos de crise, instintivamente buscamos companhia de pessoas afins, quando a campainha tocou. Fui até a porta da frente, afastei a cortina para dar uma olhada pelo vidro e vi Breslow. Abri um pouco a porta e, pela fresta, esbravejei:

"Ninguém pode entrar. Esta é uma casa em luto. Suma!"

Bati a porta e dei meia-volta para retornar à cozinha, mas não consegui completar o caminho. Ao passar pela escada, ouvi sons e movimento, e parei para olhar o que os estava provocando. Wolfe, coberto com nada mais do que os sete metros de seda amarela necessários para a confecção de seu pijama, vinha descendo. Arregalei os olhos para ele. Mesmo sem considerar a situação, não havia precedentes para ele se mover verticalmente, a não ser pelo elevador. "Como saiu de lá?", perguntei.

"Fritz me deu uma chave." Ele terminou de descer, e

234

eu observei que ao menos calçara os chinelos. Ordenou: "Traga Fritz e Theodore para o escritório imediatamente".

Eu jamais o vira fora do quarto sem os trajes adequados. Obviamente, tratava-se de uma emergência extrema. Escancarei a porta da cozinha e falei com Fritz, depois fui para o escritório, liguei para a estufa pelo interfone e disse a Theodore que viesse de imediato. No momento em que ele desceu a escada e entrou, Wolfe estava sentado atrás de sua mesa, e Fritz e eu estávamos de pé.

"Como vai, Theodore? Há três dias que não o vejo."

"Estou bem, obrigado, senhor. Senti sua falta."

"Sem dúvida." O olhar de Wolfe foi de Theodore para Fritz e depois para mim, e ele disse lenta e claramente: "Sou um tolo descerebrado".

"Sim, senhor", eu disse cordialmente.

Ele franziu as sobrancelhas. "E você também, Archie. Nem eu nem você temos nenhum direito, daqui por diante, de fingir ter o domínio dos processos mentais de um antropóide. Incluo você por ter ouvido o que eu disse ao senhor Hombert e ao senhor Skinner. Você leu os relatórios dos homens do senhor Bascom. Sabe o que está acontecendo. E, por Deus, não lhe ocorreu que a senhorita Gunther ficou sozinha neste escritório por pelo menos três minutos, quase quatro ou cinco, quando você a trouxe aqui naquela noite! E isso só me ocorreu agora! Fúúú! E eu ousei exercer meu direito a voto por quase trinta anos!" Ele fungou. "Tenho o cérebro de um molusco!"

"É." Eu olhava para ele. Eu lembrava, é claro, que quando trouxera Phoebe naquela sexta à noite eu a tinha deixado no escritório e ido atrás dele na cozinha. "Então o senhor pensa..."

"Não. Estou farto de fingir que penso. Isso é indefensável. Fritz e Theodore, uma moça esteve aqui sozinha por quatro minutos. Carregava, em seu bolso ou bolsa, um objeto que desejava esconder — um cilindro preto, de sete centímetros e meio de diâmetro por quinze de comprimento. Ela não sabia quanto tempo teria; alguém poderia entrar a qualquer momento. Supondo que ela o tenha escondido nesta sala, encontrem-no. Conhecendo as qualidades de sua mente, acho provável que o tenha escondido em minha mesa. Eu mesmo olharei aqui."

Ele afastou a cadeira e abaixou-se para abrir uma gaveta inferior. Eu estava em minha própria mesa e também abri as gavetas. Fritz perguntou: "O que fazemos? Dividimos em seções?".

"Dividir coisa nenhuma", respondi por cima do ombro. "Apenas comece a procurar."

Fritz foi até o sofá e afastou as almofadas. Theodore escolheu, como primeira tentativa, os dois vasos em cima do arquivo, que naquela estação continham flores de salgueiro. Ninguém conversava; estávamos muito ocupados. Não posso fazer um relatório detalhado da parte da busca realizada por Fritz e Theodore, pois estava por demais mergulhado na minha própria; tudo o que dediquei a eles foram olhares ocasionais para ver a abrangência de seu trabalho. Mas também fiquei de olho em Wolfe, porque compartilhava sua opinião sobre a qualidade da mente de Phoebe; teria sido característico dela escolher a mesa do próprio Wolfe, pois poderia achar ali uma gaveta cujo conteúdo raramente fosse revirado. Mas ele não encontrou nada. Enquanto eu abria a parte de trás do rádio, ele recolocou a cadeira no lugar, sentou-se nela confortavelmente, resmungou "Mulher dos diabos" e nos supervisionou como um comandante de campo orientando a ação das tropas.

A voz de Fritz se fez ouvir: "É isso aqui, senhor Wolfe?".

Ele estava ajoelhado sobre o tapete, diante da seção mais comprida de prateleiras, junto a uma dúzia de volumes encadernados do periódico *Lindenia*, e nessa fileira de livros havia uma grande abertura mostrando o fundo da estante, a poucos centímetros do chão. Com a mão esticada, ele segurava um objeto que podia ser identificado com uma simples olhada.

"Perfeito", Wolfe disse com aprovação. "Ela era realmente extraordinária. Entregue para Archie. Archie, empurre aquele aparelho para cá. Theodore, estarei com você na sala de envasamento possivelmente um pouco mais tarde hoje, mas com certeza amanhã de manhã, no horário normal. Fritz, meus parabéns; você procurou primeiro na prateleira de baixo, o que era lógico."

Fritz estava esfuziante ao me passar o cilindro e virar-se para sair, com Theodore logo atrás.

"Bem", observei enquanto ligava o aparelho e inseria o cilindro, "isso pode resolver. Ou não."

"Comece", Wolfe resmungou. Ele tamborilava no braço da cadeira com um dedo. "Qual é o problema? Não funciona?"

"Claro que funciona. Não me apresse. Estou nervoso e tenho cérebro de um... esqueci o quê. Molusco."

Acionei o botão e me sentei. A voz de Cheney Boone chegou aos nossos ouvidos, inequivocamente a mesma voz que ouvíramos nos outros dez cilindros. Durante cinco minutos, nenhum dos dois moveu um músculo. Eu olhava para a grade do alto-falante e Wolfe ficou reclinado, com os olhos fechados. Quando a audição chegou ao fim, eu estiquei a mão e desliguei o aparelho.

Wolfe suspirou profundamente, abriu os olhos e aprumou-se.

"Nossa literatura precisa de algumas revisões", declarou. "Por exemplo, 'os mortos não falam', de E. W. Hornung. O senhor Boone está morto. O senhor Boone está em silêncio. Mas ele fala."

"É." Sorri para ele. "A voz do morto. A ciência é maravilhosa, mas conheço um sujeito que não vai pensar assim, maldito seja. Devo ir atrás dele?"

"Não. Podemos providenciar isso, acho por telefone. Você tem o telefone do senhor Cramer?"

"É claro."

"Ótimo. Mas, primeiro, chame Saul. Você o encontrará em Manhattan cinco, três-dois-três-dois."

34

Às três e cinqüenta, nossos convidados já tinham chegado e se reunido no escritório. Um deles era nosso velho amigo e inimigo: o inspetor Cramer. Outro era um ex-cliente: Don O'Neill. Outro era meramente um conhecido recente: Alger Kates. O quarto era um completo estranho, Henry A. Warder, vice-presidente e tesoureiro da O'Neill and Warder, Incorporated. O vice de Don O'Neill. Saul Panzer, que havia se recolhido a uma cadeira no canto, atrás do globo, não era, claro, considerado um visitante, mas alguém da família.

Cramer estava na poltrona de couro vermelho, observando Wolfe como um falcão. O'Neill, ao entrar e ver seu vice-presidente, que chegara antes dele, imediatamente começou a subir pelas paredes, mas quase na mesma hora pensou melhor, selou os lábios e congelou-se. O vice Henry A. Warder, que era grande e alto, com a constituição de uma escora de concreto, aparentava ele mesmo precisar ser escorado. Era o único cuja atitude sugeria que sais aromáticos poderiam ser necessários, pois obviamente estava apavorado. Alger Kates não disse uma palavra a ninguém, nem uma palavra, nem mesmo quando o deixei entrar. Sua postura básica era a de um professor da escola dominical em um covil de ladrões.

Wolfe vestia roupas pela primeira vez desde a noite de quarta-feira. Sentou-se, fez um círculo com os olhos, atraindo a atenção de todos para si, e falou:

"Cavalheiros, isto será desagradável para vocês três, então vamos encurtar ao máximo que pudermos. Farei a minha parte. A maneira mais rápida de se começar é permitindo que escutem o cilindro do estenofone, mas primeiro vou lhes dizer onde o consegui. Foi encontrado nesta sala, há uma hora, atrás dos livros" — ele apontou —, "naquela prateleira do fundo. A senhorita Gunther o colocou ali, escondeu-o ali, quando veio me ver na noite de sexta-feira, há uma semana — uma semana na noite de ontem."

"Ela não estava aqui", O'Neill retrucou. "Ela não veio."

Wolfe olhou para ele sem afetação. "Então o senhor não deseja que sejamos breves."

"Pode ter certeza de que é o que eu quero! Quanto mais rápido, melhor!"

"Então, não interrompa. Naturalmente, tudo o que estou dizendo não só é verdadeiro como passível de comprovação, ou eu não estaria dizendo. A senhorita Gunther veio naquela noite, trazida pelo senhor Goodwin, depois que os outros saíram, e teve a oportunidade de ficar sozinha nesta sala por vários minutos. O fato de eu não ter me lembrado disso antes e não ter procurado o cilindro aqui é indesculpável. Foi uma falha vergonhosa de um intelecto que, em algumas ocasiões, já foi conhecido por trabalhar de forma satisfatória. No entanto", ele fez um gesto brusco, "isto é entre mim e o universo. Agora vamos ouvir o cilindro, cujo conteúdo foi ditado pelo senhor Boone em sua última tarde, no escritório de Washington. Peço, imploro, que não interrompam. Archie, pode ligar."

Houve alguns murmúrios enquanto eu acionava o botão. Então, a voz de Cheney Boone, a voz do morto, começou a falar.

Senhorita Gunther, isto é apenas para mim e para a senhorita. Assegure-se disso. Apenas uma cópia em carbono, para o seu arquivo trancado, e entregue o original para mim.

Acabo de ter uma conversa em um quarto de hotel com Henry A. Warder, vice-presidente e tesoureiro da O'Neill and Warder. Ele é o homem que vem tentando falar comigo através da senhorita e recusando-se a dar seu nome. Finalmente, ele conseguiu chegar até mim, em casa, e eu marquei esse encontro para hoje, 26 de março. Ele me disse o seguinte...

Warder catapultou-se da cadeira e correu em direção ao aparelho, gritando: "Pare!".

Combinaria melhor com seu tamanho e aparência dizer que ele rugiu ou retumbou, mas foi, literalmente, um grito. Tendo antecipado alguma demonstração desse tipo, eu posicionara o aparelho junto à extremidade da minha mesa, a poucos centímetros de mim, e assim não tive dificuldade para interceptar o ataque. Coloquei-me diante da linha de aproximação de Warder, pus a mão para trás para girar o botão e falei com firmeza:

"Nada de comoções. Volte e sente-se." Do bolso do casaco, retirei uma automática e a deixei à vista. "Vocês três vão gostar cada vez menos à medida que avançarmos. Se tiverem a idéia de agir simultaneamente contra o aparelho, eu vou acertá-los e será um prazer."

"Essa conversa aconteceu sob um juramento de confidencialidade!" Warder tremia dos pés à cabeça. "Boone prometeu..."

"Dispense a arma!" Cramer levantara da cadeira e estava ao lado de Warder. "Eles não foram revistados, foram?", ele me perguntou.

"Não são homens de armas de fogo", Wolfe retrucou. "Simplesmente acertam as pessoas na cabeça — ao menos um deles."

Cramer não lhe deu atenção. Começou com Warder, submetendo-o a uma revista rápida mas completa, empurrou-o de volta e disse para O'Neill: "Levante-se". O'Neill não se moveu. Cramer berrou para ele: "O senhor quer ser levantado?". O'Neill levantou-se e respirou de um jeito esquisito enquanto as mãos hábeis de Cramer o examinavam. Quando chegou a vez de Alger Kates, não foi preciso nenhuma pressão. Ele parecia abalado, mas nem um pouco ressentido. Cramer, tendo acabado com ele e de mãos vazias, foi até o aparelho e pousou uma das mãos sobre sua estrutura. Ele murmurou para mim:

"Continue, Goodwin."

Não sendo um especialista em estenofones e não querendo danificar o cilindro, acionei a gravação desde o começo. Logo estávamos no ponto onde ocorrera a interrupção.

Ele me disse o seguinte. Warder soube, há vários meses, que o presidente de sua empresa, Don O'Neill, vinha pagando um membro da equipe do DRP em troca de informações confidenciais. Ele não descobriu isso por acaso ou por alguma investigação secreta. O'Neill não só admitia o fato como se gabava do que estava fazendo, e Warder, como tesoureiro, viu-se obrigado a suprir esse objetivo com fundos da empresa, através de uma conta especial. Ele fez isso sob protesto. Repito que essa é a história de Warder, mas estou inclinado a acreditar nele, pois ele veio até mim voluntariamente. Será necessário verificar junto ao FBI se eles tiveram alguma indicação sobre isso apontando para O'Neill e Warder, Warder mais especificamente, mas o FBI não pode ser informado de nada que se refira à comunicação de Warder comigo. Tive que prometer a ele, antes que me falasse qualquer coisa, e essa promessa deve ser mantida completamente. Falarei com você sobre isso amanhã, mas tenho um pressentimento — e você sabe que tenho pressentimentos — e quero que isso fique gravado imediatamente.

Cramer emitiu um pequeno ruído, uma espécie de fungada, e três pares de olhos voltaram-se para ele, como se estivessem irritados por sua interferência em uma performance fascinante. Eu não me incomodei muito, pois já tinha escutado aquilo. Estava mais interessado no público.

Warder disse que, até onde sabia, os pagamentos começaram em setembro passado e que o total pago até agora era de dezesseis mil e quinhentos dólares. O motivo que alegou para vir falar comigo foi que, por ser um homem de princípios, assim disse, desaprovava veementemente o suborno, principalmente o suborno de funcionários do governo. Ele não estava em condições de enfrentar O'Neill, pois detinha menos de dez por cento das ações, enquanto O'Neill tinha mais de sessenta por cento e poderia botá-lo para fora. Isso pode ser verificado facilmente. Warder estava muito nervoso e apreensivo. Minha impressão é que sua história é verdadeira, que sua vinda até mim foi resultado de sentir-se pressionado por sua consciência, mas existe a possibilidade de que ele queira queimar O'Neill, por motivos não revelados. Ele jura que sua única finalidade foi informar-me dos fatos, para que eu possa dar um fim a isso livrando-me de meu subordinado corrupto, e isso é endossado por sua exigência de que eu fizesse uma promessa de antemão, o que torna impossível mexer com O'Neill sobre este assunto.

Será uma surpresa para você, como foi para mim: o homem que O'Neill comprou é Kates, Alger Kates. Você sabe o que eu achava de Kates, e, até agora, tanto quanto sei, sua opinião é a mesma. Warder alega não saber exatamente o que O'Neill recebeu em troca do dinheiro, mas isso não é importante. Sabemos que Kates está em uma posição em que pode vender informações — tanto quanto qualquer homem da organização que não pertença aos altos escalões —, e nossa suposição mais segura é que ele tenha passado tudo para O'Neill, que, por sua vez, passou para toda a gangue podre da ANI. Desnecessário dizer como me sinto mal sobre isso. Por miseráveis dezesseis mil dólares. Não acho que me importaria tanto se fosse traído por uma cobra de primeira por alguma coisa na casa dos milhões, mas isso apenas faz com que me sinta mal. Achei que Kates fosse um homem modesto, com o coração no trabalho e em nossos objetivos e finalidades. Não tenho idéia de para que ele queria o dinheiro, e não me importo. Ainda não decidi como lidar com a situação. A melhor maneira seria colocar o FBI atrás dele e pegá-lo com O'Neill, mas não sei se minha promessa a Warder permitiria isso. Pensarei a respeito e discutiremos amanhã. Se eu estivesse cara a cara com Kates agora, não sei se me controlaria. Na verdade, não quero nem mesmo vê-lo de novo. Isso me atingiu profundamente e, se ele entrasse nesta sala agora, acho que o agarraria pela garganta e o estrangularia até a morte. Você me conhece. Esse é o meu jeito de falar.

O importante não é o próprio Kates, mas o que isso demonstra. Mostra que é simplesmente insano depositar confiança total em qualquer um, quem quer que seja, à exceção de Dexter e você, e precisamos instalar um sistema muito melhor de verificação imediatamente. Podemos deixar que o FBI vá até certo ponto, mas precisamos nos reforçar com um sistema e uma equipe que trabalhem direto sob nossa supervisão. Gostaria que você pensasse a respeito, para nossa conversa de amanhã, para a qual ninguém mais será convidado, a não ser o Dexter. Do jeito que isso me pegou, você terá que enfrentar esse assunto e pôr tudo o mais de lado. Isso vai me deixar no aperto, mas é de vital importância. Pense a respeito. Preciso me apresentar diante do comitê do Senado de manhã, por isso vou levar os cilindros para Nova York e entregá-los a você, para que possa fazer a transcrição enquanto estou no Capitólio, e trataremos disso o mais cedo possível na parte da tarde.

A voz parou e foi substituída por um fraco chiado, e eu desliguei o aparelho. O silêncio era completo. Wolfe o interrompeu. "Então, senhor Kates?", ele perguntou em um tom de curiosidade inocente. "Quando o senhor entrou naquele quarto, levando o material para o discurso do senhor Boone, e ele o viu frente a frente, ele pôs as mãos em seu pescoço para enforcá-lo até a morte?"

"Não", Kates guinchou. Parecia indignado, mas possivelmente porque guinchos sempre soam assim.

O'Neill ordenou-lhe: "Fique fora disso, Kates! Fique de boca fechada!".

Wolfe deu uma risadinha. "Isso é maravilhoso, senhor O'Neill. Realmente é. Quase uma repetição textual. Naquela primeira noite aqui, o senhor o advertiu, palavra por palavra, 'Fique fora disso, Kates! Sente-se e cale a boca'. Não foi uma atitude muito inteligente, uma vez que soou exatamente como um homem arrogante dando ordens a um empregado, que era o que acontecia de fato. Isso fez com que eu tivesse um bom homem trabalhando durante três dias para descobrir sua ligação com o senhor Kates, mas o senhor se manteve muito circunspecto." Seus olhos fulminaram Kates novamente. "Eu perguntei se o senhor Boone tentou estrangulá-lo porque isso, aparentemente, era o que ele tinha em mente, e também porque sugeriria uma possível diretriz para o senhor — autodefesa. Um bom advogado pode fazer alguma coisa com isso, no entanto, é claro, há a senhorita Gunther. Duvido que um júri possa ser convencido de que ela também tentou esganá-lo, ali, na minha entrada. A propósito, existe um detalhe sobre o qual estou curioso. A senhorita Gunther contou para a senhora Boone que escrevera uma carta para o assassino, dizendo-lhe que devolvesse a foto do casamento. Eu não acredito nisso. Não acho que a senhorita Gunther teria colocado nada assim por escrito. Acho que ela pegou a foto e a licença do carro com o senhor e a enviou para a senhora Boone. Não foi?"

A resposta de Alger Kates foi uma das mais estranhas performances que já vi, e eu já vi um bocado de coisas estranhas. Ele guinchou, e dessa vez não havia dúvidas sobre sua indignação, não com Wolfe, mas com o inspetor Cramer. Ele tremia de indignação, em pé, uma repetição, em todos os aspectos, do momento dramático em que acusara Breslow de ultrapassar os limites da decência. Ele guinchou: "A polícia foi extremamente incompetente! Deveriam ter descoberto em poucas horas de onde veio aquele pedaço de cano! Nunca descobriram! Veio de uma pilha de lixo, da entrada de um porão de um prédio na rua 41, onde ficam os escritórios da ANI!".

"Meu Deus!", Cramer trovejou. "Ouçam só isso! Ele é insuportável!"

"Ele é um idiota", O'Neill disse com justeza, aparentemente se dirigindo ao estenofone. "Um idiota desprezível. Eu nunca suspeitei de que ele fosse um assassino." Ele se virou para olhar diretamente para Kates. "Meu Deus, eu nunca pensei que você fosse capaz disso!"

"Nem eu", Kates guinchou. Havia parado de tremer e estava empertigado, mantendo-se rígido. "Não antes de acontecer. Depois que aconteceu, entendi melhor a mim mesmo. Eu não era tão idiota quanto Phoebe. Ela deveria ter sabido, então, do que eu era capaz. Eu fiz. Ela nem mesmo prometeu que não contaria a ninguém ou que destruiria aquele cilindro. Nem mesmo prometeu!" Ele manteve os olhos fixos em O'Neill, sem piscar. "Eu o teria matado também, na mesma noite. Eu poderia. O senhor estava com medo de mim. Está com medo agora! Nenhum deles tinha medo de mim, mas o senhor tem! Diz que nunca suspeitou de que eu fosse o assassino, quando do sabia de tudo!"

O'Neill começou a responder, mas Cramer o silenciou e perguntou a Kates: "Como ele sabia de tudo?".

"Eu contei." Se o guincho de Kates era tão doloroso

de emitir quanto de ouvir, ele certamente estava se machucando. "Teria sido melhor não contar. Ele marcou um encontro comigo..."

"Isso é mentira", disse O'Neill com frieza e precisão. "Agora você está mentindo."

"Certo, deixe ele terminar." Cramer continuou com Kates: "Quando foi isso?".

"No dia seguinte, na quarta-feira. Na tarde de quarta-feira. Nós nos encontramos à noite."

"Onde?"

"Na Segunda Avenida, entre a 53 e a 54. Conversamos ali, na calçada. Ele me deu dinheiro e disse que, se alguma coisa acontecesse, se eu fosse preso, ele iria fornecer tudo o que eu precisasse. Ele estava com medo de mim naquele momento. Ficava olhando para mim, olhando para as minhas mãos."

"Por quanto tempo estiveram juntos?"

"Dez minutos. Minha estimativa seria de dez minutos."

"A que horas foi isso?"

"Dez horas. Marcamos às dez, e eu cheguei na hora, mas ele se atrasou cerca de quinze minutos, porque disse que precisava ter certeza de que não estava sendo seguido. Não acho que um homem inteligente fosse ter qualquer problema com isso."

Wolfe interrompeu. "Senhor Cramer, isso não é perda de tempo? O senhor terá que passar tudo isso de novo na central, com um estenógrafo. Ele parece estar pronto para cooperar."

"Ele está pronto", O'Neill disse, "para ser eletrocutado e criar todos os problemas que puder para outras pessoas com suas malditas mentiras."

"No seu lugar, eu não me preocuparia muito com isso." Wolfe olhou para O'Neill com um brilho nos olhos. "Pelo menos ele é mais filosófico do que o senhor. Ruim como é, ele tem a graciosidade de aceitar o inevitável com um espetáculo de decoro. O senhor, pelo contrário, tenta esquivar-se. Pelos olhares que está lançando para o senhor Warder, suspeito de que não tem uma idéia clara de sua situação. O senhor deveria estar se entendendo com ele. Vai precisar dele para cuidar dos negócios enquanto estiver longe."

"Enxergo claramente. Não vou me afastar."

"Ah, mas vai, sim. O senhor vai para a prisão. Pelo menos é o que parece..." Wolfe virou-se abruptamente para o vice-presidente. "Que tal isso, senhor Warder? Vai tentar desacreditar essa mensagem do morto? Vai repudiar ou distorcer sua entrevista com o senhor Boone para que um júri o considere um mentiroso? Ou vai mostrar que tem alguma sensatez?"

Warder não parecia mais assustado e, quando falou, não se mostrou inclinado a gritar. "Eu vou", disse com voz firme e virtuosa, "contar a verdade."

"O senhor Boone falou a verdade na mensagem daquele cilindro?"

"Sim. Ele falou."

Os olhos de Wolfe dispararam de volta para O'Neill. "Aí está. Suborno é crime. O senhor vai precisar do senhor Warder. A outra questão, cumplicidade em um assassinato, é um acessório do fato em si — isso tudo dependerá, principalmente, de seu advogado. Deste ponto em diante, os advogados assumem. Senhor Cramer, pode levá-los daqui, por favor? Estou cansado de olhar para eles." Ele voltou-se para mim. "Archie, embale aquele cilindro. O senhor Cramer vai querer levá-lo."

Cramer levantou-se e se dirigiu a mim: "Espere um pouco, Goodwin, enquanto eu uso o telefone". Então eu me sentei, encarando o público, com a automática na mão, para o caso de alguém sofrer de um ataque de nervos enquanto ele discava o número e conversava. Achei interessante ouvir que seu objetivo não era falar com o gabinete do Departamento de Homicídios, onde Ash se instalara, e nem mesmo com o inspetor-chefe, mas com o próprio Hombert. Cramer, ocasionalmente, mostrava sinais de ter mais cérebro do que um molusco.

"Comissário Hombert? É o inspetor Cramer. Sim, senhor. Não, estou ligando do escritório de Nero Wolfe. Não, senhor, não estou tentando me meter. Por favor, ouça-me... Sim, senhor, sei muito bem que seria uma quebra de disciplina, mas se me ouvir apenas um minuto... Claro que estou aqui com Wolfe, eu não forcei a entrada, e estou com o homem, tenho a prova e uma confissão. É exatamente o que estou lhe dizendo, e não estou bêbado nem louco. Envie... espere um minuto."

Wolfe gesticulava freneticamente.

"Diga a ele", Wolfe ordenou, "para manter aquele maldito médico longe daqui."

Cramer continuou. "Está bem, comissário. Envie... ah, nada, apenas Wolfe delirando sobre algum médico. O senhor estava mandando um médico para ele? Ele não precisa e, na minha opinião, jamais vai precisar. Envie três carros e seis homens para o endereço de Wolfe. Não, eu não, mas estou levando três. O senhor vai ver quando eu chegar aí. Sim, senhor, estou lhe dizendo, o caso está encerrado, tudo amarrado e sem lacunas significativas. Claro, eu os levarei diretamente ao senhor..."

Ele desligou.

"O senhor não vai pôr algemas em mim, vai?", Alger Kates guinchou.

"Quero ligar para o meu advogado", O'Neill disse com uma voz congelada.

Warder apenas permaneceu sentado.

35

Deixando de lado uma centena ou mais de detalhes de menor importância do fim de semana, como a visita do eminente neurologista, o dr. Green — que ninguém se preocupou em desmarcar —, pontualmente às 17h45, poucos minutos depois de Cramer sair com sua captura, e que foi informado de que, apesar da ordem judicial, o negócio estava encerrado, passo para a manhã de segunda-feira. Wolfe, descendo das estufas às onze horas, descobriu que tinha uma visita. Cramer ligara para marcar um encontro e, quando Wolfe entrou no escritório, o inspetor já estava lá, na poltrona de couro vermelho. Ao seu lado, no chão, havia um objeto disforme, coberto com um papel verde do florista, que ele se recusou a deixar que eu guardasse. Após trocarem cumprimentos e Wolfe acomodar-se, Cramer disse supor que Wolfe tivesse visto o papel que Kates assinara, contendo uma confissão completa e detalhada dos dois crimes.

Wolfe assentiu. "Um homem tolo e inoportuno, o senhor Kates. Mas que, do ponto de vista intelectual, não pode ser menosprezado. Um aspecto de sua performance pode ser considerado até brilhante."

"Certamente. Eu diria até mais de um. Você se refere ao fato de ele ter deixado a echarpe no próprio bolso, em vez de colocá-la no de outra pessoa?"

"Sim, senhor. Isso foi notável."

"Ele é notável, certamente", Cramer concordou. "Na verdade, pertence a uma categoria própria. Houve uma coisa sobre a qual ele não quis falar nem incluir na confissão, e o que você supõe que tenha sido? Algo que poderia levá-lo à cadeira elétrica? Nada disso. Não conseguimos arrancar de Kates para que ele queria o dinheiro e, quando lhe perguntamos se era para a esposa, para as viagens à Flórida e coisas assim, ele pôs o queixo para a frente e falou, como se fôssemos vermes: 'Vocês devem deixar a minha esposa fora disso, não a mencionem novamente'. Ela chegou ontem à tarde e ele não quis vê-la. Penso que Kates a considera por demais sagrada para envolvê-la nisso."

"É mesmo?"

"Claro que sim. Mas, no que se refere a ele, estava perfeitamente disposto a cooperar. Por exemplo, com Boone, no hotel. Kates entrou no quarto e lhe entregou alguns papéis, e Boone disse na cara dele o que tinha descoberto, mandou que ele sumisse e lhe deu as costas. Kates pegou a chave inglesa e o golpeou. Kates nos conta exatamente o que Boone disse e o que ele respondeu, e depois lê tudo atentamente para certificar-se de que entendemos direito. A mesma coisa com Phoebe Gunther, aqui, na entrada de sua casa. Ele quer a história bem contada. Quer que fique claro que não planejou encontrá-la e vir com ela para cá, quando ela lhe telefonou, que simplesmente esperou na entrada de um porão do outro lado da rua até vê-la chegar, juntou-se a ela e os dois subiram a escada. O cano estava enfiado na manga, já enrolado na echarpe. Três dias antes, na primeira vez em que estiveram aqui, quando ele furtou a echarpe do bolso de Winterhoff, não sabia com que finalidade a utilizaria, apenas pensou que descobriria um jeito de plantá-la em algum lugar para envolver Winterhoff — um homem da ANI."

"Naturalmente." Wolfe contribuía com a conversa por cordialidade. "Qualquer coisa para manter as atenções longe dele. Esforço perdido, uma vez que eu já estava com os olhos postos nele."

"Estava?" Cramer pareceu cético. "O que o levou a isso?"

"Duas coisas, principalmente. Primeiro, é claro, aquela ordem que O'Neill deu a ele aqui, na noite de sexta-feira. Sem dúvida um comando de alguém com motivos para esperar ser obedecido. Em segundo lugar, e muito mais importante, a foto de casamento enviada para a senhora Boone. Considerando que existam homens capazes deste gesto, certamente nenhum dos cinco da ANI que conheci estaria entre eles. A senhorita Harding, obviamente, é por demais insensível para tal ato de gentileza. O álibi do senhor Dexter foi testado e se manteve. A senhora Boone e sua sobrinha, manifestamente, não inspiravam muitas suspeitas, pelo menos para mim. Sobravam, então, apenas a senhorita Gunther e o senhor Kates. A senhorita Gunther poderia, hipoteticamente, ter matado o senhor Boone, mas não a si mesma com um pedaço de cano; e ela era a única, sem forçar demais as probabilidades, que poderia ser considerada responsável pela devolução da fotografia de casamento. Então, onde a conseguiu? Do assassino. Nominalmente, de quem? Como conjectura lógica e com a qual se poderia trabalhar, o senhor Kates."

Wolfe girou a mão no ar. "Tudo isso era apenas uma caça ao fantasma. Era preciso uma prova — e ela estava aqui o tempo todo, nesta prateleira do meu escritório. Isso, confesso, é uma pílula amarga de engolir. O senhor toma uma cerveja?"

"Não, obrigado, acho que não." Cramer parecia nervoso ou inquieto com alguma coisa. Olhou para o relógio e deslizou para a ponta da cadeira. "Preciso ir. Estava apenas de passagem." Ele levantou-se e ajeitou o caimento da calça. "Tenho um dia infernal pela frente. Imagino que tenham ouvido que estou de volta à minha mesa, na rua 20. O inspetor Ash foi transferido para Richmond. Staten Island."

"Sim, senhor. Meus parabéns."

"Muito obrigado. E comigo de volta à minha velha cadeira, você terá que continuar a se cuidar. Experimente bancar o espertinho e eu pulo no seu cangote."

251

"Eu jamais sonharia em bancar o espertinho."

"Ótimo. Então estamos entendidos." Cramer começou a se dirigir para a porta. Eu o chamei:

"Ei, seu pacote!"

Ele respondeu por cima do ombro, praticamente sem parar de andar. "Ah, eu esqueci, isso é para você, Wolfe, espero que goste", e continuou seu caminho. A julgar pelo tempo que levou para sair e bater a porta atrás de si, deve ter acelerado o passo.

Levantei-me e peguei o pacote do chão, coloquei-o na mesa de Wolfe e rasguei o papel verde, expondo seu conteúdo. O vaso era de um verde brilhante enjoativo. A terra era só terra. A planta estava em condições razoáveis, mas havia apenas duas flores. Eu olhei com assombro.

"Por Deus", eu disse quando consegui falar, "ele lhe trouxe uma orquídea."

"*Brassocattleya thorntoni*", Wolfe ronronou. "Uma beleza."

"Tolice", eu disse realisticamente. "O senhor tem uma centena de outras melhores. Devo jogá-la no lixo?"

"Claro que não. Leve para Theodore lá em cima." Wolfe sacudiu um dedo para mim. "Archie, um dos seus maiores defeitos é que você não tem sentimentos."

"Não?" Sorri para ele. "O senhor ficaria surpreso. Neste exato momento, um está quase me sufocando — chama-se gratidão, por nossa boa sorte de ter Cramer de volta, mesmo sendo tão detestável. Com Ash lá, a vida não valeria a pena."

Wolfe fungou. "Sorte!"

36

Mais cedo ou mais tarde eu teria que deixar claro para ele que eu não era um mentecapto. Eu estava aguardando o momento propício, e ele chegou no mesmo dia, na tarde de segunda-feira, cerca de uma hora depois do almoço, quando recebemos um telefonema de Frank Thomas Erskine. Ele foi autorizado a falar com Wolfe, e eu fiquei ouvindo da minha mesa.

A essência da conversa foi que um cheque de cem mil dólares seria enviado para Wolfe naquela tarde, o que parecia ser essência suficiente para um único telefonema. O resto foram trivialidades. A ANI apreciou profundamente o que Wolfe fizera por ela e eles estavam totalmente desorientados sobre o motivo pelo qual ele havia devolvido o dinheiro. Estavam lhe pagando a recompensa inteira de uma vez, como oferecido no anúncio, em antecipação ao cumprimento das condições especificadas, como um ato de gratidão e confiança nele, e também porque a confissão assinada por Kates tornava inevitável que as condições se cumprissem. Eles teriam prazer em pagar uma quantia adicional para cobrir as despesas, se Wolfe dissesse o valor. Haviam discutido o assunto com o inspetor Cramer, e Cramer abrira mão de qualquer direito sobre qualquer parte da recompensa, insistindo que tudo pertencia a Wolfe.

Foi um telefonema agradável.

Wolfe disse para mim com um sorriso desdenhoso: "Isso é satisfatório e profissional. O pagamento da recompensa sem demora".

Olhei de soslaio para ele. "É mesmo? O senhor Erskine não sabe de nada."

"Não sabe o quê? O que há de errado agora?"

Cruzei um joelho sobre o outro e reclinei-me. A hora havia chegado. "Existem", eu disse, "várias maneiras de se fazer isso. Uma seria verificar se o senhor é tão frio que uma pedra de gelo não derreteria em sua boca. Prefiro do meu jeito, que é apenas lhe dizer o que acho. Ou deveria dizer perguntar, uma vez que colocarei na forma de questões, mas que eu mesmo responderei."

"De que diabos você está falando?"

"Não, as perguntas começam comigo. Número um: quando foi que o senhor achou o cilindro? Na tarde de sábado, quando ficou por aqui, de pijama, menosprezando seu cérebro? Sem chance. O senhor sabia onde ele estava o tempo todo, há pelo menos três ou quatro dias. O senhor o encontrou na terça-feira de manhã, enquanto eu estava no escritório de Cramer sendo cruelmente interrogado, ou na quarta-feira, enquanto eu estava almoçando com Nina Boone. Fico mais inclinado a achar que foi na terça, mas admito que possa ter sido na quarta."

"Você não deveria", Wolfe murmurou, "deixar as coisas indefinidas dessa forma."

"Por favor, não me interrompa. Número dois: por que, se sabia onde o cilindro estava, o senhor perturbou a senhora Boone para que lhe dissesse? Porque queria ter certeza de que ela não sabia. Se ela soubesse, poderia ter dito para os tiras antes de o senhor decidir liberá-lo, e a recompensa teria ido para ela, ou, de outro modo, não ficaria com o senhor. E, como Phoebe Gunther contara várias coisas para ela, poderia ter contado isso também. Além do mais, isso era parte de seu plano geral para dar a impressão de que não sabia onde o cilindro estava e que daria um braço e muitos dentes para descobrir."

"Essa foi realmente a impressão", Wolfe murmurou.

"Foi mesmo. Eu poderia recapitular toda a história, lembrando fatos bem variados — por exemplo, a encomenda do estenofone feita na manhã de quarta-feira, o que é o principal motivo pelo qual estou apostando mais na terça-feira —, mas vamos para o número três: qual era a grande idéia? Quando encontrou o cilindro, por que não disse logo? Porque deixou que suas opiniões pessoais interferissem em suas ações profissionais, o que me faz lembrar que devo ler alguma coisa sobre ética. Porque sua opinião sobre a ANI coincide com a de várias outras pessoas, em linhas gerais, incluindo a minha própria, mas esse não é o ponto, e o senhor sabe que o mau cheiro dos assassinatos estava ficando cada vez mais forte junto ao pessoal da ANI, e queria prolongá-lo por tanto tempo quanto possível. Para isso, chegou até a se deixar trancar no quarto por três dias, mas, neste caso, admito a participação de outro fator, seu amor pela arte em si. O senhor faz qualquer coisa para criar um bom espetáculo, contanto que seja muito bem pago."

"Quanto tempo isso vai durar?"

"Estou quase no fim. Número quatro, por que o senhor dispensou seu cliente e devolveu a grana, é fácil. Existe sempre uma chance de que o senhor possa mudar de idéia um dia e decida ir para o céu, e uma trapaça inequívoca tornaria isso impossível. Então o senhor não poderia ficar com o dinheiro da ANI e mantê-la como cliente enquanto estivesse fazendo de tudo para derrubá-la. Neste ponto, no entanto, é onde começo a ficar cínico. E se nenhuma recompensa tivesse sido oferecida? O senhor teria armado o espetáculo do mesmo jeito? Não vou expressar nenhuma opinião, mas, creia-me, tenho uma. Outra coisa sobre a ética — qual é exatamente a diferença entre ter um cliente que lhe paga honorários e aceitar uma recompensa?"

"Absurdo. A recompensa foi anunciada para uma centena de milhões de pessoas e os termos eram claros. Seria paga a quem quer que a merecesse. Eu a mereci."

"Certo, eu apenas chamei a atenção para o ponto. Não questiono sua ida para o paraíso se o senhor decidir que é para lá que quer ir. Incidentalmente, o senhor não é em absoluto à prova de vazamentos. Se Saul Panzer fosse submetido a juramento e perguntassem a ele o que fez de quarta-feira a sábado, e ele respondesse que estivera em contato com Henry A. Warder para ter certeza de que ele poderia aparecer quando fosse necessário, e depois, se alguém perguntasse ao senhor de onde tirou a idéia de que poderia vir a precisar de Henry A. Warder, o senhor não acharia um pouco difícil encontrar uma resposta? Não que isso venha a acontecer, conhecendo Saul como eu o conheço... Bem. Vejamos. Acho que isso é tudo. Apenas gostaria que o senhor soubesse que lamento seus comentários desdenhosos sobre o seu cérebro."

Wolfe resmungou. Ficamos em silêncio. Então seus olhos abriram-se pela metade e ele ribombou:

"Você deixou uma coisa de fora."

"O quê?"

"Um possível motivo secundário. Ou mesmo primário. Levando tudo o que você falou para o plano das hipóteses — uma vez que é inadmissível como fato —, olhe para mim seis dias atrás, na terça-feira, quando eu — hipoteticamente — encontrei o cilindro. O que na verdade teria assumido a precedência em minha mente?"

"O que estive lhe dizendo. Não o que teria, mas o que realmente foi."

"Mas você deixou uma coisa de fora. A senhorita Gunther."

"O que tem ela?"

"Ela estava morta. Como você sabe, detesto desperdícios. Ela demonstrou incríveis tenacidade, audácia e mesmo imaginação ao usar o assassinato do senhor Boone para uma finalidade que ele teria desejado, aprovado e aplaudido. Em meio a isso, ela mesma foi assassinada. Com certeza, ela não merecia que seu assassinato fosse desperdiçado. Ela merecia obter alguma coisa dele. Eu me encontrei, hipoteticamente, em uma posição ideal para garantir que isso acontecesse. Foi isso que você deixou de fora."

Olhei para ele. "Então, eu também tenho uma hipótese. Se foi isso, primário ou secundário, ao inferno com a ética."

SÉRIE POLICIAL

Réquiem caribenho
    Brigitte Aubert

Bellini e a esfinge
Bellini e o demônio
Bellini e os espíritos
    Tony Bellotto

Os pecados dos pais
O ladrão que estudava
    Espinosa
Punhalada no escuro
O ladrão que pintava como
    Mondrian
Uma longa fila de homens
    mortos
Bilhete para o cemitério
O ladrão que achava que era
    Bogart
Quando nosso boteco fecha as
    portas
O ladrão no armário
    Lawrence Block

O destino bate à sua porta
Indenização em dobro
    James M. Cain

Post-mortem
Corpo de delito
Restos mortais
Desumano e degradante
Lavoura de corpos
Cemitério de indigentes
Causa mortis
Contágio criminoso
Foco inicial
Alerta negro
A última delegacia
Mosca-varejeira
    Patricia Cornwell

Edições perigosas
Impressões e provas

A promessa do livreiro
    John Dunning

Máscaras
Passado perfeito
    Leonardo Padura Fuentes

Tão pura, tão boa
Correntezas
    Frances Fyfield

O silêncio da chuva
Achados e perdidos
Vento sudoeste
Uma janela em Copacabana
Perseguido
Berenice procura
Espinosa sem saída
    Luiz Alfredo Garcia-Roza

Neutralidade suspeita
A noite do professor
Transferência mortal
Um lugar entre os vivos
O manipulador
    Jean-Pierre Gattégno

Continental Op
Maldição em família
    Dashiell Hammett

O talentoso Ripley
Ripley subterrâneo
O jogo de Ripley
Ripley debaixo d'água
O garoto que seguiu Ripley
    Patricia Highsmith

Sala dos homicídios
Morte no seminário
Uma certa justiça
Pecado original
A torre negra
Morte de um perito
O enigma de Sally
O farol

Mente assassina
P. D. James

Música fúnebre
Morag Joss

*Sexta-feira o rabino acordou
tarde
Sábado o rabino passou fome
Domingo o rabino ficou em
casa
Segunda-feira o rabino viajou
O dia em que o rabino foi
embora*
Harry Kemelman

*Um drink antes da guerra
Apelo às trevas
Sagrado
Gone, baby, gone
Sobre meninos e lobos
Paciente 67
Dança da chuva
Coronado*
Dennis Lehane

*Morte em terra estrangeira
Morte no Teatro La Fenice
Vestido para morrer*
Donna Leon

A tragédia Blackwell
Ross Macdonald

É sempre noite
Léo Malet

*Assassinos sem rosto
Os cães de Riga
A leoa branca
O homem que sorria*
Henning Mankell

*Os mares do Sul
O labirinto grego
O quinteto de Buenos Aires
O homem da minha vida
A Rosa de Alexandria*

Milênio
Manuel Vázquez Montalbán

O diabo vestia azul
Walter Mosley

*Informações sobre a vítima
Vida pregressa*
Joaquim Nogueira

*Revolução difícil
Preto no branco*
George Pelecanos

Morte nos búzios
Reginaldo Prandi

Questão de sangue
Ian Rankin

*A morte também freqüenta o
Paraíso
Colóquio mortal*
Lev Raphael

O clube filosófico dominical
Alexander McCall Smith

*Serpente
A confraria do medo
A caixa vermelha
Cozinheiros demais
Milionários demais
Mulheres demais
Ser canalha
Aranhas de ouro
Clientes demais
A voz do morto*
Rex Stout

*Fuja logo e demore para voltar
O homem do avesso
O homem dos círculos azuis*
Fred Vargas

*A noiva estava de preto
Casei-me com um morto
A dama fantasma*
Cornell Woolrich

ESTA OBRA FOI COMPOSTA PELO GRUPO DE CRIAÇÃO EM GARAMOND
E IMPRESSA PELA GEOGRÁFICA EM OFSETE SOBRE PAPEL PAPERFECT DA
SUZANO PAPEL E CELULOSE PARA A EDITORA SCHWARCZ
EM SETEMBRO DE 2007